KB265457

절대기협

絶對奇俠

절대기협 1

이동휘 新무협 판타지 소설

초판 1쇄 찍은 날 § 2007년 2월 13일
초판 1쇄 펴낸 날 § 2007년 2월 23일

지은이 § 이동휘
펴낸이 § 서경석

편집장 § 문혜영
편집책임 § 서지현
편집 § 최하나 · 문정흠

펴낸곳 § 도서출판 청어람
등록번호 § 제1081-1-89호
등록일자 § 1999. 5. 31
어람번호 § 제2-1132호

주소 § 경기도 부천시 원미구 심곡1동 350-1 남성B/D 3F (우) 420-011
전화 § 032-656-4452 팩스 § 032-656-4453
http://www.chungeoram.com
E-mail § eoram99@chollian.net

ⓒ 이동휘, 2007

ISBN 978-89-251-0555-0 04810
ISBN 978-89-251-0554-3 (세트)

도서출판 청어람

절대기협

絶對奇俠

[기연을 얻으려다 인연을 얻다]

FANTASTIC ORIENTAL HEROES

이동휘 新무협 판타지 소설

1

목차

―은공! 은공!

그는 목놓아 불렀다.

힘없는 목소리가 되돌아왔다.

―난 이미 틀렸다. 일어설 기력도 없구나.

―포기하시면 안 됩니다!

―되었다. 이걸로 충분해. 넌 날 내버려 두고 저 땅속의 갈라진 틈으로 들어가라. 몸을 숨기고 사흘 정도 기다리면 놈들도 더 이상 쫓지 않을 게야.

―…알겠습니다. 일단 몸을 추스르고 나서 복수를 하겠습니다. 놈들을 세상 끝까지 쫓아가 은공을 이렇게 만든 대가를

치르게 만들겠습니다.

─아니, 복수는 무의미하다. 이미 내 손에는 너무 많은 피가 묻었어. 칼 위에 사는 것이 강호인이라지만 너무 지나쳤다.

─저들이 먼저 우리를 죽이려 한 것이 아닙니까. 살자고 한 몸부림이 어찌 죄가 될 수 있습니까.

─그래, 어린 너에게는 죄가 될 수 없다. 그러나 나는 이런 결과를 피할 수도 있었는데, 현명하지 못했다. 때론 죽음을 각오하고라도 하지 않아야 할 일이 있는 법이지만, 이번 선택은 나나 그들에게나 모두 문제가 있었어.

─…….

─민아.

─예, 은공.

─내가 죽더라도 복수는 하지 마라.

─그러나…….

─무의미하다, 죽고 죽이는 일을 대물림하는 것은. 혈채(血債)를 쌓는 것만큼 어리석은 일이 없었다. 그 어리석음을 죽기 직전에야 깨닫게 되는구나.

─…놈들이 오는 것 같습니다.

─너는 어서 저 안으로 들어가라. 내가 저들을 유인하겠다.

─은공, 같이 싸우겠습니다!

─어리석은 놈!

그는 어둠 속으로 굴러 떨어졌다. 은공이 억지로 땅의 갈라 진 구멍으로 그를 밀어 넣은 것이다.
그는 은공을 부르며 울부짖었다. 머리 위에서 은공의 외침 이 들려왔다.

─복수를 잊어라! 지금까지의 모든 일에서 네가 져야 할 책 임은 아무것도 없다! 네 어미도 아비도 너데게 더 이상 그걸 요구할 순 없다! 모든 책임은 내가 질 터이니 넌 그 땅속에서 벗어나는 순간 자유다! 너 하고 싶은 대로 살거라! 울지 말고 웃어라!

땅의 갈라진 틈은 의외로 깊었다. 그는 다시 올라가려 발버 둥을 쳤지만 발을 헛디뎌 더욱 아래로 굴러 떨어졌고, 은공의 외침은 메아리치며 서서히 멀어져 갔다.
잠시 후, 엄청난 폭발음이 들렸다. 매캐한 화약 냄새가 코 를 찌르고 지축이 흔들렸다.
그가 몸을 숨긴 곳의 지반이 와르르 무너졌다. 벌어져 있던 바위가 그의 몸을 덮치고, 발을 디디고 있던 지지대가 움푹 꺼져 들었다.
위에서 내리누르는 바위들에 의해 그의 몸은 사정없이 짓이겨졌다. 극심한 통증 속에서 그는 이를 악물었다. 여기서 벗어나기만 하면 이 아픔을 준 놈들을 잘근잘근 씹어 먹고 싶었다.

쿠웅!

그는 내동댕이쳐졌다. 지반이 무너지는 가운데 운 좋게도 땅속 어딘가의 구멍으로 빠져들어 간 듯했다.

그러나 이미 온몸은 무너지는 바위에 부딪치고 짓눌려 만신창이가 된 상태였다. 전신의 뼈가 모두 으스러진 느낌이었다.

—비겁한 놈들! 무림인의 싸움에 화약을 쓰다니!

통증으로 정신이 혼미해지는 가운데에서도 참을 수 없는 분노가 일었다.

그러나 은공의 마지막 일성(一聲)이 귓가에 메아리치며, 그는 살기를 억눌렀다.

—복수하지 마라! 너 하고 싶은 대로 살아라!

그는 의식이 흐려지는 와중에 생각했다.

은공은 복수하지 말라고 했다. 혈채(血債)를 쌓지 말라고 했다. 그리고 또한 하고 싶은 대로 하라고 했다.

—내가 하고 싶은 것이 복수일 때는 어떡하지?

그는 잠시 고민했다. 그리고는 결정했다.

―그래, 놈들을 죽이지는 않겠다. 그러나 다시는 일어서지 못하게 될 정도로 두들겨 주지. 내가 여기서 나가기만 하면 반드시 두들겨 줄 테다! 이 두 주먹으로!

그는 주먹을 움켜쥐려 했지만 이미 양팔과 양손은 바위에 짓눌려 으깨진 지 오래였다.

의식이 점점 희미해져 가는 가운데 흐릿한 시야로 별빛이 새어 들어왔다.

―웃기는군. 분명히 지하로 떨어졌는데 언제 밖으로 나온 거지?

멀어지는 의식 속에서도 하늘에 별이 참으로 많다는 생각이 들었다.

그는 다시 일어나 산 밖으로 나가면 권법을 배워야겠다고 생각했다. 그는 이때껏 칼을 쓰는 법밖에는 배우지 못했기 때문이다.

그 생각을 끝으로 칠흑 같은 어둠이 밀려들었다. 의식은 어둠 저편으로 사라져 갔다.

第一章
우연이 중첩되면 필연이 되기 마련이다

1

　─장백노조가 젊을 적에 장백산에 들어갔는데 웬 멧돼지 한 마리가 땅을 파고 있는 것을 발견했다네. 무심코 지나치려는 찰나, 놈이 뭔가 큼지막하고 허여멀건한 것을 입으로 끄집어내더라는 거야.

　호기심이 발동하여 쳐다보니 웬 벌거벗은 꼬마 하나가 돼지의 입에 물려 발버둥치고 있었다는군. 장백노조는 기겁했지. 사람이 땅에서 튀어나오다니!

　한데 자세히 보니 그게 사람이 아니고 단년동자삼(萬年童子參)이었다지 뭐야. 산삼이 만 년 동안 자라다 보니 영능(靈能)을 얻어 사람 형상을 갖추게 된 것이지. 놈의 뿌리 한쪽만

먹어도 능히 수십 년 공력을 얻을 수 있다는 영약이었기에 장백노조는 그것을 잡으려 했지만 산삼을 물고 있는 돼지 또한 자기 먹이를 빼앗기기 싫었겠지. 잠시 후 멧돼지는 동자삼을 문 채 도망치고, 장백노조는 죽어라 쫓아가는 추격전이 벌어졌네.

근 반나절을 추적하여 간신히 돼지를 막다른 곳에 몬 장백노조는 몸을 날려 돼지를 낚아챘네. 멧돼지는 그야말로 돼지 멱 따는 소리를 지르며 발광을 했고, 그 와중에 만년동자삼은 놈의 입을 빠져나와 공중으로 튀어 나갔지.

장백노조는 돼지 놈을 팽개치고 동자삼 꼬마를 낚아채려 했지만, 아뿔싸! 어디서 튀어나온 집채만 한 백호 한 마리가 그보다 먼저 꼬마를 덥석 물고는 천지 쪽으로 달음박질치더란 말이지. 장백노조는 그걸 보고 얼이 빠져 다리가 풀려 버렸네. 더 이상 추격할 의지가 꺾이고 말았지.

─고작 백호에? 장백노조가 당시 이류 수준이긴 했지만 맹수 한 마리 정도는 때려잡을 수 있을 능력이 되었을 텐데?

─그 백호는 보통 호랑이가 아니었네. 백두산 호랑이들의 왕이라 불리는, 족히 몇백 년을 넘게 살아 신통력까지 부린다는 영물이었지. 아무튼 장백노조는 놈이 그걸 채 가는 것을 보고 그 길로 만년동자삼에 대한 미련을 버렸다네.

만사 포기한 장백노조는 힘없이 산을 내려오고 있었는데, 하산하는 중에 그만 길을 잃어 더 깊은 산속으로 들어가고 말았지. 한데 정처없이 헤매고 있던 도중 애기 울음소리와 함께 뭔가가 싸우고 있는 듯한 소리가 들려왔다더군. 이걸 또 기이하게 여긴 장백노조는 다시 소리가 나는 쪽으로 향했지. 그는 거기서 또 믿지 못할 광경을 목도하고 말았네.

일전에 동자삼을 채어 갔던 산중왕 백호가 용이 되다 만 이무기 한 놈과 피 튀기는 혈투를 벌이고 있더라는 거야. 애기 울음소리는 놈이 근처 바위 밑에 눌러놓은 동자삼이 내는 소리였고. 놈들의 싸움이 워낙 흉험하여 얼른 도망치려 했던 장백노조는 바위 밑에 눌려 있는 동자삼을 브고는 문득 욕심이 생겼지. 백호는 이무기와의 싸움에 정신이 팔려 있어 동자삼에 신경 쓸 여력이 없어 보였거든. 그래서 그는 조심스레 바위로 다가가 동자삼을 끄집어내는 케 성공했지.

동자삼을 취하고 냅다 달아나려던 장백노조는 갑자기 주변이 조용해졌음을 깨닫고는 등골이 서늘해졌네. 백호가 싸움을 멈추고 자신에게 달려오는 것이 아닌가 싶었지. 몸이 얼어붙은 채로 싸움 장소를 돌아보지도 못하던 장백노조는 시간이 꽤 흘러도 여전히 조용하기만 하자 슬그머니 고개를 돌렸네.

백호와 이무기는 여전히 그 자리에 있었네. 한데 둘의 동작이 멈춰 있었지. 두 놈이 워낙 치열하게 싸움을 벌이다가 서로 물고 물려 양패구상(兩敗俱傷)을 하고 말았던 게야.

놀란 가슴 쓸어내린 장백노조는 둘의 시체에게 다가갔네.

시체에서 뭐 건져 먹을 거라도 있나 살피던 중에 갑자기 기가 막히게 향기로운 냄새가 풍겨왔다더군. 향기가 나는 쪽을 보니 호리병 모양의 큼지막한 노란색 열매가 보이더라는 거야. 열매는 다 익어서 막 껍질이 쪼개지고 있었는데, 그 속살에서 황금빛이 나면서 향내가 온 천지를 진동했다더군. 그게 바로 영산(靈山)의 절지에서 십 갑자에 한 번 열매를 피운다는 천화상연실(天華狀娟實)이었던 거지. 이무기와 백호는 그 열매를 취하기 위해 그토록 다퉜던 걸세. 한데 결국 두 놈은 사이 좋게 같이 죽고 말았고, 엉뚱한 장백노조만이 어부지리(漁父之利)로 최고의 영약인 천화상연실에다가 덤으로 만년동자삼까지 취한 것일세. 장백노조는 그 근처에 오두막을 짓고 삼 년 동안 그것들을 섭취하며 그 전설의 내공을 쌓았다는 걸세.

　─그러고 나서 장백산을 내려와 그 힘으로 강호를 평정했다, 그 말이렷다?

　─거러쵀! 장백노조의 숨겨진 전설의 내막을 이제 알아듣겠나?

"개소리 마라, 이 사기꾼 말코 놈!"

노인은 버럭 소리를 지르며 눈을 떴다.

태양 빛이 막 눈꺼풀이 치워진 그의 두 눈을 아프게 후벼팠다. 매미 소리가 따갑게 귀를 울리고 손과 볼에 흙의 감촉이 느껴졌다.

“꿈이었군.”

그것도 명명백백한 개꿈이었다.

왜 하필 지금 예전에 했던 그 대화가 꿈으로 나타났을까. 나름대로 기연을 찾아 장백산 못지않은 태산까지 찾아왔기 때문일까? 아니면 노인이 찾고 있는 것이 있는 장소가 하필 다른 사람도 아닌 그 사기꾼 말코가 가르쳐 준 곳이기 때문에?

“기연이라……. 약초 하나 찾는 것도 기연이 있어야 가능한 건가……. 차라리 장백노조마냥 하늘에서 영약이 뚝뚝 떨어지기라도 하면 이 고생은 안 해도 될 터인데…….”

노인은 땅바닥에서 잔 탓에 잔뜩 굳어 삐그덕거리는 몸을 억지로 일으켰다. 희귀한 한 가지 약초를 찾아 태산을 찾은 지도 벌써 달포가 넘었다. 청춘이 빠져나간 몸은 이 이상 야생의 생활을 버티지 못하겠다며 비명을 지르고 있었다.

말은 그렇게 했어도 꿈에 나온 장백노조의 이야기가 자기에게 적용될 리 없다는 것쯤은 그도 잘 알고 있었다. 수백 년에 한 번 있을까 말까 한 기연이 중첩되기 때문이 아니라 애초부터 일어나지도 않은 허구의 얘기였기 때문이다.

물론 장백노조는 얼마 전까지 살아 있던 당대제일의 고수이고, 장백산에서 얻은 기연으로 엄청나게 강해진 것 또한 사실이었다. 그러나 그것은 앞서의 대화처럼 허황된 이야기가 아니고, 정교한 비약과 신묘한 내공술을 바탕으로 일궈낸 값진 결과물이었다.

그는 장백노조에게 일어났던 기적의 내막을 최근에 우연히 알게 되었고, 이제 그 기적을 자신이 한번 실천해 보고자 도전하고 있었다. 그 발판이 되어야 할 곳이 바로 이 태산이었다.

"벌써 마음이 약해진 거냐? 그때 느꼈던 수치심과 모멸감을 망각할 만큼 늙은 게야?"

노인은 자신을 꾸짖으며 벌떡 일어섰다. 있지도 않았던 요행한 기연을 꿈꿀 만큼 약해진 거라 생각하니 나약해진 자신을 용서할 수 없었다.

"다시 가는 거다! 다시는 요행을 바라지 마라!"

그는 자신에게 외치며 억지로나마 힘차게 발을 내디뎠다.

그때였다. 어디선가 꾸루룩거리는 소리가 들려왔다.

그는 소리가 나는 쪽을 보았다. 소리는 그가 누워 있던 곳에서 몇 발짝 떨어지지 않은 큰 나무 밑에서 나고 있었다.

그의 눈에 걸린 것은 멧돼지였다. 멧돼지는 제법 컸지만 아직 다 자라지는 않은 듯 주둥이 양옆의 뿔이 짤막했다.

돼지는 꿀꿀거리며 나무뿌리께를 열심히 파고 있었는데, 놈은 노인의 시선이 닿자마자 땅속에서 뭔가를 끄집어냈다.

"응?"

무심코 그 광경을 지켜보던 노인은 자신의 눈을 믿을 수 없었다.

땅에서 파내어져 멧돼지 입에 물린 것은 사람의 형상을 하고 있었다. 그것도 어린아이 형상이었다.

그는 본능적으로 돼지 쪽으로 한 발을 내디뎠다.

꾸룩?

먹이를 파내고 있던 멧돼지가 놀란 듯 꿀꿀거렸다. 노인은 아차 싶어 신형을 정지했지만 이미 놀란 녀석은 낯선 자의 다가섬이 달갑지 않다고 판단한 모양이다.

돼지는 파낸 먹이를 입에 문 채 재빨리 몸을 돌려 숲으로 도망쳤다.

잠시 후, 불과 촌각의 시간 전에 더 이상 요행을 바라지 않겠다고 굳게 다짐했던 노인은 온몸이 부서져라 달리며 멧돼지를 뒤쫓고 있었다.

2

전대의 천하제일고수 장백노조는 고금제일의 내공을 갖추었다고까지 평가받던 전설적 인물이었지만, 기실 그는 장년의 나이까지도 이류를 못 벗어난 평기한 무인이었다. 그러나 나이 사십에 장백산에서 삼 년 정도 체류한 후 강호에 복귀해서는 이전과는 사뭇 다른, 아니, 지나치게 다른 모습을 보여주기 시작했다.

그가 손바닥을 한 번 펼치면 하늘이 뒤집혔고, 발을 한 번

구르면 땅이 무너졌다. 강호의 난다 긴다 하는 고수들이 그의 일 초를 견디지 못하고 모두 무릎을 꿇을 수밖에 없었고, 그는 재출도한 지 불과 여섯 달 만에 천하제일인의 직함을 부여받게 되었다.

이류를 못 벗어나던 무인이 불과 삼 년 만에 초고수가 되었다면 분명 세인이 짐작도 못할 기연이 있었음이 분명할 터, 장백노조는 그에 대해 입을 꾹 다물었지만 그 기연이 대체 무엇인가에 대해서는 세간에 온갖 설이 떠돌았다. 그러나 그 설의 대부분이 노인의 꿈에 나왔던 말코도사의 기담처럼 황당무계하기 그지없는 얘기들이었다.

그러한 믿지 못할 기연이 중첩되지 아니고서야 삼 년 전과 후의 그 어마어마한 격차를 설명할 도리가 없었기 때문에 기담이 의외로 정설처럼 굳어지기도 하는 웃지 못할 현상이 일어나기도 했다.

그러나 노인은 남들이 모르는 사실 한 가지를 알고 있었다. 장백노조가 그토록 강했던 진짜 이유를.

그는 장백노조의 기적을 자신에게 적용하기 위해 목숨을 건 여행 끝에 태산을 찾았다. 그런데 지금 그는 그러한 필생의 목표조차 깡그리 잊은 채 나무뿌리 하나를 입에 문 멧돼지를 정신없이 뒤쫓고 있었다.

멧돼지가 물고 있는 뿌리는 말코도사의 날조된 기담에 나오는 어린아이처럼 울고 말하는 만년동자삼은 아니었다. 그러나 분명 사람의 형상을 하고 있었고, 그 크기는 멧돼지 머리보다 더 커서 적어도 석 자는 넘을 듯했다. 노인은 약초에 대한 조예가 깊지 않았지만 끝이 뾰족하고 넓게 퍼지다가 뒤가 밋밋해지는 잎의 모양새, 붉은 빛깔의 뿌리가 발하는 진한 향내를 맡아보고는 즉각 그것의 정체를 알아차렸다.

'저건 하수오야!'

하수오는 예전 춘추전국시대의 하공(何公)이란 사람이 늙어서 그 뿌리를 먹고 머리가 까마귀처럼 검어졌다고 해서 붙은 별칭이다.

일반적인 하수오는 동전 크기만 한 것으로, 통상적인 건강식품으로 쓰이는 것이었지만 이게 기백 년 이상을 살면 크기도 커질뿐더러 그 효능이 뛰어나 무림인들이 내공 증진의 영약으로 섭취하곤 하는 약재였다.

노인은 예전에 한 유력 세가의 가주가 자랑 삼아 보여주는 팔백 년 묵은 하수오를 견식한 적이 있었다. 그 하수오는 크기가 무 뿌리만 했고, 그것의 잔뿌리 하나를 떼어내 갈자 일반 약초의 서너 배는 됨 직한 강한 향내가 방 안에 진동했었다.

한데 지금 멧돼지의 입에 물려 있는 것은 노인과의 거리가 이 장여는 족히 됨에도 불구하고 그때와는 비교도 안 될 정도로 강한 향내를 피우고 있었고, 크기도 팔백 년짜리보다 대여섯 배는 넘음 직했다. 또한 사람의 형상을 하고 있으니, 식물

이든 동물이든 아주 오랫동안 대자연의 기를 받아 영성(靈性)
이 생기면 사람을 닮아간다는 말을 떠올려볼 때 하수오의 수
명이 어마어마할 거라는 예측이 가능했다.

"적어도 몇천 년, 어쩌면 만 년이 넘게 살았을지도……."

멧돼지가 물고 있는 저것이 정녕 만년하수오라면, 노도사
의 말도 안 되는 기담에 나왔던 만년동자삼에 비견될 만한 효
능을 얻을 수 있다. 그렇게만 된다면 이젠 금란초 '나부랭이'
가 문제가 아니었다. 그에게 산적한 모든 문제를 일거에 해소
할 수 있는 기연을 득(得)할 수 있는 것이다.

노인은 반 시진을 꼬박 입에 단내가 날 정도로 열심히 돼지
를 쫓고 있었다.

돼지는 아직 덩치가 여물지 않은 관계로 울창한 수풀을 제
치고 나아가는 데 큰 제약을 받지 않았다. 그 반면 노인은 앞
을 가로막는 수풀과 가지를 일일이 치우고 부러뜨리며 전진
해야 했다. 이내 피부가 긁히고 옷이 찢겨져 나갔다. 그러나
지금 그런 것에 개의할 상황이 아니었다.

"만년하수오… 만년하수오가 저기 있다!"

숨이 턱까지 차 올랐지만, 긁힌 상처에서 피가 줄줄 흘렀지
만 노인은 고통을 느끼지 못했다. 그의 발은 전속력으로 달리
는 마차 바퀴의 살처럼 기쾌하게 움직였고, 점차 시간이 흐르
며 그와 멧돼지 사이의 거리가 조금씩 좁혀졌다.

마침내 멧돼지의 꽁무니까지 따라붙은 노인은 필생의 진

기를 끌어모아 땅을 박차고 도약했다.

지면과 수평을 유지하며 장장 일 장을 날아간 노인은 돼지의 엉덩이가 크게 확대됨을 느꼈다. 그는 두 팔을 한껏 뻗어 놈의 옆구리를 붙들었다.

아니, 붙들었다고 생각했다. 그런데 명백히 그의 품안으로 쑥 들어왔어야 할 돼지가 갑자기 사라져 버렸다.

'이게 대체……?

노인은 찰나간 의아함을 금치 못했다. 이게 하늘로 솟았나, 땅으로 꺼졌나? 다 자라지도 않은 꼬마 멧돼지가 설마 신통술이라도 부린단 말인가?

그러나 그는 곧 돼지를 발견할 수 있었다. 돼지는 정말 땅으로 꺼져 가고 있었다. 다만 신통술을 부린 것은 아니었다. 멧돼지는 그저 재수없게도 갑자기 나타난 절벽 밑으로 떨어진 것뿐이었다. 물론 그 악재는 아직도 공중에 떠 있던 노인에게도 해당되는 사항이었다.

"염병할!"

노인은 욕지거리를 뱉어냈다. 고공에서 떨어지면서 주변 풍경을 보아하니 여기가 어딘지를 알 수 있었던 것이다. 수십 년 전 일어났던 지진의 영향을 크게 받아 곳곳에 균열이 나 있고 그 중앙에 쐐기 모양의 계곡이 크게 입을 벌리고 있는 이 절벽은, 노도사가 세세히 묘사해 준 환장애의 풍경이 틀림

없었다.

다 좋았다. 금란초가 있다는 환장애도 발견한 데다가 만년 하수오까지 얻었으니. 오직 하나 유감스러운 것은 천 장이 넘는다는 환장애 밑으로 떨어지는 이 상황이 그다지 낙관적이지 못하다는 것이었다.

문득 눈을 돌려 아래를 보니 까마득한 바닥보다도 근접해 있는 돼지의 엉덩이가 보였다. 돼지는 불과 노인보다 이 장 정도 아래에서 버둥거리며 추락하는 중이었다.

"저놈을……!"

노인은 눈을 빛내며 천근추(千斤墜)를 시전했다.

흔히 천근추는 몸을 무겁게 해서 떨어지는 속도를 증가시키는 것으로 알려져 있지만, 사실은 내공으로 몸 아래쪽의 공기 흐름을 차단시키고 땅의 끌어당기는 힘과 자신의 기를 연결시켜 하강 속도를 보다 민활하게 하는 수법이다.

땅과 가까운 거리라면 훨씬 유용하게 쓸 수 있겠지만 이렇게 고공(高空)에 떠 있을 때는 그다지 효용성이 있는 수법이 아니었다.

어쨌거나 천근추 덕분에 공기의 저항을 덜 받게 된 노인의 하강 속도는 미약하게나마 빨라졌다. 반면 돼지는 계속 몸을 버둥거리는 터라 떨어지는 속도가 노인보다는 조금 느렸고, 둘의 거리는 점차 좁혀져 이제는 노인이 팔만 뻗으면 닿을 거리에 도달했다.

“끼놈!”

노인은 득의의 눈빛을 발하며 가까이 다가온 돼지의 꼬리를 꽉 부여잡고 냅다 끌어올렸다.

꾸엑!

아뿔싸! 너무 좋은 나머지 노인은 자신이 정말로 꽉 움켜잡아야 하는 것은 돼지가 아니라는 사실을 잊고 말았다. 놀란 돼지가 비명을 지르면서 놈의 주둥이에 물려져 있던 만년하수오가 튀어 나간 것이다.

“안 돼에!”

노인은 처참한 비명을 지르며 날아가는 하수오 쪽으로 손을 뻗었지만 노인과 돼지에 비해 훨씬 가볍고 공기의 저항에 민감한 만년하수오는 절벽 사이로 부는 바람에 휘말려 점점 둘과의 거리가 벌어지기 시작했다.

“저, 저, 저……!”

머리 위로 솟구쳐 올라가는 하수오를 보며 장탄식을 하던 노인은 문득 지금 가장 큰 난제가 하수오가 아님을 깨달았다. 이제 절벽의 바닥이 얼마 남지 않았던 것이다.

“이런, 제길!”

노인은 다급히 아래쪽으로 눈을 돌렸다. 바닥이 아까보다 훨씬 크게 보였다. 이대로 가만있다간 피 빈대떡이 될 것이 자명한 일. 그러나 천근추까지 시전한 덕에 엄청난 가속도로 고공 한가운데에서 떨어져 내리고 있는 지금 대체 무슨 일을 할 수가 있을 것인가!

그때 노인에게 한줄기 구원의 빛이 비춰졌다. 갑자기 절벽 밑에서 강력한 바람이 불어와 노인을 절벽 가까이로 밀어붙인 것이다. 바람은 덤으로 떨어지는 속도까지 줄여주었다.

노인은 절벽이 가까워지자 살아보겠다고 미친 듯이 허우적거렸고, 다행히도 절벽 앞으로 길게 튀어나와 있던 나뭇가지를 잡아챌 수 있었다.

뿌지직!

그리 크지 않은 나무는 노인과 덤으로 붙어 있는 멧돼지의 무게까지 지탱할 힘이 없었는지 뿌리째 뽑혀져 나왔고, 노인과 돼지는 뽑혀진 나무를 새 동반자 삼아 사이좋게 추락했다.

상황은 여전히 나빴지만 노인은 장장 오십 년 동안 강호라는 험악한 세계에서 가는 명줄을 이어온 가락으로 임기응변을 짜냈다.

그는 돼지를 품에 끌어안은 채 나란히 추락하고 있는 나무 위로 몸을 실었다. 그런 다음, 그 위에서 필생의 기운을 짜내어 몸을 일으켰다.

공중에 뜬 가느다란 나무 위에서 두 발로 몸을 일으킨다는 것은 보통 경신술을 가지고서는 꿈도 못 꿀 일이었고, 평상시 노인의 능력으로서는 달성하기 불가능한 기술이었다. 하나 살아보겠다는 일념은 때때로 인간에게 능력 이상의 무엇을 가져다 주는 법. 노인은 초인적인 집중력을 발휘해 나무 위로 완전히 몸을 일으키는 데 성공했다.

간신히 중심을 잡은 노인의 눈이 날카롭게 돌아갔다. 암반으로 이루어진 절벽이므로 유별나게 튀어나온 요철부가 분명 있을 것이다. 시선을 한참 돌리니 과연 아래쪽에 절벽 밖으로 삐죽 튀어나와 있는 넓적하고 커다란 바위가 보였다. 장장 십 장은 될 듯한 길이의 너른 바위가 절벽 밖으로 튀어나와 있다는 것은 참으로 요상한 일이었지만, 추락사의 문턱에 다다라 있는 노인에게는 그야말로 하늘의 축복이 아닐 수 없었다.

'바로 저기다!'

노인은 눈을 빛냈다. 살길이 열린 것이다.

타고 있는 나무가 바위 높이까지 추락하는 순간, 노인은 대찬 기합을 지르며 나무 위에서 뛰어올랐다.

"으랴!"

노인은 그 도약의 기세로 바위 위에 착지할 참이었다. 물론 공중에 뜬 나무에서 도약한 정도의 운동력으로 지금 추락하는 힘을 모두 상쇄할 수는 없었다. 노인은 그에 대비한 최후의 보루를 이미 품안에 잡아두고 있었다.

힘차게 도약한 노인은 아슬아슬하게 바위 위로 몸을 날릴 수가 있었고, 이때껏 꽉 움켜잡고 있던 멧돼지를 발 아래로 집어 던졌다. 돼지의 몸을 방석 삼아 떨어지는 충격을 완화하려는 수작이었다.

꽥!

돼지는 멱 따는 소리를 지르며 바위 위에 처박혔고, 노인은 두 발을 뾰족하게 모아 돼지 몸통 위로 정확히 착지했다.

푹!

멧돼지의 몸뚱어리가 터지는 매우 기분 나쁜 느낌과 함께 급한 착지로 인한 강력한 충격이 두 발에 전해졌다.

"크윽!"

노인은 신음성을 내뱉으면서도 바위 밖으로 밀려 나가지 않기 위해 몸의 중심을 최대한 앞으로 내밀었다.

한 발을 앞으로 내딛자 딱딱한 땅이 느껴졌다. 노인은 마침내 바위 위에 중심을 잡을 수 있었던 것이다.

'살았나?'

천 장 절벽 위에서 떨어졌음에도 기적적으로 목숨을 건진 모양이었다. 노인의 입에서 막 환호성이 터져 나오려는 순간, 다시 반전이 일어났다.

쿠우우우웅—!

육중한 소리와 함께 지면이 들썩이기 시작했다. 노인의 두 눈이 다시 휘둥그레졌다. 착지한 넙적바위가 아래로 무너지고 있었다.

넙적바위는 원래부터 절벽 밖으로 위태위태하게 튀어나와 있던 터에 노인의 추락에 의한 힘에 영향을 받아 비대한 몸을 더 이상 지탱하지 못하고 아래로 무너지기 시작한 것이다.

"육시럴―!"

환호성 대신 다시금 욕지거리가 튀어나오는 가운데 노인은 어떻게 해서든 발버둥을 쳐 바위를 벗어나 절벽에 붙으려 했다. 바위와 절벽이 맞물려 있는 쪽을 보니 등굴같이 시커먼 틈새가 보였다. 거기까지만 가면 몸을 피할 공간이 있을 것 같았다.

그러나 좀 전에 착지할 때 받은 충격으로 인해 아직 두 다리가 말을 듣지 않고 있었다. 움직일 수가 없으니 바위를 벗어날 수 없었다.

바위가 떨어질 듯 크게 기울어졌다. 노인은 바위의 끝까지 굴러가 끄트머리에 대롱대롱 매달렸다.

＊　　　＊　　　＊

그는 눈을 번쩍 떴다.

갑자기 몸을 누르는 통증이 엄습하여 그의 의식을 일깨웠다.

아주 긴 잠을 잔 느낌이었다.

그는 주변 환경의 낯설음에 잠시 어리둥절했다.

사방은 캄캄하고 온몸은 밧줄에 친친 감긴 것처럼 부자연스러웠다.

밀폐된 공간은 분분히 일어나는 흙먼지로 인해 숨을 쉬기

곤란할 정도였다.

'이상하군.'

그는 이해를 할 수 없었다.

분명히 오랫동안 어두운 곳에서 잠을 잔 것 같기는 했다. 그러나 잠깐씩 의식이 돌아왔을 때 하늘의 수많은 별들이 초롱초롱하게 빛나는 것을 보았던 기억이 또렷했다.

별을 보았다면 탁 트인 공간이어야 할 텐데 지금 이곳은 사방이 꽉 막혀 있지 않은가.

다시 먼 기억을 더듬어보니 지하로 추락한 기억이 떠올랐다.

'그래, 은공……'

은공과의 마지막 이별까지 기억이 되살아나자 그는 잊고 있던 분노가 되살아났다.

'간악한 놈들! 협객이라 자처하는 놈들이 군에서나 쓰는 화약을 쓰다니! 도저히 용서할 수 없다! 내 이놈들을……!'

그는 벌떡 일어나려 했지만 몸이 말을 듣지 않았다. 아니, 가만히 보니 몸이 움직이는 않는 게 아니라 움직일 수 있는 공간이 없는 것이었다.

사방이 꽉 막혀 있었고, 작은 바위들이 팔다리를 깔아뭉개고 있었다. 피어나는 흙먼지로 보아 돌이 그를 뭉갠 것은 조금 전인 모양이었다. 기이하게도 몸의 통증은 그리 없고 압박감만이 느껴질 뿐이었다.

"으차!"

용을 쓰니 팔다리를 누르고 있던 돌들이 치워졌다.

그 순간, 갑자기 지축이 흔들리더니 육중한 소음과 함께 땅바닥이 일어나기 시작했다.

그는 깜짝 놀랐다. 아마도 그가 움직이면서 꽉 맞물려 있던 바위들의 균형이 깨어진 모양이었다.

바닥이 비스듬히 일어나자 그의 몸은 천장과 가까워졌다.

이대로 있다가는 꼼짝없이 압사할 판. 그는 한 손은 바닥에, 한 손은 천장에 대고 힘을 썼다. 일어나는 지반의 밀어붙이는 압력이 거세게 느껴졌지만 용을 쓰며 억지로 버티자 바위의 움직임을 멈출 수 있었다.

압사는 피했지만 천장과 바닥 사이에 끼어서 꼼짝도 할 수 없게 된 판국인지라 어찌해야 할지 알 수가 없었다.

'이제 어떡한다?

그는 고민했지만 사방이 꽉 막힌 상황에서 도무지 해결책이 떠오르지 않았다.

*   *   *

"머, 멈췄다!"

노인은 탄성을 질렀다.

떨어질 듯 기울어지던 바위의 움직임이 돌연 멎었기 때문

이다. 아마도 절벽과 맞물린 틈새 끝에 바위가 걸린 모양이었
다.

　그러나 아래쪽으로 한껏 기운 바위는 금방이라도 떨어질
듯이 흔들거렸다. 노인은 두 손으로 넙적바위의 끝을 잡은 채
계곡을 부는 바람에 위태위태하게 흔들렸다.

　'제발 조금만 더 버텨라!'

　노인은 흔들리는 넙적바위에게 간절히 빌었다. 착지의 충
격에서 벗어난 그의 몸에 서서히 힘이 돌아오고 있었다. 맛이
간 지 오래이지만 아직 그의 두 팔에는 그의 가벼운 몸뚱어리
정도는 끌어올릴 정도의 힘이 남아 있었다.

　'됐어!'

　마침내 팔의 근육이 말을 듣기 시작했다. 그는 바위 끝을
잡은 손아귀에 있는 힘껏 힘을 주고 몸을 서서히 끌어올렸다.
바위의 무게중심이 흔들려 행여 추락하지 않도록 조심하면
서.

　몸이 반쯤 끌어올려지고, 한 손을 뻗어 팔꿈치를 바위 위로
디밀려 하는 순간이었다. 갑자기 하늘에서 뭔가 시커먼 것이
그의 머리 뒤로 떨어지는 게 보였다.

　"헉!"

　노인은 다급한 숨을 토해내며 바위 위로 디밀려던 팔을 머
리 뒤로 뻗었다. 그의 머리 뒤로 지나쳐 가던 물체가 그의 쭉
뻗은 손끝에 걸렸다.

"잡았다!"

노인은 기쁨의 환호성을 울렸다. 그가 잡은 것은 아까 전에 바람에 휘말려 공중으로 올라갔던 만년하수오였다.

그러나 호사다마라고 했던가. 바위 위로 올라가던 한 손이 엉뚱한 곳으로 향한 덕분에 그의 몸무게를 오로지 혼자 지탱하고 있던 다른 한 손은 능력 이상의 과중한 부담을 견디지 못하고 꽉 잡은 바위를 놓치고 말았다.

"컥!"

노인은 외마디 비명과 함께 바위 끝에서 미끄러졌다. 그는 만년하수오를 쥔 채로 또다시 추락했다.

그러나 한번 따르기 시작한 운은 끝을 보자는 듯 그를 쫓아왔다. 추락하면서 허우적거리는 그의 손에 절벽 면에서 웃자라 나온 나무덩굴이 걸린 것이었다.

그는 나무덩굴을 생명줄처럼 꽉 쥐고 절벽에 붙어 달렸다. 잡기가 마땅치 않던 바위 끝에 비해 덩굴은 한결 손에 쥐기가 편했다.

추락은 면했지만 여전히 사정은 좋지 않았다. 그가 위치한 지점에는 발 디딜 곳이 마땅치 않았고, 머리 위에서는 좀 전에 매달렸던 넙적바위가 금방이라도 떨어져 내릴 듯 위태롭게 흔들리고 있었다.

게다가 덩굴을 쥔 손의 기운이 서서히 빠져나가고 있었다. 역시 한 손으로 몸무게를 계속 지탱하는 것은 무리였다.

노인은 순간적으로 갈등했다. 살려면 만년하수오를 놓아버리고 양손을 써야 한다. 그러나 이게 대체 어떻게 얻은 기연인가. 그걸 제 손으로 놓아버려야 한다니, 차마 그런 잔혹한 선택을 할 용기가 나지 않았다.

그러는 사이 덩굴을 쥔 손의 기운은 점점 떨어져 갔다. 이러지도 저러지도 못하고 죽게 생긴 판국이었다.

선택은 우발적으로 일어났다.

갑자기 노인의 발밑에서 귀를 찢을 듯한 괴성이 들려왔다. 노인은 깜짝 놀라 꼭 쥐고 있던 만년하수오를 놓쳤다. 심지어 덩굴까지 놓칠 뻔했지만 아슬아슬하게 하수오를 놓친 손을 뻗어 덩굴을 움켜쥘 수 있었다.

어렵사리 중심을 잡은 노인은 놓친 하수오와 들려온 괴성의 정체를 알기 위해 눈을 아래로 돌렸다.

아래를 바라본 노인은 기절할 듯 놀랐다. 믿어지지 않는 크기의 커다란 뱀이 혀를 날름거리며 그의 발밑까지 다가와 있었기 때문이다.

놈은 노인을 향해 사람 키만큼 긴 혀를 내밀다가 떨어지는 만년하수오를 보고는 몸을 아래로 돌렸다. 괴물 뱀은 몸뚱이에 네 개의 짤막한 다리가 달려 있었는데, 도마뱀처럼 네 다리를 부지런히 놀려 절벽 아래로 움직였다.

노인은 혼미해지는 정신을 다잡으려 애쓰며 괴물 뱀이 움직이는 걸 지켜보았다.

뱀은 절벽을 마치 평지처럼 걸어 바닥까지 내려갔다. 노인이 있는 위치에서 계곡 바닥까지는 대략 이백여 장 정도였는데, 뱀은 반각도 안 되어서 바닥까지 도달했다.

계곡 바닥은 안개가 끼어 있어서 뱀의 모습이 흐릿하게밖에 보이지 않았다. 그러나 놈이 머리끝에 나 있는 긴 뿔로 바닥을 헤집는다는 것 정도는 알 수 있었다. 아마도 떨어진 만년하수오를 찾는 듯했다.

"도대체 이게……."

노인은 이 충격적인 광경이 꿈인지 생시인지 실감조차 나지 않았다. 깊은 산속에 영수(靈獸)가 산다는 얘기는 많이 들었지만 직접 눈으로 볼 것이라고는 상상도 해본 일이 없기 때문이다.

잠깐의 시간이 흐르고 괴물을 본 충격이 조금 가시자 노인은 이제 어떻게 해야 하나 고민이 되었다. 절벽에 계속 매달려 있을 수는 없는 노릇이고, 그렇다고 아래로 내려가자니 괴물 뱀이 무서웠다.

'차라리 지금 내려가는 게 낫지 않을까? 보아하니 놈은 만년하수오를 찾느라고 정신이 없을 듯한데.'

옳은 판단으로 느껴졌다. 만일 놈이 하수오를 꿀꺽한 후 절벽에 대롱대롱 매달려 있는 그를 먹겠다고 다시 올라오면 속절없이 당할 수밖에 없는 노릇이 아닌가.

마음의 결정을 한 그는 나무 덩굴을 타고 아래로 움직였다.

바닥의 괴물 뱀은 여전히 뿔로 땅을 쑤시고 다니고 있었다.

그는 길게 뻗어 내려간 나무 덩굴에 의지하고 삐죽삐죽 튀어나온 암석을 발판 삼아 조심스럽게 절벽 밑으로 내려갔다. 한참을 내려가자 괴물 뱀이 풍기는 비릿한 냄새가 코를 찔렀다. 노인은 조심스레 움직여 불쑥 튀어나온 바위 뒤에 몸을 숨겼다. 이제 바닥은 불과 삼십 장 아래였고, 안개 속에서 흐릿하던 괴물 뱀의 모습은 이제 똑똑히 보였다.

"저, 저놈이……!"

노인은 탄식을 질렀다.

괴물 뱀이 혀로 붉은 나무뿌리를 감아 올리는 게 눈에 들어왔기 때문이다. 그토록 갈구하던 만년하수오는 놈의 입속으로 빨려 들어가고 말았다.

노인은 주먹을 으스러져라 쥐었다. 성질 같아서는 당장 달려나가 한주먹에 놈의 턱주가리를 날려 버리고 싶었지만 대충 보아도 몸길이가 십 장 가까이 되어 보이는 놈인지라 차마 그럴 엄두가 나지 않았다.

괴물 뱀은 만년하수오의 시식이 만족스러운 듯 계속 혀를 날름거렸다. 한참을 그러던 놈은 노인이 있는 방향으로 다가오기 시작했다.

노인은 가슴이 덜컹했다. 바위 뒤에 보이지 않게 숨어 있는 자신을 발견할 리는 없다고 생각했지만 괴물 뱀의 고약한 냄새는 점점 진해지고 있었다.

첨벙— 첨벙—

물 튀기는 소리가 들렸다. 노인은 무슨 소린가 싶어 눈만 살짝 내밀고 소리 나는 쪽을 보았다.

괴물 뱀이 연못 위를 거니는 소리였다. 노인이 있는 위치 바로 밑에는 커다란 연못이 있었다. 괴물은 연못을 가로질러 가더니 그 뒤에 솟아 있는 둔덕으로 접근했다. 놈은 둔덕 중간에 나 있는 바위 구멍에다가 뿔을 꽂아 넣었다.

픽! 픽!

뿔이 한 번 꽂혔다 나올 때마다 돌이 사방으로 튀었다. 그러기를 몇 번 했을까. 놈의 뿔에 덩굴 풀 같은 것이 한 아름 걸려 나왔다.

노인은 덩굴 속에서 노란빛이 새어 나오는 것을 발견했다.

"저건 또 뭐야?"

둔덕은 노인이 있는 바위 바로 아래였기 때문에 그는 똑똑히 괴물 뱀이 하는 짓을 관찰할 수 있었다.

뱀이 뿔로 덩굴을 헤치자 그 안에서 큼지각한 열매 하나가 굴러 나왔다.

열매는 호리병 모양을 하고 있었는데, 노란빛은 바로 그 열매가 발산하고 있었다.

기이한 생김새의 열매를 본 노인은 그 열매가 왠지 친숙하게 느껴졌다.

'호리병 모양에 노란빛이 나는 열매라…… . 어디서 많이

들어본 것 같은데?'

속으로 중얼거리던 노인은 머릿속에 갑자기 벼락이 치는 것을 느꼈다.

'천화상연실!!'

호리병 모양에 황금빛이 흘러나오는 열매가 천고의 영약이라는 천화상연실 말고 또 뭐가 있을까.

노인은 눈으로 직접 보고도 믿을 수가 없었다.

멧돼지가 캐낸 만년하수오에 이무기 닮은 괴물 뱀, 그리고 천화상연실까지. 이건 장백노조의 날조된 기담과 거의 흡사하지 않은가!

'날조고 자시고 간에 이건 천재일우(千載一遇) 중의 천재일우다! 이건 하늘이 나에게 주는 마지막 축복임이 분명해! 오오, 천지신명이시여!'

노인은 흥분되어 정신을 잃을 지경이었다. 이제 밥상이 다 차려졌으니 먹기만 하면 되는 것이 아닌가.

그러나 애석하게도 그 모든 걸 섭취할 자는 그가 아닌 듯했다. 괴물 뱀이 냉큼 갈라진 혀를 놀려 열매를 꿀꺽 삼켜 버린 것이다.

"헉! 저, 저놈이……!!"

노인은 분을 참지 못하고 바위 밖으로 뛰어나가려 했다. 그러나 한가닥 남은 이성의 끈이 그의 발목을 붙들었다.

상대는 예전 운남에서 본 코끼리란 거대 동물의 두 배는 족히 되어 보이는 덩치의 괴물이었다. 그도 옛년에 제법 한가락 했던 무인이지만 저건 사람이 상대할 만한 범주의 동물이 아니었다.

"원래 이렇게 전개되는 이야기가 아닌데……."

말코 얘기대로라면 놈을 견제할 백호나 다른 뭔가가 있어서 자기네끼리 싸우다 양패구상하고, 그가 어부지리의 이득을 취해야 정상이 아닌가! 한데 저늠의 괴물 뱀은 견제할 상대가 힘없는 노인 한 명 외에는 없는 모양이었다.

괴물 뱀은 영약의 거듭된 포식이 아주 만족스러운 듯 그르릉거리며 연못 위로 미끄러지듯 움직이고 있었다. 노인은 눈물을 삼키며 놈이 사라져 가는 모양을 지켜코기만 해야 했다.

그때, 두꺼비 우는 소리가 들려왔다. 연못이 있으니 두꺼비가 있을 법도 하지만 이제껏 괴물 뱀이 내는 소리 외에는 소음 한 점 없던 터라 상당히 크게 느껴졌다.

호기심이 인 노인은 소리가 난 쪽을 바라코왔다.

언제 온 것인지 연못가에 두꺼비 한 마리가 울고 있었다.

두꺼비는 신기하게도 무척 컸다. 거의 작은 개만 한 크기였는데, 온몸이 노랗고 등에 붉은 줄두늬가 드 줄로 쳐져 있었다.

두꺼비는 목청 좋게 울어댔다. 잠시 후, 우는 소리가 연못 반대편에서도 들려왔다.

두꺼비 우는 소리는 공명을 하면서 커져 갔다. 연못가에 똑

같은 모양의 두꺼비들이 한 마리, 두 마리씩 나타나기 시작했다.

우는 소리는 점점 커졌고, 연못가의 두꺼비도 점점 늘어갔다. 두 마리, 세 마리, 열 마리, 스무 마리……

마침내 큰 연못 주변을 두꺼비들이 빽빽이 둘러쌌다. 두꺼비들은 동시에 동면(冬眠)에서 깨기라도 한 듯 나란히 목청껏 울어댔고, 곧 연못뿐 아니라 계곡 전체가 두꺼비 우는 소리로 가득 찼다.

연못 중간을 헤엄치고 있던 괴물 뱀은 두꺼비 우는 소리가 듣기 싫은 듯 신경질적으로 몸부림쳤다.

놈은 연못을 빠져나가려는 듯 빠르게 연못가 쪽으로 움직였다.

그때 두꺼비 한 마리의 입에서 허연 연기 같은 것이 뿜어져 나왔다. 그러자 주변에 있던 몇 마리 역시 따라서 연기를 뿜어냈다.

연기가 연못에 닿자 연못의 물이 증발하듯 치이익 소리를 내며 수증기가 일었다.

괴물 뱀은 두꺼비들이 뿜어내는 연기가 몸에 와 닿자 고통스러운 듯 온몸을 틀며 반대쪽으로 움직였다.

반대편 쪽의 두꺼비들도 가만히 있지 않았다. 놈들이 입을 벌리자 예의 허연 연기가 뿜어 나와 괴물 뱀을 덮쳤다.

캬오!

괴물 뱀은 버럭 울부짖더니 입에서 파란 독기를 뿜어냈다. 그러나 놈의 파란 독기는 두꺼비들이 일제히 뿜어내는 흰 연기를 감당하지 못하고 산산이 흩어졌다.

이제 온 사방의 두꺼비들이 흰 연기를 뿜어내고 있었다. 괴물 뱀은 온갖 발악을 하며 푸른 독기를 뿜어냈지만 그것은 두꺼비들의 흰 연기를 뚫지 못하고 흩어질 뿐이었다.

공방은 계속 이어졌다. 괴물 뱀은 밀리면서도 푸른 독기를 뿜어내는 저항을 멈추지 않았다. 몸부림을 치면서 꼬리를 날려 두꺼비 몇 마리를 쳐내기도 했다.

그러나 두꺼비들은 빈자리를 다른 놈이 메우면서 공세를 늦추지 않았다. 그러기를 일각여. 온몸을 뒤덮는 흰 연기에 발광하던 괴물 뱀은 혀를 빼물고는 배를 까뒤집었다. 그리고는 더 이상 움직이지 않았다.

두꺼비들이 합심해서 뿜어내는 공격을 감당하지 못하고 죽어버린 것이다.

괴물 뱀의 움직임이 잦아들었지만 두꺼비들은 흰 연기 발산하는 것을 멈추지 않았다.

치이이이익—

놀랍게도 연기에 싸인 괴물 뱀의 몸체가 서서히 부식되고 있었다. 가죽의 색깔이 변하며 흐릿해지더니 꼬리와 다리 끝부터 녹아내리기 시작했다. 서서히 흰 뼈가 드러났다.

노인은 두꺼비들이 내뿜는 흰 연기가 고열(高熱)을 수반하고 있다는 것을 알아차렸다. 연못에서 증발된 수증기가 노인이 있는 바위 근처의 공기까지 후끈하게 달아오르게 만들고 있었다.

엄청난 크기의 괴물 뱀은 불과 이각여 만에 형체가 녹아버리고 말았다. 연못을 빙 둘러싼 두꺼비들이 끊임없이 뿜어내던 흰 연기의 농도도 조금씩 옅어져 갔다.

노인은 괴물 뱀이 녹아 없어진 자리에 뭔가 기이한 빛이 일렁이는 것을 느꼈다.

'저건 또 뭐야?

괴물 뱀이 살아나기라도 한 것인가 싶어 자세히 보니 그런 것 같지는 않았다. 두꺼비들이 뿜어내는 연기가 집중되고 있음에도 그 빛은 더욱 환해져 연못 위를 훤히 밝히기 시작했다.

"저 빛은……?"

노인은 수면 위를 밝히는 빛의 색깔이 좀 전에 괴물 뱀이 삼킨 천화상연실의 황금빛과 비슷하다는 느낌이 들었다.

이각이 넘는 시간 동안 주구장창 연기를 뿜어낸 두꺼비들도 지쳤는지 서서히 흰 연기가 잦아들고 있었다. 반면, 연기의 농도가 줄수록 연못 위의 빛무리는 더욱 또렷한 빛을 발산했다.

자세히 보니 연못 위에는 아직 채 녹지 않은 괴물 뱀의 뼈와 내장들이 둥둥 떠다니고 있었다. 빛무리는 그 바로 위에 떠 있었다.

황금의 둥근 빛무리가 환한 빛을 발하고 있었고, 그 주변에는 흙색에 가까운 붉은빛과 청록색의 빛이 빙글빙글 돌아가고 있었다.

"저 색깔은……."

노인은 청록색 빛을 보자마자 괴물 뱀이 연상되었다. 놈의 몸 색깔이 정확히 저런 색깔이지 않았던가!

'그러고 보면 저 붉은빛은…….'

하수오, 그의 손아귀에 들어왔던 하수오의 색깔과 흡사했다.

노인은 그제야 빛무리의 정체를 알 수 있었다.

"저건 정(精)이로군!"

내공을 증진시키는 영약을 무림인이 섭취하게 되면 영약은 음식처럼 소화되는 게 아니다. 체내에 들어간 영약은 복용자의 내기와 맞닿고, 내기는 영약을 끊임없이 연단시켜 그것이 가지고 있는 본연의 기운, 즉 정을 취하여 자기와 융화시키는 것이다. 이때 복용자의 내기가 부족하거나 내기의 운용이 미숙하면 영약의 기운이 제대로 흡수되지 못하고 체내로 빠져나가는 불상사가 발생하기도 한다.

공청석유와 같은 액체는 비교적 흡수가 용이하지만 설삼이나 하수오 등과 같은 약재는 일반적인 복용법으로는 정기의 흡수에 어려움이 있다. 그렇기 때문에 좀 더 쉽게 정을 취하기 위해 약을 달이고 조제하는 기법이 필요하고, 시간 또한 만만치 않게 들게 된다. 장백노조가 천화상연실의 기운을 취하기 위해 장백산에 삼 년 이상 거했다는 이야기는 날조된 것이긴 해도 어느 정도는 사실에 근거하고 있는 이야기였다.

노인은 황금색 빛무리가 천화상연실의 정이고, 붉은빛이 만년하수오, 청록색 빛이 괴물 뱀의 정기임을 깨달을 수 있었다. 두꺼비들이 뿜어내는 흰 연기, 강력한 열화(熱火)가 수반된 그 연기에 연단이 되어 영약과 영수의 정기가 짧은 시간에 본체에서 뽑혀져 나온 것이다.

"모르긴 해도 그 괴물 또한 일반적인 영수가 아닐 터, 놈의 내기가 응축된 정이라면 그 기운이 장난 아니겠는걸."

노인은 침을 꿀꺽 삼켰다.

지쳐 나가떨어지는 놈도 있었지만 대부분의 두꺼비들은 제자리를 지킨 채 연못 중앙을 향해 끊임없이 연기를 내뿜고 있었다.

밝은 빛을 발하던 세 줄기의 빛무리는 사방에서 몰려드는 흰 연기의 영향을 받아 점점 작게 응축되고 있었다. 황금빛의 주변을 겉돌기만 하던 붉은빛과 청록색 빛도 점차 한데 뭉쳐 융화되고 있었다.

뭉쳐진 빛무리는 이제 거의 주먹만 한 크기까지 줄어들었다.

갑자기 두꺼비들의 울음소리가 뚝 그쳤다.

연못을 향하던 흰 연기의 줄기도 하나둘 줄어가더니, 이윽고 모두 사라졌다.

연기가 가시자 공중에 붕 떠 있던 빛무리가 천천히 수면을 향해 내려왔다.

그때 첨벙 하는 소리가 들렸다. 노인이 보아하니 두꺼비 한 마리가 연못 안으로 뛰어들고 있었다. 아니, 한 마리가 아니었다. 다른 방향, 좌우에서도 한 마리씩이 뛰어들었고, 저 멀리 반대편에서도 한 마리가 연못 안으로 들어왔다.

네 방향에서 들어온 네 마리의 두꺼비는 일제히 연못 중앙을 향해 헤엄쳤다.

보고 있자니 네 놈은 모두 다른 두꺼비들에 비해 크기가 크고 등의 붉은 줄무늬도 선명했다. 아마도 다 장 급의 두꺼비인 듯 보였다.

네 마리는 빠른 속도로 중앙의 빛무리가 있는 곳까지 도달했다. 그러더니 하강하는 빛무리 아래에 이르러서는 동시에 입을 쫙 벌리는 것이었다.

"정기를 취하려고 하는구나!"

노인은 벌떡 일어섰다. 괴물 뱀을 물리친 두꺼비들 역시 예사 동물이 아닐진대, 괜히 뱀을 녹이고 정기를 융화시킨 게 아닐 것이다. 놈들 역시 만년하수오와 천화상연실의 기운을 감지하고 이 자리에 나타난 게 아니겠는가.

아니, 어쩌면 연못이 있고 근처에 천화상연실이 있던 것으로 보아 원래부터 천화상연실은 놈들이 키우고 있던 것이 아닌가 하는 생각도 들었다.

어쨌거나 지금 그게 중요한 게 아니었다. 놈들이 이대로 저 정기를 취한다면 그는 영락없이 닭 쫓던 개 지붕 쳐다보는 꼴이 되는 게 아닌가!

넋 놓고 쳐다보고 있을 수만은 없었다. 그는 냅다 달려가려 했지만 역시 한가닥 남은 이성의 끈이 질기게 그의 발목을 붙들었다.

그 엄청난 괴물 뱀을 단숨에 녹여 버린 두꺼비 떼다. 연못으로 갔다가 놈들이 뿜어내는 연기에 휩싸이기라도 하는 날에는 그 역시 뼈 한 줌 안 남고 공중으로 증발해 버리는 꼴이 되리라.

차라리 땅이라면 목숨을 걸고라도 정기를 향해 돌진해 볼 수 있겠지만, 커다란 연못의 한가운데까지 두꺼비보다 빨리 헤엄칠 재간은 그에게 없었다. 어떻게 봐도 놈들에 앞서 정을 취할 방법은 존재하지 않았다.

"크흑……."

노인은 분통이 터져 침음성을 흘렸다.

그는 차마 눈뜨고 두꺼비들이 정을 흡수하는 것을 볼 수 없었다. 저기 있는 정은 그야말로 영약 중의 영약, 신약 중의 신약이었다. 천화상연실과 만년하수오라는, 평생에 한 번 구경조차 어려운 영약의 정을 완벽하게 뽑아서 융화시키고, 덤으로 영수의 내기까지 섞어 넣었으니 제대로 섭취만 할 수 있다면 천하제일의 내공을 단숨에 얻게 될 수 있을 것이다.

노인은 짧은 시간 동안 끊임없이 섰다 앉았다를 반복했다. 목숨을 걸고라도 연못으로 뛰어들고 싶었고, 그렇게 되면 즉각 녹아 없어질 거라는 생각에 다시 자리에 앉았다. 그러는 사이 공중에 떠 있던 정은 두꺼비들의 입 앞까지 다가가고 있었다.

"에라!"

마침내 노인의 머릿속에 남아 있던 한가닥 이성의 끈이 끊어졌다. 노인은 바위 위로 올라가 연못을 향해 몸을 날렸다.

아니, 날리려 했지만 그럴 수 없었다. 갑자기 눈앞이 깜깜해지고, 강한 바람이 불어 앞으로 나아가려던 몸이 오히려 뒤로 젖혀지고 말았기 때문이다.

"뭐, 뭐야, 또?"

비틀거리던 노인은 자신의 앞을 뭔가 시커멓고 커다란 것이 스쳐 지나가는 것을 보았다. 그것에 의해 발생한 역풍이 그의 몸을 뒤로 밀쳐 낸 것이었다.

노인을 밀쳐 내고 연못으로 하강하는 괴물체의 뒷모습이 눈에 들어왔다.

쫙 펼친 검은 날개는 노인의 시야에 가득 찰 정도로 컸고, 은빛 부리는 어슴푸레 내리쬐는 햇살에 반사되어 위협적으로 번쩍였다.

놈은 새였다. 그것도 무지막지하게 큰 괴조(怪鳥)였다. 괴물 뱀, 괴물 두꺼비에 이어 괴물 새까지 나타났다.

괴조는 연못으로 급강하하여 두꺼비들이 노리는 정을 향해 다가갔다.

놈은 그것을 한입에 삼키려는 듯 부리를 쩍 벌렸다.

두꺼비들도 놈의 출현을 알아챈 모양, 일제히 흰 연기를 뿜어냈다. 그러나 놈은 거센 날갯짓으로 자신을 향하는 연기를 밀쳐 내고는 연못 중앙에 모인 네 마리를 향해 돌진했다.

촤아아악!

물이 비산하고 하강하던 정이 공중으로 치솟았다.

노인은 연못에 착지한 괴조가 모여 있던 네 마리 두꺼비 중 한 마리를 부리로 집어 올리는 것을 보았다.

놈은 버둥거리는 두꺼비를 한입에 꿀꺽 삼켰다.

나머지 세 마리는 재빨리 연못가를 향해 움직이고 있었다. 괴조는 긴 부리를 움직여 다른 두 마리마저 차례차례 집어 삼켜 버렸다.

유일하게 살아난 한 마리는 연못가까지 헤엄쳐 가며 긴 울음을 토해냈고, 두꺼비들은 놈의 신호에 맞춰 다시 일제히 흰 연기를 뿜어냈다.

괴조는 즉각 공중으로 치솟았다. 놈에게 다가가던 흰 연기는 날개가 일으키는 바람에 휘말려 밀려 나갔다. 두꺼비들은 아까 괴물 뱀과의 사투에 온 기운을 쏟은 탓인지 이전처럼 강력한 연기를 뿜어내지 못하고 있었다.

비상했던 괴조가 다시 하강했다. 이번에는 연기의 발산이 가장 뜸한 연못가의 한쪽이었다.

두꺼비들이 우수수 흩어졌다. 괴조는 부리를 빠르게 놀려 도망가는 놈들을 두어 놈씩 집어 올려 삼켰다.

괴조는 그야말로 두꺼비들의 천적인 모양이었다. 놈이 한 번 움직일 때마다 모여 있던 두꺼비들은 비명을 지르며 흩어졌다. 결국 한 마리 남아 있던 대장 두꺼비가저 놈의 부리에 걸려 그 안으로 굴러 들어가자, 두꺼비들은 완전히 사기가 꺾인 듯 뿔뿔이 흩어져 도망치기 시작했다.

괴조는 마치 고양이가 쥐를 몰아가듯 도망가는 두꺼비들을 쫓아가며 일일이 부리로 찍어 집어삼켰다. 마침내 연못 근처에 두꺼비는 단 한 마리도 보이지 않게 되었고, 포식을 한 괴조만이 홀로 남아 승리의 날갯짓을 펄럭였다.

놈은 여유작작한 태도로 공중에 떠 있는 빛무리, 세 가지 영약이 융화된 정을 바라보았다.

괴조는 날 수 있으니 두꺼비들처럼 그것이 바닥에 떨어질 것을 기다릴 필요가 없었다. 놈은 정을 향허 천천히 날아올랐다.

바위 뒤에 있던 노인은 이제는 거의 관망세로 돌아서 있었다. 노인은 만사 포기한 채 멍하니 괴조가 정을 향해 날아가는 것을 보고만 있었다.

*   *   *

천장과 솟아오른 바위 바닥에 낀 채 옴짝달싹 못하고 있던 그는 바닥이 조금씩 들썩이며 움직이고 있다는 것을 알아차렸다.

가만히 보니 그의 발치 쪽에서 차가운 바람이 미세하게 불어오고 있음을 느낄 수 있었다. 아마도 외부로 통하는 방향인 듯했다. 바닥은 그쪽을 향해 조금씩 미끄러지고 있었다.

'바위 바닥이 움직인다는 것은 저쪽 편에 빈 공간이 있다는 얘기겠군.'

어떤 상황인지 알아챈 그는 바닥을 짚고 있던 손을 움직여 바닥이 더 빠르게 미끄러지도록 힘을 주어 밀었다.

그가 힘을 주자 바위 바닥은 기다렸다는 듯 발치 쪽을 향해 죽 미끄러져 나갔다.

그는 바닥이 없어진 곳으로 추락했고, 미끄러진 바닥이 어디론가 사라지며 눈부신 광채가 그가 있는 자리로 쏟아져 들어왔다.

그는 쏟아져 들어오는 광휘에 눈을 가리며 그 빛이 바로 햇살이라는 것을 알아차렸다.

'나갈 수 있다!'

그의 입에서 환호성이 터져 나왔다.

＊　　　　＊　　　　＊

멍하니 앉아 괴조가 정을 향해 날아오르는 것을 보고 있던 노인은 갑자기 머리 위로 돌 부스러기가 떨어지는 것을 느꼈다.

의아한 마음에 고개를 들어 위를 쳐다본 노인은 깜짝 놀라 눈을 크게 떴다. 저 멀리 공중에서 커다란 바위가 하강하고 있었다.

"헉!"

노인은 깜짝 놀라 숨을 토해냈다. 떨어지고 있는 바위는 그의 눈에 익었다. 아까 전 멧돼지를 방석 삼아 착지했던 그 넙적바위였다.

노인의 착지로 인해 무게중심이 어긋나 앞으로 크게 기울어졌던 바위가 인력을 이기지 못하고 결국 추락하고 있는 것이다.

"와악!"

노인은 머리를 감싸고 주저앉았다. 이렇게 압사할 줄 알았다면 차라리 연못에 몸이나 던져 보았을 것을……. 찰나의 순간에 뒤늦은 후회가 밀려왔다.

그러나 그의 질긴 명운은 여전히 막장을 피해가고 있었다.

하강하던 넙적바위는 그가 몸을 숨기고 있는 바위의 꼭대기
에 부딪치더니 방향이 바뀌어 그의 앞쪽으로 튕겨 나갔다.

퍼억!

꾸엑—!

갑자기 충돌음과 함께 귀를 찢을 듯한 비명 소리가 계곡을
덮었다.

죽다 살아나 안도하며 가슴을 쓸어내리던 노인은 도대체
무슨 소동인가 하여 소리가 난 쪽을 내려다보았다.

바닥 쪽을 보니 놀라운 일이 벌어져 있었다. 괴조가 피 범
벅이 된 채 연못가에 추락해 있었고, 넙적바위가 그 옆에 떨
어져 놈의 꽁무니를 누르고 있었다.

"저놈이 맞았군!"

노인은 탄성을 터뜨렸다. 그를 깔아뭉갤 듯 하강하던 바
위가 바로 위에서 방향을 바꾼 후 막 연못가에서 날아오르
던 괴조를 덮친 모양이었다. 괴조는 피를 철철 흘리면서도
넙적바위에 깔린 꽁지를 빼려 버둥거리고 있었다. 그러나
바위는 괴조보다도 훨씬 커서 쉽사리 몸을 빼낼 것 같지 않
았다.

그 모습을 물끄러미 지켜보고 있던 노인은 앙천광소를 터
뜨리며 벌떡 일어섰다.

"으하하하! 이거야말로 진정 하늘이 내린 기연이 아니고
또 무엇이겠는가!"

맞다. 이건 정말 기연이다. 우연에 우연이 맞아떨어져도 이럴 수는 없었다. 하늘이 작정하고 도와주지 않는 한 만년하수오를 발견하고, 천장 단애에서 추락하여 천화상연실을 발견하고, 또 그것을 먹으려는 뱀과 드꺼비, 괴조가 나타나고, 마지막으로 공중에서 느닷없이 바위가 떨어져 최후의 방해꾼까지 처리해 줄 수는 없는 법이다.

"하늘이 등을 떠밀며 기연을 얻으라 하는데 어찌 미약한 인간이 그것을 마다할 수 있으리오!"

노인은 기세등등하게 바위에서 나와 바각을 향해 내려갔다.

*　　　　*　　　　*

암흑의 공간에 갇힌 채 옴짝달싹 못하고 있다가 바위가 빠져나간 틈으로 쏟아지는 햇살을 본 그는 혼호성을 질렀지만, 그 환호는 곧바로 비명으로 바뀌었다.

커다란 바위 바닥이 쑥 빠져나가자 불안정하게 얽혀 있던 지반이 무너지며 머리 위에서 바윗돌이 마구 쏟아져 내렸기 때문이다.

그는 그것을 피하기 위해 반사적으로 햇살이 쏟아지는 쪽을 향해 몸을 날렸다.

아슬아슬하게 무너지는 바위를 피한 그는 빛이 들어오는

출구 바깥으로 튀어 나갔다.

"왁!"

그의 입에서 두 번째 비명이 터져 나왔다.

바깥세상은 발 디딜 곳이 전혀 없는 허공이었다.

속절없이 아래로 추락하려던 그의 몸이 돌연 멈춰졌다.

운 좋게도 옷자락이 입구의 바위틈에 끼었기 때문이다.

그는 얼른 손을 뻗어 바위 끝을 붙잡고 다시 위로 올라가려 했다. 그러나 손을 대고 힘을 주자마자 옷이 긴 바위가 흔들리며 빠져나오려 했고, 결국 그는 힘을 주던 손을 떼어야 했다.

'이걸 어찌해야 하나.'

바위틈에 긴 옷자락이 불안 불안하게 그를 지탱해 주고 있었지만 하필 손이 닿는 곳의 지반이 무너질 듯 흔들리고 있으니 기어올라 갈 수도, 그렇다고 이대로 가만히 있을 수도 없는 노릇이었다.

이러지도 저러지도 못한 채로 시간이 흘렀다.

휘이이잉—

바람이 절벽을 스쳐 갔다. 몸이 흔들렸지만 이제껏 꽉 막혀 있던 공간에 있던 그는 불안함보다는 상쾌한 해방감을 느꼈다. 생사의 간극에 놓여 있음에도 이상하게 불안한 마음은 없었다.

그는 문득 자신의 몸이 자유자재로 움직인다는 것에 기이함을 느꼈다.

분명 의식을 잃기 이전에 화약으로 인해 무너진 지반에 깔려 피 곤죽이 되었었는데? 어째서 이렇게 운신을 자유롭게 할 수 있을까?

그가 신기한 마음에 자신의 몸을 살펴보고 있는 사이, 바위에 낀 그의 옷자락은 그의 무게를 이기지 못하고 서서히 올이 풀리며 찢어지고 있었다.

*   *   *

괴조는 갑자기 나타난 노인을 발견하고는 위협적인 눈빛을 발하며 부리를 휘저었다.

노인은 그런 괴조를 보면서 비웃음을 흘렸다.

"네놈은 절대 거기에서 빠져나올 수 없다. 노부가 영약의 정을 취하는 것을 눈을 크게 뜨고 지켜보고나 있거라!"

괴조는 더욱 거세게 몸부림쳤지만 놈의 꽁지를 깔고 있는 커다란 넙적바위는 요지부동이었다.

노인은 괴조의 옆을 크게 빙 돌아서 연못가로 이동했다.

공중으로 솟아올랐던 정은 다시 하강하여 수면에 닿을 듯 떠 있었다.

쉬이이이이—

정이 물에 근접하자 그 아래의 수면이 정의 강력한 기운에

영향을 받는 듯 소용돌이치기 시작했다.

자칫 정이 연못 속으로 들어가 버릴 듯 보였지만 노인은 여유가 있었다. 하늘이 자신을 돕는데 기연을 취함에 있어 더 이상 방해할 게 무어겠는가? 어서 가까이 오라고 소용돌이마저 치고 있지 않은가?

그는 옷을 벗어 고이 개어 땅바닥에 내려놓았다. 그리고는 준비운동을 한 후 연못에 발을 담갔다.

"앗, 차거!"

연못 물은 지독하게 차가웠다. 그러나 참지 못할 정도는 아니었다.

노인은 천천히 안으로 걸어 들어갔다. 몇 발짝 걸어 들어가 하반신이 물에 잠겼을 때였다. 갑자기 하늘이 어두워졌다.

"응? 비가 오려나?"

노인은 고개를 들었다.

그를 내려다보고 있는 두 개의 커다란 눈이 보였다.

눈과 눈이 마주쳤다.

노인은 소리도 못 내고 입만 크게 벌렸다. 노인을 내려다보고 있는 것은 괴조의 눈이었다. 힐끔 바위 쪽을 바라보니 괴조의 꽁지 깃털이 수북했다. 지독한 놈이 꽁지깃을 뽑아버리고 바위에서 빠져나온 모양이었다.

"이건 뭐 도마뱀도 아니고……."

노인이 뇌까릴 찰나, 괴조가 쌓였던 화를 폭발시키듯 부리를 번쩍 들었다가 노인을 향해 내리찍었다.

"어이쿠!"

노인은 몸을 날려 간발의 차로 괴조의 부리를 피했다. 연못물이 비산했다.

괴조는 좀 전에 두꺼비들을 공격할 때처럼 노인을 향해 부리를 사정없이 찍어대며 공격해 왔다.

노인은 오로지 살아보겠다는 필사의 집념으로 몸을 좌우로 날려 괴조의 공격을 피했다.

쉬익!

괴조가 갑자기 한쪽 날개를 휘둘렀다. 예상치 못한 공격이었다. 노인은 날개에 맞고 연못가로 내동댕이쳐졌다.

그를 향해 괴조가 다시 달려왔다. 노인은 신형을 일으키며 이대로 죽을 순 없다는 생각을 했다. 최소한의 저항이라도 하고 죽어야 무인답지 않겠나 하는 생각이었다.

괴조의 부리가 매서운 속도로 하강했다. 노인은 앉은 자세에서 뒤로 구르며 물구나무를 섰다. 괴조의 부리가 그가 앉아 있던 자리를 찍는 순간, 노인은 몸을 다시 앞으로 뒤집으며 땅을 박차고 도약했다. 부리로 찍느라 수그렸다 올라오는 놈의 대가리가 보였다. 아까 바위와 충돌한 여파인 듯 정수리 중앙의 백회혈 부근이 피범벅이 되어 있었다.

노인은 온몸의 진기를 끌어모아 으른 주먹에 실었다.

노인의 필생 공력이 고스란히 담긴 일권이 괴조의 백회혈에 벼락같이 작렬했다.

쿠오오오!

괴조는 상처를 입은 곳에 재차 가해진 충격이 고통스러운 듯 대가리를 틀며 하늘을 향해 길게 울부짖었다. 그러나 상처 입은 야수가 더 무서운 법이라고 했던가. 놈은 더욱 거세게 날개를 휘둘러 노인을 날려 버렸다.

노인은 넙적바위까지 날아가 처박혔다.

노인은 어떻게 해서든 일어서 보려 했지만 강한 충돌의 충격으로 인해 몸에 힘이 돌아오지 않았다.

"고작 주먹 한 번 내지르고 내뻗다니 이제 나도 늙었구나……."

노인은 서글프게 중얼거렸다. 괴조가 피를 줄줄 흘리며 그에게로 다가오고 있었다.

"하늘이시여, 이왕 도와주시는 거 화끈하게 밀어주실 것이지, 감질만 나게 하고 데려가시다니 이건 정말 너무하지 않습니까?"

노인은 하늘을 보며 원망스레 중얼거렸다. 그 하늘조차도 다가온 괴조의 대가리가 가려 버렸다. 놈은 자기 발아래 힘없이 누워 있는 노인을 아작 내겠다는 듯 부리를 번쩍 쳐들었다.

만사 체념한 눈빛으로 놈이 하는 양을 멍하니 보고 있던 노인은 저 멀리 하늘에서 또다시 뭔가 시커먼 것이 떨어지고 있는 것을 보았다.

'저건 또 뭐야?'

그 물체는 그가 지금 등을 기대고 있는 넙적바위만큼 크지는 않았지만 대단히 빠른 속도로 하강해서 삽시간에 노인을 향해, 아니, 때마침 대가리를 치켜드는 괴조를 향해 다가왔다.

부리를 잔뜩 세운 괴조의 대가리가 최고점까지 솟구치는 순간, 추락하던 물체는 놈의 정수리 의로 정통으로 떨어졌다.

파직!

수박 깨지는 소리와 비슷한 소음이 들렸다.

꽤액!

노인의 심장을 파먹으려는 듯 바싹 오므려져 있던 괴조의 부리가 고통에 찬 비명을 내뱉으며 쩍 벌어졌다. 괴조의 대가리가 아래로 수그려지면서 벌어진 부리의 양끝이 노인의 머리 위와 가랑이 아래의 땅바닥으로 내리꽂혔다.

쩍 벌어진 괴조의 부리 아래에 누운 자세로 있게 된 노인은 놈의 참을 수 없는 입 냄새에 정신이 혼미해짐을 느꼈다. 그러면서도 노인은 괴조의 움직임이 정지했음을 알 수 있었다.

노인은 정신을 가다듬으려 애쓰며 괴조의 부리 밑에서 엉금엉금 기어나왔다.

간신히 기어나온 노인은 괴조의 눈이 튀어나올 듯 떠져 있음을 보고 깜짝 놀랐지만 놈의 몸이 주저앉은 채로 미동도 하지 않음을 보고는 안도의 한숨을 내쉬었다. 목이 기이한 각도로 꺾여 있는 것으로 보아 죽은 듯 보였다.

고개를 쳐드는 순간 위에서 떨어진 미확인 물체와 충돌하는 바람에 그 여파로 즉사한 모양이었다. 이미 넙적바위와 그의 일권에 거듭 충격을 받았던 놈이기에 세 번째 충격에는 더 이상 견딜 수 없었을 것이다.

노인 역시 계속 이어진 충격과 위험 상황으로 인해 정신이 가물가물했지만 억지로 몸을 일으켰다. 정신을 놓더라도 물에 떠 있는 정을 먹고 나서 놓아야 했다. 그렇지 않으면 물에 녹아버릴지, 또 어떤 괴물이 나와서 그걸 채 갈지 모를 일이었다.

노인은 비틀거리며 괴조의 몸 뒤로 움직였다.

연못을 향해 가던 노인의 눈이 찢어질 듯 크게 확대되었다.

가라앉은 정의 영향으로 인해 소용돌이치고 있는 연못 위에 웬 사내 하나가 둥둥 떠가고 있는 것이 보였기 때문이다.

그 사내는 소용돌이에 휩쓸려 연못 중앙으로 향하고 있었고, 벌써 정이 있는 곳에 거의 다다르는 중이었다.

때마침 정은 수면까지 도달해 있었고, 하필이면 사내는 누운 자세로 입을 쩍 벌리고 있었다.

"저, 저놈이……!"

노인은 경악을 금치 못하며 즉시 연못으로 뛰어들었다.

그는 물고기라 해도 그 이상 빠를 수 없을 정도의 속력으로 맹렬히 헤엄쳐 연못 중앙으로 향했다.

아뿔싸!

중앙에 거의 근접하는 순간 노인은 똑똑히 보고야 말았다.

수면에 맞닿은 정이 쩍 벌어진 사내의 입 안으로 스며들어가는 모습을.

"안 돼!"

그가 소리치거나 말거나 황금빛과 붉은빛, 청록빛이 차례로 반짝인 후 사내의 입속으로 자취를 감추었다. 삼대영약의 기운이 몽땅 그의 몸속으로 진입한 것이다.

第二章

노인과 청년

　노인은 헤엄치던 것도 잊고 연못 위에 멍하니 뜬 채 사내가 소용돌이 속으로 빨려 들어가는 것을 바라보았다.

　사내가 수면 아래로 들어간 후 소용돌이가 멈추었다.

　한참을 넋 나간 듯 있던 노인은 이대로 있어선 안 되겠다는 것을 깨닫고 수중으로 잠수했다.

　연못 물은 맑고 투명했다. 그는 바닥에 가라앉아 있는 사내를 발견하고는 그의 목덜미를 잡아 물 밖으로 끌어내었다.

　"헉! 헉!"

　노구에 무리한 활동을 해서인지 거친 숨을 토해낸 노인은 자기가 끌어올린 사내를 내려다보았다.

사내는 의식이 없었지만 신기하게도 호흡은 하고 있었다. 물속까지 들어갔음에도 숨이 막히지 않았다니 기이한 일이었지만 워낙 놀랄 일을 많이 본 관계로 그다지 놀랍지도 않았다. 아마도 체내로 들어간 세 영약의 정이 신체를 보호한 것이겠지.

영약 생각을 하자 노인은 다시 배가 아파왔다.

"이놈의 배를 가르고 정을 꺼내?"

엽기적인 생각도 해보았지만 그는 이내 고개를 저었다.

아예 만년하수오나 천화상연실을 그냥 삼킨 거라면 소화가 되기 전일 테니 배를 째고 꺼내도 무방할 것이다. 그러나 지금같이 두꺼비의 열화로 인해 정으로 승화된 상태는 실체가 없으므로 꺼내고 자시고 할 건덕지가 없었다.

굳이 수를 쓰자면 아까의 두꺼비들처럼 강력한 열화로 사내를 녹여 아직 체내에 융화되지 않았을 정을 분리해 낼 수 있겠지만 산중에 사람을 녹일 만한 화로가 있을 리 만무하고, 또 노인은 영약을 얻겠다고 사람 녹이는 짓까지 할 정도로 무식한 인간도 아니었다.

"염병할, 깨어나면 목숨 구해준 은혜나 갚으라고 해야겠군."

노인은 투덜거리며 다시 자리에 털퍼덕 주저앉았다.

날이 서서히 저물고 하늘이 어둑해지고 있었다.

노인은 허무함이 물밀듯 밀려오는 것을 느꼈다. 눈앞에서 천고의 기연이 그렇게 사라져 버리다니.

사내를 원망스레 바라보던 노인은 갑자기 궁금해졌다.

대체 이놈은 어디서 나타난 것일까? 하늘에서 떨어졌나, 땅에서 솟았나?

"가만, 하늘?"

그러고 보니 오늘 유독 하늘에서 뭔가 떨어지는 일이 잦았지 않나. 우선 그부터도 하늘에서 떨어졌고, 뒤를 이어 괴조, 바위, 또 괴조 골통으로 떨어진 미확인 물체까지…….

"그 미확인 물체는 뭐였지?"

노인은 자신의 목숨을 살리고 괴조를 죽인 괴물체의 정체가 궁금해졌다. 그는 벌떡 일어나 목이 꺾인 괴조의 주변을 기웃거려 보았지만 돌이나 여타 다른 물체는 보이지 않았다.

"부딪치고 연못으로 떨어졌나?"

충분히 그럴 수 있었다. 괴조는 연못가어서 그를 공격하고 있었으니, 괴조의 머리에 충돌했다면 연못으로 빠져 들어갔을 가능성도 있었다.

노인은 고개를 갸웃거리며 사내 쪽으로 다시 움직였다.

사내의 정체가 무엇인지 찬찬히 살펴볼 요량이던 노인은 그의 머리가 다소 검붉다는 것을 알아차렸다.

"색목인은 아닌데?"

사내의 얼굴은 분명 중원인이었다. 다만 덥수룩한 수염이 얼굴을 뒤덮고 있어서 나이를 쉽사리 짐작하기 어려웠다. 옷은

갈기갈기 찢어져 있어 무슨 사고를 당한 것이 아닌가 싶었다.

수염은 검은데 머리에는 붉은 기가 도는 게 자못 신기했다.

노인은 의아한 마음에 가까이 다가가 사내의 머리를 살폈다.

"이건 피로군."

피가 묻어 머리색이 검붉게 보인 것이었다. 노인은 사내의 머리에 상처가 있는지 살폈다. 정수리 부위를 만져 보았지만 기이하게도 어떤 외상도 보이지 않았다.

"거참, 신기한 일이군."

다치지도 않았는데 피가 묻다니. 어쩌면 사내가 누군가와 싸우다 여기로 추락한 것일 수도 있었다. 그렇다면 묻은 피의 의미가 설명된다.

노인은 이내 고개를 저었다. 피가 하필 머리에만 묻을 일이 있을까. 혹시 사내가 철두공(鐵頭功)의 달인이라 박치기로 적을 죽인 거였다면 모르지만.

피는 분명 갓 묻은 것이었다. 만져 보니 손에 묻어나고, 코에 대어보자 비릿한 냄새가 났다.

"응?"

노인은 피 냄새가 왠지 이질적으로 느껴졌다. 장장 오십 년을 강호에서 구른 그였다. 사람 피 냄새는 단골 객점의 반찬 냄새보다도 더 정확히 구별할 수 있는 코를 가지고 있었다.

"이건 사람의 피가 아니군. 이 냄새는……."

노인은 고개를 뒤로 돌렸다. 바닥에 부리를 처박은 채 죽어 있는 괴조, 놈이 풍기는 피 냄새와 동일했다.

"그럼 설마……."

노인은 놀라움을 금치 못했다. 하늘에서 떨어진 미확인 물체가 바로 이 사내였던 모양이다.

그렇게 판단하니 모든 의문이 해결되었다. 괴조와 충돌하고 사라진 미확인 물체, 갑자기 연못에 나타난 사내, 사내의 머리에 묻어 있는 괴조의 피.

"그럼 이놈이 내 목숨을 구했단 말인가?"

노인은 마음에 안 든다는 어투로 중얼거렸다. 그러나 마음에 품고 있던 사내에 대한 화는 조금씩 누그러지기 시작했다.

노인은 사내가 과연 멀쩡한지 궁금해졌다. 그 높은 벼랑에서 떨어져 괴조와 박치기를 해 놈을 즉사하게 만들었다면 사내 역시 무사하지 못할 것은 자명한 게 아닌가.

그러나 거듭 정수리를 살펴보아드 아까와 마찬가지로 어떤 상처의 흔적도 발견할 수 없었다.

참으로 기이한 일이 아닐 수 없었다. 괴조는 머리가 깨지고 피를 튀겼는데 이 사내는 피는 고사하고 머리에 흉터 하나 없다니.

"어떤 놈인지 몰라도 천하의 석두(石頭)로고! 강호제일의 철두공(鐵頭功)을 익혔다는 소림의 광지 다사도 이놈에게는 못 당하겠는걸?"

　노인은 기가 막힌다는 표정으로 중얼거렸다.

　노인은 일단 사내를 깨우기로 마음먹었다. 그러나 아무리 흔들고 귀에 대고 고함을 쳐도 사내는 꿈쩍도 하지 않았다. 호흡은 멀쩡했는데 의식은 돌아오지 않았다.

　"충격으로 머릿속이라도 터졌나?"

　노인은 걱정스레 중얼거렸다. 기껏 천하의 영약을 얻어놓고 뇌가 터져 깨어나지 못하는 거라면 사내 입장에서는 얼마나 억울한 일인가.

　그러나 의식이 없을 뿐 호흡도 일정하고 안색도 멀쩡하니 머리가 잘못된 것 같지는 않았다.

　그는 사내의 정체를 알 수 있을까 하여 몸을 살펴보았다.

　무슨 사고를 당했는지 옷이 발기발기 찢어진 터라 아무 소지품도 발견할 수 없었다.

　사내의 몸은 깨끗했다. 높은 곳에서 추락했음에도 불구하고 긁힌 생채기조차 발견하기가 어려웠다. 다만 몸에 몇 군데 흉터가 있었는데, 그것은 오래되어 이미 다 아문 상처였다.

　"이놈, 곱게 자라지는 않은 것 같군."

　노인은 흉터들을 더듬으며 중얼거렸다. 사내의 몸에 난 상처의 대부분은 날카로운 칼날에 당한 자상(刺傷)이었다.

　그러나 단순히 흉터만 보고 사내의 내력을 분별하긴 어려웠다. 도산검림 속에 살던 무림인일 수도 있지만 주방에서 칼질을 하거나 산에서 도끼질을 하다가도 사고로 생길 수 있는 상처였기 때문이다.

노인의 손이 사내의 단전으로 향했다. 사내에 대한 호기심이 인 김에 삼대영약의 정을 처먹은 효과가 과연 어떠한지 그의 몸 상태를 알아보고 싶었던 것이다.

단전에 손을 대자마자 엄청난 열기가 느껴졌다.

"헉!"

노인은 깜짝 놀라며 손을 떼었다.

"극양(極陽)의 기운이로군. 조화가 깨졌나? 이대로 두면 큰일 나겠는걸!"

장백노조의 날조된 기담을 들려준 말코도사 말로는 천화상연실은 천지의 조화를 이룬 영약이라 했으니 양기가 치우치는 일은 없을 것이다. 그러나 만년하수오와 정체를 알 수 없는 괴물 뱀의 정이 어떤 효과를 내는 것인지 이런 방면에 지식이 짧은 그로서는 짐작할 수가 없었다.

"하수오는 삼하고 비슷할 터이니 양(陽)일 거고, 뱀은 보통 음습한 곳에 사니 음기가 충만하지 않을까?"

멋대로 추측한 바에 의하면 양과 음이 만났으니 문제될 일이 없었다. 그러나 사내의 몸이 이처럼 뜨거운 것으로 보아 그의 예측과는 달리 정의 기운이 양강한 쪽으로 치우친 듯 보였다.

이대로 놔뒀다가는 체내의 조화가 깨져 사내는 타 죽을지도 몰랐다. 노인은 얼른 사내를 일으켜 앉히고는 등으로 손을 가져갔다. 그러나 그는 곧 동작을 멈췄다. 뭔가 이상했던 것이다.

"등은 말짱하군."

단전과는 달리 손을 댄 상체는 미지근하기만 했다. 다른 곳을 만져 보아도 마찬가지. 오로지 사내의 단전에서만 타오르는 듯한 열기가 느껴지고 있었다.

"대체 이게 무슨 조화야?"

노인은 머리가 복잡해졌다. 그의 내공심법에 관한 지식은 이류 수준을 못 벗어나는 정도였기에 이러한 현상이 무엇을 의미하는지를 도무지 알 수가 없었다.

"말코라도 있으면 좀 도움이 될 텐데."

그의 친구 말코도사는 자기보다 주먹질은 좀 약해도 내공 관련 쪽에서는 제법 아는 바가 있었기 때문에 이런 기현상에 대해서는 대처 방안을 마련할 수 있었을 것이다. 그러나 노인 혼자서는 이 사내에게 도움을 줄 재간이 부족했다.

그는 사내의 등에 손을 대고 진기를 느껴보려 했다. 그러나 단전만 불에 타는 듯 뜨거울 뿐 영약의 정이 발산해야 할 도도한 내기 같은 것은 전혀 느낄 수 없었다. 오히려 보통 사람보다 기혈이 막혀 있는 듯한 느낌이었다. 의아하기 짝이 없었지만 노인의 일천한 내공 지식으로는 이러한 상태의 원인조차 분석할 수 없었다.

이러지도 저러지도 못한 채 시간은 흘렀고, 밤이 지나가고 봉우리 너머에서 해가 솟아올랐다.

날이 환히 밝자 노인은 사내의 모습을 좀 더 면밀히 살펴보았다.

수염이 빽빽하게 나 있어서 나이가 제법 될 것이라 생각했는데 낮에 다시 보니 수염을 배제하고 보면 채 서른이 안 돼 보였다. 팽팽하고 윤기 나는 피부를 감안하견 이십대 초반일 수도 있다는 느낌이 들었다.

헝클어진 머리와 덥수룩한 수염이도 불구하고 제법 봐줄 만하게 생긴 얼굴이었다. 한데 기이하게도 웬지 낯이 익었다.

"어디서 보았던 놈 아닌가?"

노인은 기억을 더듬어보았지만 떠오르는 이름은 없었다. 다른 것은 몰라도 눈썰미 하나만은 누구 못지않다고 자부하는 노인이었지만 그는 최근 강호에서 활동하는 젊은 무사들과는 교류가 없었다. 그러니 이런 젊은 친구를 알 턱이 없었다.

"누구 아들놈인가? 그래서 낯이 익은가?"

아무리 생각해 보아도 답이 떠오르지 않았다.

청년의 정체를 밝히는 것을 포기한 노인은 다시 청년의 단전을 만져 보았다.

"뜨겁… 아니, 차갑군."

이번에는 얼음장같이 차가웠다. 뜨거울 걸로 지레짐작하여 만진 탓에 처음에 착각했던 것이다.

노인은 신기한 물체를 보는 기분으로 청년을 바라보았다. 단전이 이렇게 불을 지피듯 뜨거웠다가 얼음처럼 차가워지는 현상이 나타나는 것은 근 오십 년 동안 무공을 닦은 그로서도 금시초문인 일이었다.

그렇다면 결국 세 가지 영약이 혼합된 정의 효능이 이런 식으로 나타난다는 말인데, 과연 말코의 말대로 절고한 내공의 소유자로 재탄생할까? 뜨겁고 차갑기만 할 뿐 체내에서 느껴지는 내기는 미미할 뿐이니 도무지 앞을 점칠 수가 없었다.

청년의 단전은 그 이후로도 뜨거웠다 차가웠다를 반복했다. 그러한 현상은 다시 하루가 지나 날이 저물 때까지 이어졌다.

노인은 청년의 몸에 들어간 세 가지 영약이 점차 조화를 찾아가고 있는 걸 거라고 짐작했다. 조화가 어느 정도 이루어지면 의식이 돌아올지도 몰랐다.

노인은 틈틈이 청년의 상세를 살피면서 나름대로 바쁜 하루를 보냈다.

연못에 있는 고기를 잡아 배를 채운 노인은 주변 탐색을 시작했다. 계곡을 탈출할 경로를 찾고, 여기가 환장애가 맞다면 혹시 있을지 모를 금란초를 찾기 위함이었다.

노인은 눈앞에서 천고의 기연을 놓친 이후 금란초를 찾으려는 의욕이 거의 다 꺾인 상태였다. 딱히 할 일이 없다 보니 그냥 겸사겸사 찾으러 다녔지만 의욕없이 하는 일이 성공을 거둘 확률은 희박한 법. 노인은 금란초의 떡잎조차 발견하지 못했다.

계곡에서 빠져나가는 길도 찾지 못했다. 워낙 길이가 길고 먼 쪽에는 안개가 껴 시계가 좁았다. 앞이나 뒤 중 한 방향을 정해 계속 나아가는 길 외에는 방법이 없을 듯했다.

금란초도 못 찾고 탈출로도 못 찾았지만 유일하게 올린 망외의 소득은 청년이 어디에서 떨어진 것인지를 발견한 것이다.

그가 추락한 곳은 절벽 꼭대기가 아니고 벼랑의 중턱, 괴조를 덮친 넙적바위가 빠져나온 그 위치였다.

노인은 돼지와 함께 추락하다가 잠시 넙적바위에 걸렸을 때 벼랑과 바위가 맞닿은 부분에 커다란 틈새가 있었음을 기억했다. 그 위치를 올려다보니 틈새가 동굴같이 커다랗게 넓혀져 있었다. 그런데 그 틈새의 끝부분에 청년의 누더기와 같은 색의 옷자락이 걸려 펄럭이고 있는 것이 보였다. 필시 청년의 몸이 틈새 안에서 빠져나올 적에 걸려 찢어진 듯했다.

아마도 청년은 넙적바위 뒤의 공간 속에 있다가 지지대 역할을 하던 바위가 절벽에서 빠져나가는 바람에 덩달아 아래로 떨어져 내린 듯했다. 바위보다 늦게 떨어진 것은 옷자락이 구멍 끝에 걸리는 바람에 추락이 지체된 것으로 짐작되었다.

이래저래 노인에게는 재수 좋은 쪽으로, 괴조에게는 최악의 결과로 이어진 청년의 낙하였다.

청년은 그날 역시 깨어나지 않았다. 그러나 단전의 온도 변화는 그 폭이 점점 줄어들었고, 낯빛 또한 평온하여 금방 깨어나지 않을까 싶은 생각마저 들게 했다.

다음날 아침, 노인은 괴조의 시체 앞에 의미심장한 눈빛을 발하며 서 있었다.

장백노조의 기담에는 해당 사항이 없었지만 말코도사한테서 들은 여타 기담을 떠올려 보면 영웅호걸이 영물을 때려잡고 그 안에서 꺼낸 내단을 먹은 뒤 천하제일의 내공을 얻는 내용이 간간이 있었다.

말코의 말대로라면 이 괴조 또한 영물이니 몸 한구석에 용이 여의주를 품듯 내단 한 개쯤은 품고 있어야 말이 된다. 두꺼비한테 녹아버린 괴물 뱀도 내단까지는 확인 못했지만 분명 천화상연실이나 만년하수오 못지않은 정기를 뿜어내지 않았던가. 괴조 또한 그 못지않은 정을 뱃속에 내단 형태로 간직하고 있을지 몰랐다.

"말코 자식, 입만 열면 헛소리였지만 이번만은 한번 믿어 보지."

노인은 금란초 찾는 일을 거의 포기한 상태였다. 코앞에서 금란초와는 비교조차 할 수 없는 엄청난 기연을 빼앗기고 보니 도무지 흥이 나지 않았다. 또한 금란초만 찾아서 해결될 문제였다면 모를까, 그것을 여기서 찾는다 해도 그가 현재 부닥치고 있는 문제를 해결하기 위해서는 해야 할 일이 아직 산더미였고, 그 일들을 하기 위해서는 강호로 다시 나가 도산검림(刀山劍林)을 헤쳐 나가야 할 실정이었다.

암담한 미래와 허탈한 과거가 머릿속에 그득하다 보니 현재에 충실하기 어려웠던 노인은 좀 더 쉬운 길을 택하려 했다. 또 다른 기연이 남아 있지나 않을까 하는 막연한 기대, 그것이 바로 괴조의 배를 가르려는 까닭이었다.

그의 손에는 기다란 뿔이 들려 있었다. 연못 바닥에서 건져 내온 괴물 뱀의 뿔이었다. 뿔은 두꺼비들의 연기에도 녹지 않은 채 멀쩡한 원형을 유지하고 있었고, 그 끝은 잘 벼린 검극처럼 날카로웠다.

깃털 사이로 보이는 괴조의 피부는 강철같이 딱딱했다. 그러나 뱀의 뿔 끝의 예기 또한 상상 이상이었다. 찌르는 족족 마치 솜을 헤집는 듯 푹푹 들어갔다.

그러나 아무리 날카롭다 한들 뿔을 찌르는 용도가 아닌 베어내는 칼처럼 쓴다는 게 쉬운 일이 아니었다. 노인은 두 시진을 낑낑거리고서야 간신히 괴조의 옆구리에 사람이 들어갈 정도의 구멍을 낼 수 있었다.

역한 냄새가 나는 피와 내장을 긁어내며 뱃속으로 들어가 이리저리 뒤적이길 반나절, 노인은 쌍욕을 뱉어내며 피범벅이 된 채 괴조의 배 밖으로 기어나왔다.

내단은 코빼기도 보이지 않았다. 얻은 거라고는 역한 피 냄새와 악취, 더러워진 옷과 더욱 나빠진 성질뿐이었다.

노인은 하늘에 대고 말코도사에게 욕지거리를 퍼붓는 일로 내단 탐색을 마무리했다.

땅에 큰대자로 누워 하늘을 욕하고, 말코도사를 욕하고, 괴조를 욕하던 그는 문득 자신이 한심스러워졌다. 따지고 보면 하늘이 무슨 죄가 있고 말코가 무슨 죄가 있나? 또 죽은 새가 무슨 죄가 있을까. 금란초를 찾겠다는 원래의 목적을 잊어버리고 엉뚱한 것에 집착한 그 자신이 어리석을 뿐 아닌가.

이러고 있는 시간에 금란초를 찾으러 다니는 것이 올바른 길이라는 것은 알고 있었다. 그러나 반성과 의욕만으로 몸을 일으키기에는 그의 나이가 너무 많았고, 놓쳐 버린 기회와 암담한 미래로 인해 지친 심신은 도무지 말을 듣지 않았다.

그때였다, 맥없이 누워 있는 노인의 귓가에 한줄기 음성이 파고들어 온 것은.

"여기가… 어디입니까?"

노인은 황급히 몸을 일으켰다. 이틀 내내 의식이 없던 청년이 어느새 두 눈을 뜨고 자신을 바라보고 있었다.

"정신이 드나?"

청년은 억눌린 듯한 부자연스러운 음성으로 말했다.

"제가… 정신을 잃었었나요?"

"그렇네. 벌써 이틀째 그러고 있었지. 절벽에서 떨어져 내린 것은 기억나나?"

"절벽이요? 무슨 말씀인지……?"

청년은 어리둥절한 표정을 지었다.

노인은 미간을 찌푸리다가 말했다.

"자네, 이름이 뭔가?"

"제 이름이요?"

청년은 어리둥절한 표정을 지었다.

"제 이름은… 제 이름은……."

청년은 같은 말을 몇 번이고 되뇌었다.

"뭐야? 자네, 이름도 몰라?"

"기억이 나질 않습니다."

"그래? 그럼 자네 성씨나 가문 같은 것은?"

청년은 인상을 찌푸렸다.

"생각이… 안 나요."

"절벽 중간에 왜 갇혀 있었는지도? 정신을 잃기 전의 마지막 기억은 뭔가?"

청년은 생각을 쥐어짜 내려는 듯 잔뜩 미간을 좁혔다.

"윽!"

청년은 갑자기 고통스런 비명을 지르며 머리를 감싸 쥐었다.

"왜 그러나?"

노인은 얼른 청년에게로 다가갔다.

청년의 손이 머리에서 툭 떨어졌다. 노인이 보니 그는 어느새 정신을 잃은 상태였다.

"흐음, 이름이고 뭐고 아무것도 기억이 나지 않는다? 재미있는 놈이로군."

노인은 사람이 머리에 강한 충격을 받으면 기억을 잃을 수도 있다는 것을 알고 있었다. 청년 또한 괴조와의 충돌에 의한 충격으로 그렇게 되었을 수 있다.

하긴, 천 장 절벽에서 떨어져 괴물과 박치기를 하고 상처 하나 없이 멀쩡하다는 게 애당초 말이 안 되는 얘기 아닌가. 겉이 괜찮다고 해서 속까지 말짱하리라는 보장은 어디에도 없는 것이니 머리가 좀 맛이 간 게 오히려 이치에 맞겠다는 생각도 들었다.

노인은 혀를 차며 청년의 단전에 손을 갖다 댔다. 뜨겁고 차갑던 것이 이제는 어떻게 되었는지 알고 싶었기 때문이다.

"음?"

잠시 단전에 손을 대고 있던 노인은 침음성을 터뜨렸다.

"믿을 수 없군! 이런 엄청난 기운이!"

청년의 단전은 정상적인 온도를 유지하고 있었다. 불규칙하던 온도 변화가 없어진 단전에는 노인의 손을 밀쳐 낼 정도의 강력한 내기가 감돌고 있었다.

"올 것이 왔군!"

노인은 놀랍기도 하고, 더욱 청년이 부러워졌다. 이놈은 제 손으로 코 한 번 안 풀고 당대제일의 내공을 얻은 것이다. 그것도 불과 이틀 만에 말이다. 영약도 영약이지만 두꺼비들이 내뿜은 강력한 열화로 인해 삼대영약의 정이 순정한 형태로 혼합된 것이 이렇게 짧은 시간 내에 비약적인 내공을 성취한 결정적인 이유였다.

'바로 옆에 있던 나는 대체 뭐 했나.'

노인은 엄청난 기연을 얻은 현장을 눈앞에서 보고 있자니 자신의 서글픈 신세가 더욱 처량하게 느껴졌다.

하릴없이 청년 근처를 서성이며 한숨을 푹푹 쉬던 노인의 눈에 뜻밖의 광경이 걸린 것은 기절해 누워 있는 청년의 머리 쪽으로 몸을 돌렸을 때였다. 노인은 그의 두통수 쪽이 갑자기 반짝이는 느낌을 받았다.

"뭐야? 철두공이 극한에 달해 금강두(金剛頭)라도 된 거야?"

노인은 신기한 마음에 청년에게로 다시 다가갔다. 정말 청년의 숱이 빽빽한 뒷머리에 노란빛이 반짝이는 것이 보였다. 전날에는 볼 수 없었던 현상이다.

노인은 고개를 디밀고 청년의 머리를 자세히 살폈다. 머리칼 속에 뭔가가 반짝거리고 있었다.

"이게 뭐야?"

노인은 손을 내밀어 청년의 머리칼을 헤치고 안에 있는 것을 끄집어냈다.

노인의 손에 올려진 물건은 잡풀 같아 보이는 식물이었다. 다만 일반적인 잡풀과는 달리 금빛을 발하고 있었다.

"이… 이것은……?"

노인은 눈이 튀어나올 듯 놀랐다. 그는 다급히 코를 식물에 처박고 냄새를 맡았다. 청향 등을 달일 때 나는 냄새와 흡사한 은은한 향기! 이것은 바로 그가 그토록 찾아 헤매던 그것이었다.

"금란초로구나!"

노인은 미친 듯이 환호성을 질렀다. 온갖 우여곡절이 있었지만 결국 산에 들어온 목적을 달성한 것이다.

"그런데 이걸 왜 이놈이 가지고 있지?"

한참 방방거리며 소리를 지르다가 간신히 진정한 노인은 다시금 의아한 눈초리를 청년에게 보냈다. 그 전날 머리의 상처를 살필 때만 해도 보지 못했는데?

아마도 금란초는 청년의 덥수룩한 머릿속 깊숙이 숨겨져 있다가 조금 전 청년이 잠시 깨어났을 때 그가 머리를 움켜잡는 바람에 겉으로 모습을 드러낸 듯했다. 그럼 청년은 어떻게 금란초같이 귀한 식물을 머릿속에 숨기고 있었을까?

노인은 다시 고개를 쳐들어 절벽 위에 있는 청년이 빠져나온 구멍을 바라보았다.

노인이 태산에 오기 전에 조사한 바로는 금란초는 빛이 잘 들지 않고 공기가 희박한 곳에서 자란다고 했다. 그렇다면 저 구멍 속의 동굴은 금란초가 자라기 알맞은 서식지일 수도 있다.

"저 위로 올라갈 수 있다면 그 안에 금란초가 더 있을 수도 있단 얘긴데……."

노인은 군침을 꿀꺽 삼켰다. 금란초는 군집 식물은 아니지만 두세 포기가 같이 발견되는 경우가 종종 있다고 들었다. 워낙 희귀한 약재인지라 밀거래 시장에서 부르는 게 값인 물건이고, 돈에 앞서 그가 추진하고 있는 계획에 절실히 필요한 약재이니 많으면 많을수록 좋았다.

그러나 한없이 높은 절벽 중턱의 구멍까지 지금 그의 몸 상태로 올라가기는 불가능한 일이었다. 설사 몸이 정상적인 상태였다 해도 삼류 수준을 못 벗어나는 그의 경신술로는 어림도 없는 일이었다.

아까운 입맛을 다시던 노인은 문득 청년을 바라보았다.

"혹시 이놈이라면……."

청년이라면 가능할 것 같았다. 저 정도 수준의 내공이라면 벽호공으로 걸어 올라갈 수도 있을 법했다.

"깨어나면 시켜봐야겠군."

노인은 그렇게 중얼거리면서도 불안스러웠다. 청년이 아무리 날고 기는 고수라 해도 직각에 가까운 절벽 위에 올라가 약초를 캐오라는 부탁을, 그것도 성면부지의 사람의 말을 들어줄까?

"들어줘야지! 엄밀히 말해 생명의 은인이 아닌가! 동굴 안에 갇혀 있던 놈을 풀어주고, 익사할 것을 물속에서 끄집어내 돌봐주기까지 하고 있는데!"

노인은 불안감을 떨쳐 버리려는 듯 버럭 소리를 질렀다.

사실 청년 역시 괴조에게서 그의 목숨을 살려줬으니 피차 일반이었지만 청년은 그 사실을 모르니 안 가르쳐 주면 그만이었다. 제까짓 게 깨어나면 자기 말에 따를 수밖에 없는 것이다.

"가만… 내 말에 따를 수밖에 없다라……?"

노인의 머릿속에 돌연 한 가지 생각이 섬광처럼 번득였다.

"그래, 바로 그거야. 이놈은 깨어나면 내 말을 들을 수밖에 없겠지. 왜냐하면 기억나는 게 아무것도 없으니까."

노인은 금란초를 바라보고 저 멀리 산 밖을 바라보았다. 그러던 그는 돌연 자신의 무릎을 치며 박장대소를 했다.

"그거 기가 막히군! 그래, 난 역시 천재였어! 으하하하하!"

노인의 호탕한 웃음소리가 어두운 계곡을 울렸다.

第三章
이세민, 이름과 사부를 얻다

1

그가 다시 눈을 떴을 때는 새벽녘이었다. 여명이 밝아오는 듯 동편 하늘이 서서히 환해지고 있었고, 바람 소리가 귀를 울렸다.

'별이 사라졌군……'

눈을 감기 전의 기억을 더듬어보면 노인이 있었고, 그가 이름을 묻던 것이 어렴풋이 생각났다.

어둡고 좁은 공간에서 뭔가에 강하게 눌렸던 느낌도 있었지만 그 기억은 노인을 본 것보다 더욱 희미했다.

한데 이상하게도 검은 하늘에 총총히 별이 떠 있던 광경만은 또렷이 기억되었다.

　오랜 시간, 정말 긴긴 시간 동안 그 별들을 본 것 같았다. 그 다음 어둡던 보금자리를 박차고 나왔을 때 쏟아지던 햇살, 바람의 상쾌함, 그리고…….

　누군가가 절벽을 등진 채 우뚝 서 있는 모습이 떠올랐다. 그러나 그 모습을 떠올리자마자 머리가 깨어질 듯 아파왔고, 곧 그의 기억 속에서 그 영상은 지워져 버렸다.

　"정신이 들었나?"

　굵직한 목소리가 들려와 그의 상념을 깨웠다.

　그는 문득 의아한 생각이 들었다. 의식을 잃기 전에 잠깐 보았던 노인의 목소리 같은데 그때보다 훨씬 굵고 목소리에 힘이 들어간 듯 느껴졌기 때문이다.

　그는 목소리가 난 쪽으로 시선을 돌렸다. 노인은 그의 바로 앞에 있는 평평한 바위 위에 몸을 돌린 채 가부좌를 틀고 앉아 있었다.

　휘이이잉―

　때마침 계곡의 거센 바람이 불어와 노인의 옷자락과 풀어헤친 긴 백발을 휘날렸다. 노인은 의식을 잃기 전에 잠깐 보았던 바로 그 노인이었다. 그런데 모습이 조금 달라 보였다.

　'어라? 아까 보았을 때는 머리가 묶여 있었던 것 같은데?'

　그는 고개를 갸웃거렸다.

　노인은 천천히 몸을 일으켰다. 그리고 풀어헤친 머리를 바람에 휘날리며 위풍당당하게 돌아섰다.

“이제 정신이 들었으면… 윽!”

노인은 갑자기 새된 비명을 질렀다. 바람의 방향에 거슬러 몸을 돌리는 중에 휘날리던 머리가 눈을 찔렀기 때문이다.

“킥!”

그의 입에서 저절로 웃음이 튀어나왔다.

노인은 다급히 머리를 바로잡으며 헛기침을 몇 번 하고는 말을 이었다.

“흠, 흠! 이제 정신이 들었느냐?”

“예, 들었습니다.”

“네 이름은 무엇이냐?”

노인의 어조가 그전과는 사뭇 달라진 것이 느껴졌지만 그는 자신의 이름을 생각하느라 신경 쓸 여유가 없었다.

“음… 생각이 안 나는데요.”

“좋다. 그럼 사문이라든지 부모님 함자라든지 떠오르는 것은?”

그는 잠시 생각하다 고개를 저었다.

“머릿속이 백지장처럼 텅 빈 것 같네요. 뭐가 뭔지 모르겠어요.”

노인은 흡족한 표정으로 고개를 끄덕였다.

“아주 좋… 아니, 그거 참으로 안타깝구나. 너는 저기 절벽 위에서 떨어졌다. 그것은 기억이 나느냐?”

그는 노인의 손이 가리키는 쪽으로 눈을 들었다. 절벽의 꼭대기는 까마득했다.

"제가 저 위에서 떨어졌다고요?"

"아니, 저 꼭대기 말고 저기 중간의 구멍. 넌 그 안에 있었다. 기억이 나는 것이 있느뇨?"

그는 곰곰이 생각하다 말했다.

"글쎄요. 기억이 잘 안 나는군요. 그런데 저 중턱만 해도 엄청나게 높은 곳인데, 저기서 떨어진 제가 어떻게 살아날 수 있었을까요?"

노인은 헛기침을 한 번 크게 하고는 마치 그 질문을 기다렸다는 듯 대답을 개시했다.

"매우 좋은 질문이다. 일반적인 상황이었다면 넌 모가지가 부러져 즉사했겠지. 그러나 바로 이 몸, 권왕(拳王) 위세광(魏世光)이 바로 이곳에 있었던 것이 너에게는 그야말로 천운이었다."

"권왕 위세광이요?"

그는 고개를 갸웃거렸다. 왠지 귀에 익은 함자였기 때문이다.

"그렇다. 들어본 기억이 있느뇨?"

자신을 위세광이라 칭한 노인은 반가운 표정으로 말했다.

그는 머리를 까딱이며 대꾸했다.

"들어본 것 같기도 하고… 귀에 익긴 한데 말입니다. 그런데 노인장이 바로 그 권왕이십니까?"

"아니면 내가 저 높이에서 떨어진 너를 어떻게 구할 수 있었겠느냐? 그리고 사경을 헤매는 너를 어떻게 되살릴 수 있었겠느뇨?"

"제가 사경을 헤매요? 왜요?"

"왜긴, 저렇게 외진 곳에서 기억을 잃은 채 방치되어 있었는데 몸이 성했을 리 있겠느냐? 너를 살리기 위해 노부의 필생의 공력을 소진했다. 그것을 너는 경심해야 한다!"

"예에?"

그는 뜨악한 눈으로 위세광을 바라보았다.

"보통 환자는 침과 의술로 살리는 것 아닙니까? 공력으로 죽어가는 사람을 살린다는 얘기는 금시초문인데요?"

그의 날카로운 반문에 위세광은 흠칫한 표정을 지었다.

위세광은 어색한 웃음을 터뜨리며 말을 이었다.

"으… 하하하! 제법 영민한 놈이로고! 똑똑한 너를 보니 노부의 마음이 다 흡족해지는구나! 그래, 일반적인 상황이라면 네 말이 맞지만, 결국 침과 의술도 사람의 기를 살리는 것이고 무공 또한 내공으로 기를 돋우는 것이니, 결국 끝에 가서는 다 일맥상통하는 것이니라. 아두튼 너는 몸이 쇠했을 뿐 아니라 내상이 심해서 의식이 돌아와도 거의 불구를 면치 못할 상황이었다! 게다가 이곳에는 침과 의약품도 없고, 노부 또한 시간이 없었기에 너를 살릴 수 있는 방법은 단 한 가지뿐이었다! 그것은 바로 격체전공(隔體傳功)!"

"격체전공?"

그는 고개를 갸웃했다.

"내공을 다른 사람에게 전수해 주는 것 말이군요? 그건 매화자들 허풍담에나 나오는 얘기 아닙니까? 그걸 진짜로 하는 사람도 있나요?"

위세광이라 자신을 지칭한 노인은 차가운 새벽녘임에도 등골에 땀이 흘러내리는 것이 느껴졌다. 제 이름도 기억 못하는 놈이 별별 걸 다 알고 있었다. 머릿속이 백지장 같다면서 어떻게 말 한마디 한마디 내뱉을 적마다 사사건건 딴죽을 걸 수 있단 말인가!

'만만한 놈이 아니군. 그러나 네가 기억이 없는 이상 결국 칼자루는 이 몸에게 있지.'

위세광은 최대한 표정을 태연하게 하려 애쓰며 말을 이었다.

"물론 믿기 어려울 테지만 노부와 같은 최상승의 경지에 이른 고수는 능히 해낼 수 있는 수법이기도 하다. 그 증거로 네 몸속에 느껴지는 활화산 같은 내기를 느껴보아라."

그는 몸을 일으켜서는 팔다리를 휘휘 휘둘러 보고는 자신의 몸을 내려다보았다. 그리고는 놀란 기색으로 위세광에게 말했다.

"몸에 뭔가 엄청난 게 들어 있는 것 같은데요? 이걸 진짜 노인장이 넣어준 겁니까?"

"그렇다! 노부의 필생의 공력을 얻은 너는 이제 엄청난 힘을 갖게 되었다!"

위세광은 손을 들어 그의 뒤에 있는 넙적바위를 가리켰다.

"그 힘의 실체를 보여주지. 저 바위 앞으로 가보아라."

그는 의아스러운 표정을 지으면서도 위세광이 시키는 대로 바위 앞에 다가섰다.

"이제 그 바위를 밀어보아라."

"예? 이걸요?"

그는 뜨악한 표정을 지었다. 혼자 움직이기에는 지나치게 큰 바위였기 때문이다.

위세광은 한 치의 흔들림없는 표정으로 강하게 고개를 끄덕였다.

"의심하지 마라! 노부가 전수한 공력을 완벽히 발휘할 수 있다면 저깟 바위뿐 아니라 태산이라도 못 움직일까!"

그는 난감한 표정으로 넙적바위를 바라브았다. 바위는 너비가 십 장은 족히 될 듯했고, 높이도 일 장이 넘어 보였다.

그는 미심쩍은 표정을 지으며 바위에 손을 대었다.

뒤에서 지켜보는 위세광은 침을 꿀꺽 삼켰다. 못할 게 없다고 말을 하긴 했지만 그 역시 큰 기대는 하지 않고 있었다. 바위가 워낙 큰 데다가 모양도 넙적하여 지면과 접촉하고 있는 부분이 넓기 때문에 웬만한 힘으로는 꿈쩍도 하지 않을 것 같았다. 청년이 영약의 기운을 얻어 지대한 공력을 얻었다고 해도 아직 내공의 수발(收發)이 자유롭지 못할 것이니 본연의 능력을 십분 발휘하지 못할 가능성이 컸다.

'조금이라도 움직이겠지. 아예 못 움직여도 공부가 부족하다고 호통 칠 빌미를 얻을 수 있으니 그 나름대로 좋고.'

위세광은 잔머리를 굴리고 있을 찰나, 갑자기 하늘이 어두워진 느낌이 들었다. 떠오르던 해가 다시 땅속으로 기어들어가기라도 했나 하고 생각하고 있을 때 청년의 목소리가 들려왔다.

"들었는데요. 이제 어떡할까요?"

"들긴 뭘 들었길래… 헉!"

무심코 목소리가 들려온 쪽으로 눈을 든 위세광은 거센 숨을 토해냈다. 청년이 그가 있는 쪽을 돌아보고 있었다. 한데 그의 머리 위에는 넙적바위가 공중에 떠 있었다. 그것도 모로 세워진 채로.

"저, 저저……."

위세광은 입에 거품을 문 채 말을 제대로 잇지 못했다. 그도 그럴 것이, 청년이 저 엄청난 크기의 바위를 두 팔로 들고 있다는 자체도 놀라웠지만 하늘 높이 모로 세워진 바위가 워낙 위태위태해 보였기 때문이다. 청년이 바위를 놓치기라도 하면 청년은 물론이요, 가까운 거리에 있는 그마저도 깔려 빈대떡이 될 게 분명했다.

“들라 하셔서 들었는데 왜 그렇게 놀라십니까?”

여전히 바위를 든 채로 청년이 말했다.

위세광은 잘 떼어지지 않는 입을 간신히 놀려 말을 토해냈다.

“드… 들긴 노부가 언제 들라 했느냐, 밀어보라고 했지!”

“아, 그랬던가? 그럼 더 이상 들고 있을 필요가 없겠네요?”

청년이 바위를 내려놓으려는 듯 팔을 움직이자 하늘 높이 세워진 넙적바위가 쓰러질 듯 위태롭게 흔들거리기 시작했다.

“야, 야야! 움직이지 마! 바위 쓰러진다!”

위세광이 기겁하여 맹렬히 두 손을 휘저었다.

“그럼 어떡하라고요? 슬슬 팔이 아파오는데.”

“저, 저쪽으로 가! 저쪽으로 가서 내려놔!”

위세광은 필사적으로 손가락질을 했다.

청년은 권태로운 표정을 지으며 몸을 돌렸다. 여전히 십 장 크기의 바위를 두 손으로 쳐든 채로.

쿠웅!

청년의 손을 떠난 넙적바위가 바닥에 내동댕이쳐졌다. 지축이 울리고 계곡이 흔들렸다. 놀란 산새들이 푸드덕 날아오르고 잠이 깬 산짐승들이 울부짖었다.

2

계곡을 진동시키는 소음과 먼지가 가라앉은 후, 노인과 청년은 다시 마주 앉았다.

위세광은 놀란 가슴을 속으로 진정시키려 애쓰는 중이었다.

청년의 내공은 그가 상상한 것 이상이었다. 그는 청년이 메다꽂은 넙적바위를 바라보고는 속으로 고개를 절레절레 저었다. 전 무림을 통틀어도 과연 저 바위를 번쩍 들어 집어 던질 수 있는 자가 있을까? 생각하고 또 생각해 봐도 쉬이 답이 나오지 않았다. 천하를 오시한다는 천하오존(天下五尊) 중에서도 십 장이 넘는 바위를 집어 던질 만한 능력을 가진 자는 없을 듯했다.

'천하제일의 내공을 지녔다는 청룡왕이라면 가능하지 않을까?'

청룡방이 십 년 전 흑호방이란 사파와 전투를 벌일 적에 단신으로 흑호방 본거지에 쳐들어간 청룡왕이 직경 일 장에 달하는 거대한 돌기둥을 두 팔로 껴안고 뽑아 올려 팔층 누각을 단숨에 무너뜨린 무용담은 아직까지도 인구에 회자되는 얘기였다.

그러나 위세광은 이내 고개를 저었다. 흑호방의 돌기둥은 붙잡고 들기 편하게 세로로 높이 세워져 있었다. 반면에 방금 전 청년이 들어올린 바위는 돌기둥보다 훨씬 크고, 또 바닥에 뉘어져 있었다. 그런 것을 모로 세워 들었으니 설령 비슷한 무게라 해도 후자가 힘이 훨씬 많이 들어갈 것이다.

'어찌 되었든 결론은 이놈이 괴물이라는 거로군.'

위세광은 청년을 보며 크게 헛기침을 한 컨 하고 말했다.

"이제 네 힘이 어느 정도인지 실감이 되렸다?"

청년도 수긍하는 듯 고개를 끄덕였다.

"저도 바위를 들기 전에는 반신반의했는데, 쉽사리 들고 보니 이제 좀 실감이 나는군요."

"그렇지? 이 몸이 전해준 공력이 참으로 대단하게 느껴지지?"

"……."

위세광은 눈살을 찌푸렸다. 이쯤 되면 생명을 살려주고 넘치는 공력까지 전수한 은공의 하해와 같은 은혜에 감복하여 눈물을 흘리고 큰절을 들입다 해대는 반응이 나와야 하는 것 아닌가. 한데 청년은 아무 말이 없고, 게다가 표정도 영 시큰둥했다.

"왜 아무 말이 없느냐?"

"좀 이해가 안 가서요."

"뭐가 또?"

"말이 안 된다고 생각지 않으십니까? 평생을 쌓아온 내공이라면 노인장에게는 무척 소중한 것일진대 생면부지인 저를 살리는 데 소진할 이유가 없지 않습니까?"

'까칠한 놈이군. 저렇게 의심이 많아서야.'

속으로 투덜거리면서도 위세광은 준비해 놓고 있던 비장의 패, 눈물 없이 들을 수 없는 처절한 사연을 꺼내 들었다.

"그래, 일반적인 상황이라면 그럴 이유가 없지."

위세광의 목소리는 자못 비장해졌다.

"천하를 호령하던 노부가 이런 외진 계곡 안에 갇혀 있을 이유도 없고 말이다. 유명마교(幽冥魔教) 놈들의 계략에 넘어가 아수라멸공장(阿修羅滅功掌)에 당하지만 않았어도 이렇게까지는 되지 않았을 터인데……."

위세광의 목소리는 점점 비탄에 젖어들었다.

"아수라멸공장이 뭡니까?"

청년은 의아한 표정으로 물었다.

"천하에서 가장 극악한 장력이다. 정통으로 맞게 되면 그 후유증으로 체내의 공력이 점점 소멸되어 버리는 끔찍한 사공(邪功)이다."

위세광의 말을 듣고 있던 청년은 입꼬리를 살짝 말아 올리며 희미한 웃음을 지었다. 위세광은 미묘하게 느껴지는 그 웃음이 어쩐지 조소처럼 느껴져 기분이 확 나빠졌다.

"뭐가 우습나?"

청년은 이내 표정을 고치며 대꾸했다.

"딴 게 아니라 그… 무공 이름이 좀 그렇지 않습니까?"

"뭐가 그렇지 않단 말이냐, 대체?"

"아수라멸공장 말입니다. 끔찍한 사공치고는 이름이 좀 과장되고 어설퍼 보이지 않습니까? 아수라파천장이나 아수라광폭장 정도만 해도 그러려니 할 텐데… 멸공장이라 하니 무슨 대장간 이름 같기도 하고……."

위세광은 속으로 뜨끔했다. 사실 아수라멸공장은 그가 급조해서 지어낸 이름이었기 때문이다.

본래 뼈아픈 지적은 듣는 사람에게 반성의 마음보다는 화를 일으키게 만드는 법이다.

위세광은 시뻘게진 얼굴로 버럭 소리를 질렀다.

"닥쳐라, 이놈! 아수라멸공장이라고 노부가 이름 붙였냐? 그게 그렇게 웃기면 유명마교 개파조사한테 가서 직접 따지던가!"

"아니, 본인이 지은 이름도 아니라면서 그렇게 화내실 것까지야……."

"근데 이 자식이 말끝마다 정말!"

"예, 예, 알겠습니다. 고정하시죠."

위세광의 화가 폭발하자 청년은 얼른 꼬리를 내렸다.

한참을 씨근덕거리던 위세광은 간신히 마음을 진정하고 말을 이었다.

"어쨌든 아수라멸공장에 당하고 놈들에게 쫓겨 이곳 태산까지 몰린 노부는 불의의 사고로 절벽에서 추락하게 되었다. 그리고 나서 여기 보이는 괴물들과 사투를 벌여 놈들을 때려잡았지."

청년은 위세광의 말을 듣고 연못가에 있는 괴조의 시체를 보았다. 그는 크게 놀라며 물었다.

"정말 저 괴물을 노인장이 잡았단 말입니까?"

"그럼! 사실 저놈뿐 아니라 저놈 두 배만 한 괴물 뱀과 지옥 불을 뿜어내는 괴물 두꺼비 떼마저도 물리쳤지. 그러나 천하를 주름잡았던 노부라 할지라도 상대해야 할 괴물의 수가 많아 매우 벅찬 싸움이었다. 힘을 소진하고 나니 몸속에 침투해 있는 아수라멸공장의 독기가 더욱 강하게 발동, 점점 공력의 소멸이 빨라짐을 느낄 수 있었다. 그때 바로 네가 절벽 아래로 추락했고, 노부는 그런 너를 받아낸 것이다."

"오호라!"

청년은 감탄성을 터뜨렸다. 그러나 위세광이 보아하니 목숨을 살려줬다는 데도 별로 고마워하는 눈치는 아니었다.

'이거 혹시 개념없는 놈 아냐? 얘기 다 듣고 '아, 그랬군요. 그럼 전 이만' 하고 룰루랄라 떠나가 버리면 그야말로 최악인데.'

위세광은 내심 긴장이 되었다. 그것은 결코 상상하고 싶지 않은 결과였다.

그의 말이 좀 더 비장한 어조로 바뀐 채 계속 이어졌다.

"아무튼 저 높은 곳에서 떨어지는 너를 무리하게 받고 보니 발동된 멸공장의 기운이 몸속에서 더욱 강하게 작용하는 것이 느껴졌다. 이대로 있다가는 며칠을 못 가 공력이 모두 소멸될 지경, 노부는 결국 너에게 마지막 희망을 걸 수밖에 없었다."

"저한테요? 왜요?"

뻔뻔스럽게까지 느껴지는 청년의 반문에 다시 폭발할 뻔한 위세광은 간신히 마음을 다스리며 말을 이었다.

"말했지 않느냐, 공력이 곧 소멸할 지경이었다고. 노부는 아수라멸공장에 당한 후 그 독기를 극복하고 공력을 다시 회복할 방법을 천신만고 끝에 알아냈다. 그러나 앞서 말한 여러 사고로 인해 독기가 지나치게 빨리 발현했고, 이대로 가다간 방법을 강구하기도 전에 공력이 모두 사라질 거란 걸 깨달았다. 그래서 결국 최후의 수단으로 너를 선택한 것이다. 너에게 일단 격체전공으로 소멸될 위기에 처한 내공을 남김없이 전수하고, 노부의 몸속에 남은 약간의 진원진기는 공력을 폐쇄하여 멸공장의 독기로부터 보호를 시켰다. 고로 노부는 이제 더 이상 무공을 쓸 수 없는 상황이다. 이제 노부가 잃어버린 무공을 회복하기 위해서는 네 도움이 절대적으로 필요하다."

"아하, 그랬군요?"

청년은 이해가 간다는 듯 고개를 끄덕였다.

"그럼 결국 노인장 몸에 놔둬도 어차피 사라질 공력인지라 밑져야 본전이라는 식으로 저한테 전수하셨다는 말인가요?"

“이 자식이 말을 해도 꼭!”

다시 화를 벌컥 내려던 위세광은 상황이 이 지경이 된 마당에 청년을 함부로 대해서는 안 된다는 사실을 깨달았다.

그는 머리끝까지 치민 화를 억지로 내리누르며 말을 이었다.

“아까도 말했지만 처음 보았을 때 네 몸 상태는 최악이었다. 그대로 방치해 두면 곧 죽거나 폐인이 될 지경이었지. 고로 노부의 사정이 어찌 됐든 간에 너를 살리기 위해서는 막대한 내공을 몸속에 주입해야 했다.”

위세광은 이렇게 말하는 데도 청년의 표정에 별다른 감동의 빛이 보이지 않자 이를 악물고 최후의 패를 꺼냈다.

“네 태도를 보아하니 노부의 도움이 그리 크게 와 닿지 않는 모양인데, 좋다. 비록 사정이 절박하여 지푸라기라도 잡는 심정으로 너에게 내공을 전수하긴 했지만 노부는 보답을 간청하지 않는다. 노부의 호의를 받아들이는 것은 전적으로 네 마음이다. 고맙게 생각되지 않는다면 당장 이 자리를 떠나라. 그리고 앞으로 부디 내 눈에 띄는 일이 없길 바란다.”

위세광은 씹어뱉듯 말을 내뱉고는 몸을 돌려 앉았다. 그러나 당당한 태도와는 달리 그 속은 꺼멓게 타 들어가고 있었다.

‘설마 이 정도까지 했는데 그냥 가버리면 인간이 아니지. 아무리 개념없는 놈이라도 미안한 생각은 눈곱만큼이라도 들 거야.’

잠깐의, 그러나 위세광에게는 참으로 길게 느껴지는 시간이 흘렀다. 위세광이 초조함으로 침을 꿀꺽 삼키는 와중에 그가 돌아앉은 쪽으로 걸어오는 청년의 모습이 보였다. 위세광은 하마터면 사레가 들릴 뻔했다.

청년은 쭈뼛거리며 다가와 말했다.

"노인장, 좀 전에는 죄송했습니다. 머리가 빈 놈이라 예의 있는 모습을 보이지 못했군요. 은혜를 받았으니 당연히 갚음에 열심을 다해야겠지요. 시키실 일이 있으면 하명하십쇼. 성심껏 도와드리겠습니다."

'옳거니!'

위세광은 속으로 쾌재를 불렀다.

그는 최대한 근엄한 표정을 지으며 진중한 한마디를 던졌다.

"노부의 말에 성심껏 따르겠다고?"

"예."

"그럼 일단 구배지례(九拜之禮)부터 올려라."

"예에?"

3

구배지례란 제자 될 자가 스승 될 사람에게 올리는 예였다.

청년은 왜 그런 걸 구태여 해야 하나 싶은 눈치였지만 내공을 전수받은 이상 이미 자파(自派)의 제자가 된 것이라고 위세광이 박박 우겨서 결국 구배지례를 받아내고야 말았다.

"제자야."

"예, 사부님."

"음하하하핫! 듣기 좋은 소리로군. 제자야."

"예, 사부님. 이제 그만 하명하시죠."

"오냐. 우선 네 이름부터 하나 지어야겠다. 물론 기억이 되살아나서 본래 이름을 찾는 것이 가장 좋겠지만, 그때까지 임시로 부를 이름 정도는 있어야 하니까."

"알겠습니다."

"그래서 말인데… 일단 성씨는 부르기 쉽고 흔한 장(張) 씨로 하고, 이름은 세상을 깨끗이 한다는 뜻에서 세척(世滌)이 어떻겠느냐?"

"장세척이요?"

청년은 뜨악한 표정을 지었다.

"그건 별로 마음에 안 드는데요."

위세광의 인상이 험악해졌다. 사제지연을 맺은 후 기분 좋은 마음가짐으로 제자의 이름을 지어주려 하는데, 자기 말을 성심성의껏 따르겠다던 이 몹쓸 제자 놈은 시작부터 딴죽을 걸고 있지 않는가.

"뭐가 마음에 안 든다는 게냐?"

"그보다 멋있는 이름이 많지 않습니까? 주서붕이나 용유

진, 조자건 등등……. 세척이라 하니 주방 보조에나 어울리는 이름 같지 않습니까?"

"뭣? 주방 보조? 이런 발칙한 놈! 사부의 정성 어린 작명을 그딴 식으로밖에 표현 못하겠느냐?"

위세광은 화를 벌컥 냈지만 발칙한 제자는 표정 하나 변하지 않은 채로 대꾸했다.

"아무튼 장세척이란 이름은 절대 사양입니다. 그보다도 음… 장삼이사(張三李四)라 하니 장 씨보다는 이 씨가 좀 나을 듯하고, 이름은… 좋습니다. 사부님의 정성을 보아 세(世) 자 한 글자 받고, 어감이 좋은 민 자를 붙여서 이세민(李世旼)이 좋겠군요."

위세광은 코웃음을 쳤다.

"얼어죽을 이세민은, 네가 당태종이냐? 잔말 말고 장세척으로 해!"

"싫은데요?"

위세광의 쌍심지가 하늘 높이 올라갔다.

"네가 감히 기사멸조(欺師滅祖)의 죄를 범하겠다는 거냐?"

"노인네 참 깐깐하시긴. 임시변통으로 쓸 가명 하나 짓는데 무슨 기사멸조의 죄까지 들먹이십니까?"

"네놈의 말버릇 자체가 이미 기사멸조감이지!"

노인네란 말에 눈이 돌아간 위세광의 주먹이 제자의 머리를 향해 전광석화처럼 내리꽂혔다.

딱!

"으악—!"

계곡에 아련히 울린 비명은 맞은 자가 아닌 때린 자의 것이
었다.

위세광은 오른손에 부목을 댄 채 식식거리고 있었다.

'내가 노망이 들었지. 놈이 괴조의 골통을 박치기로 부술
정도의 석두라는 것을 잊어버리다니……'

그의 주먹 실력은 다른 무공 능력에 비해 확실히 뛰어난 것
이었지만 그의 제자의 단단한 머리와 그것을 보호하고 있는
절정의 내공을 뚫기에는 역부족이었다. 그의 손목은 탈골되
었고, 제자, 이제는 이세민이라 불리게 된 녀석의 손에 의해
맞춰진 상태였다.

결국 이름없는 제자의 이름은 본인의 고집대로 이세민으
로 결정되었고, 그 이름을 얻는 대신 앞으로 사부의 지시에
함부로 토를 달거나 버르장머리없는 행동을 하지 않기로 단
단히 약조를 한 상태였다.

'저놈 하는 싸가지를 보면 그 약속이 과연 제대로 지켜질
지가 의문이란 말이야?

위세광은 못마땅한 눈초리로 이세민을 주시했다.

그의 제자는 지금 절벽 가까이에서 공중을 올려다보고 있
었다. 그가 바라보고 있는 곳은 그가 추락 이전에 위치하고

있었을 거라 위세광이 추측한 절벽 중턱의 동굴이었다.

위세광이 가까이 가자 이세민은 등굴에서 눈을 떼지 않은 채로 말했다.

"저런 곳에서 저는 대체 무얼 하고 있었을까요?"

"글쎄다. 세상을 등진 채 은거하여 도를 닦고 있었는지도 모르지."

위세광의 대꾸는 물론 농이었지만 전혀 근거없는 추측은 아니었다. 이세민의 옷이 다 낡아서 헤진 것으로 볼 때, 은둔 생활을 오래 했을 가능성이 있었다.

위세광의 농에 피식거리던 이세민은 정색을 하며 말했다.

"저 위로 올라가 봐야겠습니다."

"무슨 수로?"

"우선 절벽 꼭대기까지 올라가야지요. 그 다음 밧줄이라도 만들어서 타고 내려오면 되지 않을까요?"

위세광은 고개를 저었다.

"여긴 워낙 산세가 험악해 계곡을 벗어나 저 꼭대기까지 가는 길을 찾는 것 자체가 쉽지 않은 일이다. 차라리 여기서 기어올라 가는 게 손쉬울 게다."

"어떻게요? 경사가 저렇게 가파른데요? 우린 도구도 없고."

"무림인은 도구를 가지고 산에 으르지 않는다. 무공으로 오르지."

"어떤 무공으로 말입니까?"

위세광은 질문에 대답하지 않고 이세민을 유심히 바라보았다.

"아까 넙적바위를 드는 것을 보아하니 내공의 수발(收發)을 제법 하는 것 같던데?"

"내공의 수발이란 게 뭡니까?"

"말 그대로 몸 안의 내공을 몸 밖으로 내고 거두는 것이지. 네 녀석은 두 팔을 한껏 벌려도 껴안기가 어려울 정도로 커다란 바위를 손만 댄 채 들어올렸다. 그것도 모로 세워서. 내공의 당기는 힘[引力]을 이용하여 바위 전체를 두 손바닥에 붙여 조종한 것이 아니고서야 있을 수 없는 일이지. 안 그런가?"

이세민도 수긍하는 표정으로 고개를 끄덕였다.

"의식하진 않았습니다만, 말씀을 듣고 보니 그런 것 같군요. 사실 바위에 손을 댈 때만 해도 난감하다 싶었는데, 손을 대자마자 몸의 넘치는 기운이 자연스럽게 바위로 전파되는 느낌이었습니다. 그렇게 되고 보니 망설임없이 그것을 번쩍 들어올릴 수가 있었고요."

위세광은 난감한 표정을 지었다.

제자의 말을 종합해 볼 때 가르쳐 주지 않아도 내공을 조종할 수 있는 이 녀석은 무림인임이 분명했다. 게다가 이렇게 어린 나이에 내공의 수발을 자연스럽게 할 수 있다는 것은 정종 내공을 다년간 익혔다는 말에 다름 아니었다.

'이거 골치 아프군!'

위세광은 미간을 찌푸렸다.

'최근에 태산에서 실종된 정종두가의 기재'라면 그 범위가 확 좁혀진다. 신분을 밝혀내기가 매우 손쉬울 수 있다. 당장 태산을 벗어나 큰 도시만 가도 그런 사람을 찾는다는 소문이 들려올지도 몰랐다.

그렇게 되면 기껏 공들여 격체전공으로 내공을 키워놓… 았다고 알고 있는 제자 놈이 스승의 한량없는 은혜를 갚을 기회도 없이 '아이고, 저 찾는 사람들이 있군요. 그럼 전 이만' 하며 저 멀리 훨훨 날아가 버리는 끔찍한 사태가 도래할 수도 있다는 얘기였다.

물론 싹수있는 놈이라면 생명을 구해주고 내공까지 전수… 해준 사부를 함부로 내치는 짓은 하지 않을 것이다. 하지만 곁에 있는 이 녀석은 보면 볼수록 그다지 싹수가 있어 보이지 않았다.

'이놈이 해줘야 할 일이 태산인데… 정체가 너무 일찍 밝혀지면 곤란한 수가 생길 수 있다. 그렇다면 이놈의 눈과 귀를 가리고 끌고 다녀야 하나?'

거기까지 생각한 위세광은 이내 고개를 흔들었다. 거짓 인연으로 맺어진 사제지간일지언정 그렇게까지 악랄하게 제자를 이용하고 싶진 않았다.

'놈의 신분을 밝힐 수 있는 기회가 있다면 차라리 최대한 도와주도록 하자. 혹시 모르지. 청룡방이나 독고세가 정도 되는 명문대파의 직전제자라면 잃어버린 제자를 찾아준 대가로 내가 추진하는 일을 적극 도와줄 수도 있지 않나? 가뜩이나 노리고 있는 놈들도 많은데 좋은 방패막이가 될 수 있고 말이지.'

위세광은 가급적 좋은 쪽으로 생각하기로 마음먹었다.

"왜 갑자기 말이 없으십니까? 내공의 수발이 자연스레 된다는 게 마음에 안 드세요?"

위세광이 한동안 말이 없자 의아해진 이세민의 물음이었다.

그의 부름에 퍼뜩 정신을 차린 위세광은 호탕한 웃음으로 당황한 기색을 감추었다.

"으하하하! 과연 노부의 제자로다! 녀석, 노부가 격체전공을 하면서 청령심공(聽靈心功)으로 전수한 내공의 수발법을 혼수상태에서 잘도 터득했구나! 참으로 기쁜 일이 아닐 수 없도다!"

"저한테 뭘 어떻게 전수하셨다고요?"

이세민이 또 캐물으려 하자 황급히 말을 지어내는 바람에 설명하기가 궁색해진 위세광은 얼른 말을 돌렸다.

"자자! 지금 딴 얘기하고 있을 때가 아니다! 오늘 내로 이 산을 떠야 하니 저 동굴 탐색을 빨리 마쳐야 한다. 이제 절벽을 타고 오르는 법을 가르쳐 주마."

이세민은 여전히 미심쩍어 하는 눈치였지만 위세광이 계속 말을 잇는 바람에 더 이상 따지고 들지는 않았다.

위세광은 화급히 입을 놀려 이세민에게 벽을 타고 오르는 무공인 벽호공의 시전법을 가르쳤다.

"벽호공은 내공이 부족한 일반 무사는 흉내도 내지 못하는 고명한 수법이다. 하나 백만 근도 넘는 바위를 들어올린 네 실력이라면 네 몸 하나 지탱하는 벽호공쯤은 코 풀기보다 더 쉬운 일이지. 원리는 바위를 들어올릴 때와 흡사하다. 두 손과 발을 벽에 댄 후 벽을 끌어당긴다는 기분으로 내공을 운용하면 된다. 그리고 벽과 네 몸을 잇는 기의 흐름이 자연스럽다고 느껴질 때 손발을 하나하나 위로 올리면 되는 것이다."

위세광은 가지고 있던 괴물 뱀의 뿔을 이세민에게 건넸다.

"혹시 모르니 이걸 가져가라. 뿔 끝의 여기가 신병이기 못지않으니 혹시 절벽에서 미끄러질 듯하거든 이걸 벽에 박아 넣고 몸을 지탱하도록."

뿔을 챙긴 이세민은 위세광이 시킨 대로 벽에 몸을 붙이고 절벽을 타고 오르기 시작했다.

강력한 내공 덕분에 바람이 부는 데도 그는 흔들림없이 절벽을 타고 올랐다.

아래에서 초조하게 바라보던 위세광은 감탄성을 터뜨렸

다. 절벽 중간쯤부터 이세민이 거의 두 팔을 떼고 두 발만으
로 절벽을 오르고 있었기 때문이다.

"답설무흔(踏雪無痕)의 경지에 올랐다는 경공의 대가 비천
호리(飛天狐狸)가 두 발로 장안 성벽을 타고 올랐다는 말을 듣
고도 믿지 않았는데… 내 눈앞에서 보게 될 줄은 상상도 못했
군."

일반적으로 경신술은 여타 무공과는 별개의 공부로 치부
된다. 그렇기에 내공이 뛰어난 일류고수라 해도 경신술에 특
화된 이류무인을 따라잡지 못하는 경우가 왕왕 있게 되는데,
그에 반해 벽호공은 경신술의 일종이긴 하지만 자연 법칙을
거스르는 능력을 발휘해야 하는 만큼 신법의 능력보다는 지
닌바 내공의 힘에 크게 좌우된다. 지금 이세민이 보여주고 있
는 묘기는 전적으로 그의 지고한 내공 덕택이었다.

'아이고, 억울해.'

위세광은 마치 평지처럼 절벽을 딛고 올라가는 이세민을
보며 흐뭇하기보다는 배가 아팠다. 천화상연실만 먹었어도
지금 저길 올라가는 사람은 제자가 아닌 자기 자신이 아니었
겠는가.

'인내하자. 내겐 아직 비책이 남아 있지 않은가!'

그는 품속에 고이 넣어둔 금란초를 생각하며 마음을 달랬
다. 물론 그가 원하는 '비술'을 얻기 위해서는 아직 넘어야
할 산이 많았지만, 일단 그 끝에 도달하기만 하면 그가 얻을

능력은 결코 저 녀석에 못지않으리라.

다만 산을 넘기 위해서는 저 괴물 같은 제자의 도움이 절실하게 필요한 상황이니, 놈의 기연을 부러워하기보다는 다행이라고 생각하는 게 정신 건강에도 이로울 듯했다.

위세광이 번민하고 있는 사이 이세민은 절벽 중간의 구멍에 다다랐다.

잠시 구멍 속으로 들어간 듯하던 이세민은 곧 모습을 드러냈고, 다시 벽호공을 시전하여 계곡 바닥까지 내려왔다.

위세광은 의아해하며 물었다.

"왜 그렇게 금방 내려왔느냐?"

"안이 무너진 바위로 꽉 막혀 있었습니다. 상태를 보니 최근에 그렇게 된 듯한데요? 아마도 넙적바위가 빠질 때 내부가 붕괴된 것 같군요."

"그래?"

위세광은 미간을 찌푸렸다. 그럼 전혀 실마리를 얻지 못했다는 말이 아닌가.

"그럼 네가 어떻게 동굴까지 들어가게 된 것인지 알 수 없게 되었구나."

"올라가 보니 어느 정도 짐작이 가던데요? 동굴 근처의 지반이 약하더군요. 동굴 부근에 큰 균열이 나 있고, 그 갈라진 틈이 꼭대기 쪽으로 향해 있었습니다."

위세광은 알겠다는 듯 고개를 끄덕였다.

“이 지역에 한 오십 년 전쯤 큰 지진이 있었다고 들었다. 지질을 보니 이 환장애가 특히 지진의 여파가 심했던 것 같군. 어쩌면 네가 절벽 위쪽에서 사고를 당한 후 갈라진 틈으로 빠져 중턱의 동굴까지 흘러들어 갔을 수도 있지.”

“그럼 일단 절벽 위로 올라가 봐야겠군요. 아참, 그리고 입구 근처에 이런 게 있었습니다.”

이세민이 내민 것은 반달 모양의 푸른 옥벽(玉璧)이었다. 옥벽은 손바닥만 한 크기의 작은 것이었는데 동그란 가장자리에 정교하고 아름다운 문양이 새겨져 있었고, 동그랗지 않은 면에는 톱니 모양의 빗금이 다소 불규칙하게 형성되어 있었다. 일견하기에도 대단히 고급스러운 물건이었다.

“이게 입구에 있었다고? 네 물건이라기에는 지나치게 여성스러운데?”

“찢어진 옷자락에 끼어 있던데요? 아마도 저 위에서 떨어질 적에 바위틈에 옷이 걸리면서 빠져나간 듯합니다만.”

“흠, 그래?”

다시 옥벽을 면밀하게 살피던 위세광은 이내 고개를 젓고 이세민에게 그것을 건넸다.

“여인네 장신구 종류를 뭐 아는 게 있어야지. 일단 여기를 벗어난 다음 도회지로 나가 조사해 보자. 꽤 비싸 보이는 물건이니 장신구점에 가보면 뭔가 실마리를 얻을 수도 있지. 가져온 건 이것뿐이냐?”

“제 물건 같아 보이는 건 그것뿐이었습니다.”

위세광은 이세민의 대답이 조금 특이하다는 것을 느꼈다.

“그럼 네 것 같지 않아 보이는 건 뭐가 있었단 말이냐?”

이세민은 잠시 주저하는 듯하더니 허리춤에 손을 넣어 뭔가를 끄집어냈다.

“신기해 보여서 가져온 건데… 달라고 하시면 안 됩니다?”

그가 내민 것을 본 위세광의 두 눈이 휘둥그레졌다. 이세민의 손 위에서 하얗게 빛나고 있는 것은 그의 품에 고이 감춰져 있을 금란초가 아닌가?

“아니, 이 자식이 어느새……?”

위세광은 다급히 품속으로 손을 넣었다. 그런데 금란초를 고이 넣어둔 주머니는 여전히 품 안에 고이 모셔져 있었다. 얼른 주머니를 꺼내 주둥이를 열자 금란초의 누런빛이 새어나왔다.

‘이게 어떻게 된 거야?’

주머니와 이세민의 손을 번갈아 보던 위세광은 머릿속을 스치는 생각에 깜짝 놀랐다.

“저 위에서 그걸 가져왔단 말이지?”

“예. 입구 안으로 들어갔더니 바위가 무너져 내려 꽉 막혀 있어서 돌아 나오려는 찰나에 천장어서 뭔가가 반짝거리더라고요. 빛도 안 들어오는데 풀이 빛을 내고 있는 게 신기하기에 꺼내왔지요.”

위세광은 침을 꿀꺽 삼켰다. 하긴, 놈의 머리카락 속에서 발견되었던 금란초가 같은 장소에 또 있을 가능성은 충분히 있었다. 금란초가 군집 식물은 아니었지만 자라기 아주 좋은 환경에서는 두세 포기가 한꺼번에 자라는 일이 있다고 들었다.

"그거, 그것뿐이었나? 저 위에 더 있는 것 아니냐?"

위세광이 말까지 더듬으며 과도한 관심을 표하자 이세민은 뜻밖이라는 표정으로 말했다.

"아니요. 이것뿐이었습니다. 왜요? 갖고 싶으세요?"

위세광은 얼른 손을 내밀었다. 사실 '비술'을 완성하는 데 있어서 금란초는 근간이 되는 약재인지라 많으면 많을수록 좋았다.

그런데 마치 줄 것처럼 말을 하던 이세민은 그가 손을 내밀자 자신의 손을 냉큼 거두었다.

"어허, 설마 이런 귀한 물건을 맨입으로 달라고 하는 겁니까?"

잠시 어리둥절해하던 위세광은 기가 막혀 헛웃음이 나왔다.

'이걸 죽여, 살려?

사부님 말씀에 절대 복종한다고 약속한 게 불과 한 식경 전이었다. 그런데 지금 저놈 하는 꼴이 가관이었다. 어떻게 하늘 같은 사부한테 불알친구 대하듯 저따위 망발을 할 수 있단 말인가?

"냉큼 내놓지 못하겠느냐?"

위세광의 표정이 싸늘해졌다.

분위기가 묘해지자 이세민은 재빨리 친근한 웃음을 흘리며 말했다.

"하하, 사부님도 참. 농담도 못합니까? ㅈ-, 자, 여기 있습니다."

그는 오므렸던 손을 펴서 금란초 줄기를 들어 위세광에게 공손히 내밀었다.

위세광은 모처럼 분위기 잡은 것이 효과를 보자 속으로 득의한 웃음을 지으며, 그러나 겉으로는 여전히 냉막한 표정을 유지하며 금란초 줄기를 받았다.

'응?'

받아 든 금란초를 흡족한 눈빛으로 확인하던 위세광의 눈이 이채를 띠었다. 자신에게 금란초를 건넨 이세민이 손을 품속에 쑤셔 넣고 있었는데, 손가락 사이로 누런빛이 흘러나왔기 때문이다.

"너, 지금 품속에 넣은 게 뭐야?"

"뭐긴 뭡니까. 사부님 하나 드리고 남은 하나지."

"뭐야? 그럼 금란초를 두 포기씩이나 발견했단 말이냐?"

위세광은 놀라 버럭 소리를 질렀다.

"귀 떨어지겠습니다. 둘밖에 없는데 조용히 말해도 다 들럽니다. 그리고 그 풀 이름이 금란초인가요?"

"시끄럽고, 금란초를 두 포기 발견한 게 사실이냐?"

"네. 그런데 왜요, 또? 설마 두 포기 다 가지시겠다는 건 아니시겠죠?"

왜 아니겠는가? 다다익선인 것을.

"내놔."

"싫어요. 나이도 있으신 분이 뭐 그리 욕심이 많습니까."

"내놓으라고 했다."

"싫다니까요."

"네놈이 정녕 매를 버는구나."

마지막 말이 끝나기가 무섭게 위세광의 주먹이 쏘아진 화살처럼 튀어 나갔다. 날아간 주먹은 이세민의 볼따구니 위치에 정통으로 꽂혔으나 목표점에는 어느새 살짝 숙인 이세민의 머리통이 대기하고 있었다.

따악!

"아악—!"

또다시 뼈가 울리는 소리와 함께 공허한 비명의 메아리가 계곡에 울려 퍼졌다.

계곡을 만 하루 동안 헤맨 끝에 절벽 꼭대기로 다시 올라간 둘은 그 위에서 어떤 흔적도 발견할 수 없었다.

"이제 여길 뜨자. 더 이상 태산에서 볼일은 없을 것 같다."

만년하수오니 천화상연실이니 하는 천하의 기연은 눈앞에서 놓치고 말았지만 태산에 온 본 목적인 금란초를 얻고, 또 괴물 같은 내공을 지닌 제자까지 덤으로 얻은 위세광은 미련을 훌훌 털어내려 애쓰며 말했다.

이세민은 스승의 말에 싱긋 웃음 짓고는 몸을 돌려 앞으로 나아갔다. 그는 자기 신분을 밝힐 어떤 것도 찾지 못했음에도 전혀 아쉬운 것이 없는 듯했다.

반면 위세광은 말한 바와는 달리 아쉬움이 남는 눈빛으로 환장애를 일별하고는 제자의 뒤를 따랐다.

그들이 가고 얼마쯤 지났을까. 작은 박쥐 하나가 나타나더니 그들이 머물렀던 자리를 스치고 절벽의 꺼진 틈새로 날아들었다.

박쥐는 아래로 죽 이어진 좁은 틈새를 이리저리 움직이며 하강했다. 잠시 후, 놈은 지반이 무너져 비좁은 공간만 남은 절벽 중턱의 동굴에 다다랐다.

이세민은 틈이 작아 들어가지 못했지만 놈은 몸이 작으므로 개의치 않고 좁은 틈새를 비집고 깊숙한 안쪽으로 들어갔다.

지반이 무너진 것은 동굴의 입구뿐이었는 듯 박쥐는 곧 충분히 날 수 있는 공간으로 들어섰고, 힘찬 날갯짓을 하며 동굴 천장으로 날아갔다.

빛 한 점 들어올 데가 없는 동굴이었지만 천장은 반짝반짝 빛을 발하고 있었다. 빛이 없는 곳에서 스스로 빛을 발하며 거꾸로 자라는 식물, 영산의 최절지에서 두세 포기밖에 자라지 않는다는 희귀 식물인 금란초가 동굴 천장을 온통 뒤덮고 있었기 때문이다.

수백, 수천의 금란초가 별빛 같은 광채를 비추는 동굴 바닥에는 주인을 잃은 붉은색 칼 하나가 아직 녹슬지 않은 핏빛 예기를 흩뿌리고 있었다.

第四章
사부에게 필요한 것과 제자에게 필요한 것

1

태산을 내려온 스승과 제자는 태안현으로 들어가 긴 여행을 떠날 채비를 꾸렸다.

둘은 우선 차림새부터 신경을 써야 했다. 이세민은 옷이 다 찢어져서 거의 벗다시피 하고 있었고, 위세광 역시 산중에서 고초를 겪은 탓에 옷이 너덜너덜해져 있었기 때문이다.

위세광은 여행 경비로 제법 많은 돈을 구비하고 있었지만 옷가게로 들어간 이세민이 순견사(純絹絲)로 짠 최고급 장포를 덥석 집는 것을 보고는 질겁하고 말았다. 강남에서 올라온 비단을 경사의 실력있는 재단사가 재단하여 산동성까지 넘어온 그 갑부용 의복을 사려면 가지고 있는 은자를 다 써도 모자랄 듯했기 때문이다.

곧이어 욕지거리와 고성이 오고 갔고, 한참 실랑이가 벌어진 끝에 둘은 무던한 차림새로 옷가게를 걸어나왔다.

이세민은 입을 삐쭉거렸다.

"전 비단 말고 다른 옷을 입어본 기억이 없단 말입니다. 무명을 입으니 몸이 벌써부터 근질근질해지는데요."

"염병을 하고 있네! 제 이름도 모르는 놈이 비단 걸치고 산 것은 기억한단 말이냐?"

"머리가 아니라 몸이 기억하는 거죠."

"한마디만 더 주절거려라, 혀를 뽑아줄 테니. 잘 들어. 우리는 이 마을을 벗어나는 그 시점부터 치명적인 위험에 노출된다. 여기서 하남 개봉부까지 가는 여정 중에 그 어느 순간에 적이 나타나 등에 칼을 꽂을지 알 수 없다. 고로 절대 눈에 띄는 옷차림을 해서는 안 되는 것이다."

"적이요? 적이 누군데요?"

이세민은 눈을 크게 뜨며 물었다.

위세광은 잠시 난감한 표정을 짓다가 말했다.

"우선은… 일검회(一劍會)다."

"일검회가 뭐 하는 덴니까? 칼을 만드는 대장간 모임 같은 덴가요?"

위세광은 제자의 과감하고도 무식한 발언에 치를 떨며 말했다.

“일검회는 당금강호의 칠대세력 중 하나이다.”

“칠대세력은 또 뭡니까?”

“흠, 그것까지 설명하려면 얘기가 좀 길어지지만 어차피 너도 알아야 할 거니까 말해주마. 칠대세력은 이른바 일궁, 일방, 이가, 삼파라고 일컬어진다. 여기서 일궁(一宮)은 칠성궁(七星宮)이라고 하는 신비세력으로, 궁 자치는 그 힘이 알려진 바 없지만 궁주인 칠성신군(七星神君)은 현 천하제일인으로 꼽힌다. 그 한 명의 존재로 인해 칠성궁은 당금 최강 세력으로 꼽히는 일방(一幫) 청룡방(靑龍幫)과 동급의 세력으로 취급되지. 삼파(三派)는 고래로 무림의 쾌산북두라 칭해지는 소림, 무당 양 파와 현 천하오존(天下五尊) 중 한 명인 검절(劍絶) 장남천(將藍天)이 속한 명문검파 화산파이다. 그리고 이가(二家)는 천하제일가로 성세를 드높였던 독고세가와 화산의 장남천과 더불어 천하양대검수로 꼽히는 검성(劍聖) 남궁환(南宮煥)이 가주로 있는 남궁세가이지.”

“그중에 일검회는 없지 않습니까?”

“사부께서 말씀하실 땐 부디 끝까지 경청해 버릇하여라. 일검회는 남궁세가의 검성 남궁환이 세운 방회이다. 그곳에서 파견된 일급검수들이 이 산동성 내에 개미 떼처럼 풀려 있는데, 그들의 검이 모두 이 사부와 너를 향해 있는 거라면 상황이 이해가 되겠느냐?”

“그거 무시무시하군요. 한데 사부님은 그렇다 치고, 왜 저까지 노린다는 겁니까? 그들은 제가 사부님의 제자가 된 줄도 모를 텐데요."

이해가 안 간다는 표정으로 말하는 이세민에게 위세광은 혀를 차며 말했다.

"멍청하긴! 사부가 위험하면 그 위험에서 사부를 보호해야 하는 게 제자의 의무이자 도리가 아니겠느냐? 고로, 너야말로 놈들의 검에 가장 가까이 닿아 있는 존재라고 할 수 있는 것이지."

"그게 그렇게 되나요?"

이세민은 또다시 예의 조소인지 미소인지 분간이 안 되는 미묘한 웃음을 지었다. 위세광은 그 웃음을 보고 있자니 다시금 성질이 났지만 다른 때완 달리 아무 말도 하지 않았다. 방금 전 그가 한 말은 자신이 생각해도 너무 뻔뻔한 듯했기 때문이다.

"그 일검회 말인데요, 사부님이 그들에게 뭔가 밉보이셨나 보죠?"

이세민의 질문에 위세광은 정색을 했다.

"밉보이긴, 멍청한 놈들이 오해를 하고 있는 것이다. 노부가 남궁환을 해한 줄 알고……."

"그 남궁환이란 고수가 죽었습니까?"

위세광은 장탄식을 하며 말했다.

"죽지는 않았는데… 거의 시체라고 봐도 무방할 거야. 전신 공력이 산산이 흩어지고 대혈이 마구 엉켜 버렸으니까.”

“증세를 아주 잘 아시는군요?”

“당연하지. 그가 주화입마(走火入魔)를 당할 적에 옆에 있었으니까.”

“옆에 계셨다고요? 그때 사부님 말고 다른 사람도 있었습니까?”

위세광은 우연히 얻게 된 버릇없는 제자가 제법 똑똑하다는 것을 깨달았다. 지금의 질문은 그가 누명을 뒤집어쓴 채 쫓기고 있는 이유를 정확히 짚고 있었다.

“아니, 유감스럽게도 그와 노부 둘뿐이었다.”

이세민은 혀를 찼다.

“의심을 받기에 충분한 상황이로군요.”

“당시에는 그럴 수밖에 없었다. 그가 노브를 초대한 것 자체가 은밀한 요청이었고, 그가 노부와 함께하고자 했던 것 역시 대외비, 아니, 남궁세가의 인물들에게까지 비밀을 지키고자 했던 일이었으니까.”

“그게 무엇이었습니까?”

위세광은 잠시 뜸을 들이다가 입을 열었다.

“광세비록(狂世秘錄)을 구현해 보는 것.”

＊　　　＊　　　＊

산동성 옥함산.

야심한 밤, 인영 하나가 지는 달빛에 긴 그림자를 드리우며 산기슭의 절벽으로 다가왔다.

옥함산 절벽에는 아흔두 개의 크고 작은 불상이 조각되어 있었다. 평상시 이곳 불욕사(佛慾寺)를 찾은 참배객의 발길이 끊이지 않는 곳이었지만 시각이 시각인지라 나타난 인영 외에 부처를 찾는 자는 아무도 없었다.

인영은 다섯 층으로 구분된 절벽의 맨 하층에 있는 아미타상 앞으로 다가갔다. 그리고는 공손히 부복하고 입을 열었다.

"태안현에서 늙은이의 행적이 발견되었다고 합니다."

부처님께 하소연하는 말치고는 지극히 사무적인 어투였으나 놀랍게도 불상에게서 응답이 날아왔다.

"내가 뭐랬나. 그냥 죽을 놈은 아니라고 했잖아."

돌부처가 입을 열었음에도 인영은 조금도 놀라지 않고 말을 이었다.

"속하의 식견이 짧았습니다."

"태안현이라면 태산으로 들어가려는 건가?"

"아닙니다. 거기에서 내려온 듯하다고 합니다. 놈은 똘마니 한 놈을 대동하고 서쪽으로 향했다 합니다."

"기이한 일이군. 일검회의 추격에서 벗어나려면 그냥 태산에 머무르는 것이 나았을 터인데 왜 굳이 내려왔을까?"

"속하도 짐작할 길이 없습니다. 일검회에서 흘러나온 정보

대로 놈이 광세비록을 탈취한 거라던 숨어서 그것을 수련할 만한 장소로 태산만큼 좋은 곳도 없을 텐데요.”

“놈을 족쳐 보면 답이 나올 테지. 그 근처에 누가 있지?”

“천태곤(天太棍) 양곽을 이미 보냈습니다.”

“잘했어. 적어도 일검회보다는 빨리 놈을 잡아야 할 때니까. 한데 양곽이라? 아직 혼백(魂魄)도 되지 않은 시체를 보냈단 말인가?”

“시체라고 해도 금시(金屍)입니다. 이번에 그 늙은이를 때려잡는 걸로 양곽의 장례 절차를 밟으려 합니다만…….”

“흠, 광동위가(魏家) 비전의 여의통천권(如意通天拳)은 경시할 무공이 아니지만, 그건 어디까지나 권왕의 손에서 펼쳐질 때의 해당 사항이지. 미친개가 구사하는 통천권이라면 양곽의 천태곤이 감당하고도 남음이 있을 게야. 하나 관건은 놈이 아니라 놈이 가진 물건이라는 것을 명심하게.”

“각골명심하겠습니다. 그렇지 않아도 일에 신중을 기하기 위해 귀백(鬼魄) 한 명을 붙였습니다.”

“잘했어. 어쨌거나 절묘한 일 처리일세. 미친개에게는 몽둥이가 약이라지 않나. 광견치(狂犬齒)에 천태곤이라……. 그야말로 최적임자로군. 껄껄껄!”

멀리 옥함사에서 새벽 예불을 알리는 타종 소리가 은은히 울렸다. 불상의 웃음소리가 어느 결에 사라지고, 그 앞에 부복해 있던 인영도 자취를 감추었다. 마치 처음부터 아무도 없던 것처럼.

2

　태안현을 떠난 사부와 제자는 하남으로 가는 길에 접어들었다. 어느덧 날이 저물고 인가를 찾지 못한 두 사람은 노숙을 하게 되었다.

　이세민은 모닥불을 피워놓고 소도(小刀)를 만지작거리고 있었다. 잠시 후, 근처 냇가에 갔던 위세광이 돌아왔다. 이세민은 그를 보고는 깜짝 놀랐다.

　"어라, 몸 씻으러 가신다더니 선계(仙界)에라도 방문하고 오셨습니까? 팍삭 늙으셨네요?"

　검은색에 희끗희끗한 새치 정도만 있던 위세광의 머리칼과 수염이 어찌 된 일인지 새하얗게 변해 있는 것을 보고 하는 말이었다.

　위세광은 짜증스러운 듯 인상을 한 번 쓰고는 말했다.

　"변장한 것뿐이니 수선 피우지 마라."

　"털만 하얗게 하면 변장입니까? 신분을 감추겠다 하셨으니 얼굴도 고치고, 인피면구인가 하는 것도 쓰고 해야 하는 것 아닌가요?"

　"하여간 제 이름자도 모르는 놈이 아는 것도 많다. 노부는 지금 노부의 사촌동생으로 변장한 것이다."

이세민은 고개를 갸웃했다.

"사촌동생 분께서 사부님과 많이 닮았나 보지요?"

위세광은 묻는 말에는 대답 안 하고 갑자기 화를 버럭 냈다.

"수염 깎으라고 한 지가 언젠데 여태 안 깎았느냐?"

이세민은 난감한 표정을 지으며 쥐고 있던 소도를 빙빙 돌렸다.

"깎으려고 노력은 했습니다. 그런데 안 깎여요."

"뭐야? 그게 무슨 소리야?"

"칼이 안 듭니다. 보세요."

이세민은 텁수룩한 수염에 소도를 대고 쓱쓱 밀었다. 제법 힘을 주는 것 같은 데도 수염은 철사라도 되는 듯 한 가닥도 끊어지지 않았다.

"한심한 놈, 수염까지 사부가 깎아줘야겠느냐?"

보고만 있자니 답답한 위세광이 직접 나섰다. 그는 대뜸 이세민의 수염을 움켜쥐고 소도를 내돌렸다.

"아아! 아파요!"

우악스러운 손놀림 탓에 이세민이 비명을 지르거나 말거나 위세광은 털깎기에 열중했다. 제자 말마따나 그의 수염은 쇠심줄처럼 질겼다. 오기가 생긴 위세광은 소도를 잡은 손에 더욱 힘을 주고 원수의 명줄이라도 끊는 듯 거세게 눌렀다. 그러자 뚝! 하는 소리와 함께 소도가 부러져 버렸다.

“이게 대체 어떻게 된 거야?”

위세광은 부러진 소도를 들고 어안이 벙벙한 표정을 지었
다. 소도는 그가 늘 쓰던 것으로 날이 잘 벼려진 좋은 물건이
었다.

“그럼 다른 거!”

그는 이전 마을 대장간에서 구매한 유엽도를 꺼내 들었다.
그러나 그것 역시 이세민의 수염을 이기지 못하고 부러져 버
렸다.

“이게 대체……?”

참으로 희한한 기사(奇事)에 위세광은 놀라움을 금치 못했
다. 절정에 이른 고수의 신체가 도검불침한다는 말은 들어봤
어도 털이 도검불침한다는 말은 수십 년간 강호를 굴렀어도
들어본 기억이 없었다.

‘영약의 정이 공력 증강 말고 금강불괴도 만들어줬나?’

위세광은 문득 호기심이 일었다. 그는 수염을 부여잡고 투
덜대고 있는 이세민에게로 슬그머니 다가갔다.

“또 무슨 짓을 하시려고요?”

이세민이 경계의 빛을 발하며 말했다.

“어허, 사부한테 그런 불손한 눈빛을 해서야 쓰겠느냐. 어?
저기 하늘에 호랑이가 날아간다!”

위세광이 뒤쪽을 가리키며 갑자기 소리를 버럭 지르자 이
세민은 무심코 사부가 가리키는 방향으로 고개를 돌렸다.

“어디, 어디요?”

위세광은 그 틈을 놓치지 않고 유엽도 끝을 내밀어 제자의 옆구리를 쿡 찔렀다.

“야얏!”

이세민은 비명을 질렀다.

“이게 대체 무슨 짓입니까?”

“진정해라, 네 몸 상태를 살피고자 한 것이니. 옆구리에 난 상처를 좀 보자.”

이세민은 투덜거리면서도 시키는 대로 옷을 걷어 올렸다.

“음?”

위세광의 눈이 이채를 발했다. 유엽도가 살짝 찌른 옆구리에는 생채기만 난 채 상처에 피가 점점이 괬혀 있었던 것이다.

“정말 웃기는 놈이로군!”

유엽도 따위에 흠집 나는 금강불괴가 있을 리 없었다. 그의 골 때리는 제자는 오로지 털만 질긴 것이다.

“선천적으로 털만 단단한 체질이 아닐까요?”

이세민의 의견은 말도 안 되는 얘기였지만 지금으로서는 딱히 그것밖에 나올 답이 없었다.

“흰머리로 염색 안 했으면 큰일 날 뻔했군.”

“왜요?”

“지금 네 꼬락서니를 좀 봐라. 내가 조금만 젊었어도 동년배로 봤을 게다. 이래서야 어디 사부, 제자 행세하며 강호를 돌아다닐 수 있겠느냐?"

위세광의 말마따나 수염이 빽빽하게 돋아 명치까지 자라 있는 이세민의 외양은 멀리서 보면 사십대라고 해도 믿을 수 있을 정도였다.

"외부의 시선이 부담스럽다면야 굳이 사부, 제자로 행세할 필요가 있겠습니까? 도로 검게 염색하시죠. 까짓 동년배로 돌아다닙시다. 어때요, 위 형?"

"위… 위 형?"

열이 뻗친 위세광의 주먹이 번쩍 치켜 올라갔으나, 앞선 두 번의 학습 효과로 인해 차마 내려치진 못했다. 위세광은 마음 속에 참을 인(忍) 자를 새겨가며 호흡을 조절했다. 지금은 제자랑 농담 따먹기 할 시간이 없었다.

"객쩍은 소리는 그만 하고, 이제부터 노부가 하는 말을 잘 들어라. 우리는 지금부터 본격적으로 무림에 뛰어들 것이다. 고로 수많은 무인들과 부딪치겠지. 당연히 우리를 노리고 있는 적들의 눈에도 노출이 될 것이다. 내공을 모두 소실한 노부가 권왕이라는 게 밝혀지면 그야말로 최악의 상황으로 치달을 수 있다. 그렇기 때문에 신분을 숨기는 것은 대단히 중요하고 또 철두철미하게 이행해야 할 일이다. 노부가 어설프게 다른 이로 변장하지 않고 사촌동생으로 분하는 것도 그가 노부가 가장 그럴듯하게 흉내 낼 수 있는 인물이기 때문이다.

이 변장이 완벽하기 위해서는 동행하는 너의 보조 또한 지극히 중요하다."

위세광의 목소리가 진중해지자 이세민도 장난기 어린 태도를 버리고 자못 진지한 어조로 물었다.

"조금 위험한 계획 아닙니까? 사부님의 사촌동생이면 적도들이 인질로 잡겠다고 달려들 위험성이 있지 않습니까? 그러면 신분이 탄로 날 수도 있고."

이세민의 질문에 위세광은 다소 곤혹스러운 표정을 지었다.

"그 걱정은 안 해도 될 것이다. 으리 둘이 생판 남보다 더 무관심한 관계라는 것은 전 무림에 알려져 있는 바이니까. 서로 뭘 하고 살든 큰 상관 안 하고 살아왔으니 생각있는 놈들이라면 광… 아니, 맹호치(猛虎齒)를 권왕에 대한 인질로 잡는 멍청한 짓을 하진 않을 게야."

그때 멀리서 산짐승이 울부짖는 소리가 들려왔다.

이세민의 눈가가 실룩거렸다.

위세광의 말이 이어졌다.

"행여 정말 멍청한 놈이 있어 우리에게 접근한다 해도 큰 걱정할 필요 없다. 권왕을 상대하는 경우와 광… 아니, 맹호치를 상대하는 경우에 적들의 준비 자세나 마음가짐은 분명 차이가 있을 수밖에 없지. 우리는 그러한 놈들의 방심을 역이용하면 된다."

이세민은 잠시 생각을 정리하는 듯 머리를 긁적이고는 말
했다.

"그러니까, 그 맹호치가 사부님의 사촌동생이라는 말씀이
죠? 게다가 그분은 권왕이신 사부님과 무공 격차가 꽤 크고,
그렇기에 적도들이 닭 잡는 데 소 잡는 칼을 쓰지 않을 것이
다. 그러니 우리는 놈들이 휘두르는 닭 잡는 칼을 표 안 내고
방어하면서 목적을 달성하면 된다, 이런 말씀이죠?"

'이건 꼭 말을 해도……'

위세광은 사부를 소, 닭에 비유하는 참신한 사고방식을 가
진 제자의 대가리를 후려치고 싶은 욕망을 억제하려 무진장
애를 썼다.

"그건 그렇고, 사촌동생 분의 존함이 어떻게 되시는지? 제
자 행세를 하려면 최소한 사부님 이름 석 자는 알아야 하지
않겠습니까?"

위세광은 잠시 대답을 못하고 머뭇거렸다.

그때 그의 뒤에서 벽력 같은 고함이 들이닥쳤다.

"광견치 위세척! 네놈이 간이 배 밖으로 튀어나온 게로구
나!"

고함과 동시에 뒤쪽의 검은 숲에서 검은 인영 하나가 튀어
나왔다. 날아든 인영은 두 사제(師弟)의 앞에 안착했다. 인영
의 손에는 팔 척에 이르는 긴 장봉이 들려 있었다. 그에 뒤이
어 곳곳에서 검은 그림자가 솟구쳐 올라와서는 어느새 모닥

불 주위를 빙 둘러 감싸 버렸다.

위세광은 곤혹스럽기 그지없는 표정으로 이세민을 쳐다보았다.

"넌 내공도 높은 놈이 이런 떼거지들이 들이닥치도록 아무 소리도 못 들었냐?"

이세민은 머리를 긁적였다.

"듣긴 들었는데 우리를 노리고 오는 건지, 아니면 밤에 단체로 산책하는 건지 분간할 수가 없어서리……."

위세광은 제자의 어처구니없는 대꾸에 끌끌 혀를 찼다.

"이건 도대체 멍청한 건지 똑똑한 건지 분간을 할 수가 없군."

포위된 와중에도 잡담을 나누는 두 사제의 태도에 부아가 치민 듯 장봉을 든 자가 다시 소리쳤다.

"광견치 위세척! 허세를 부리는 게냐, 아니면 이미 만사를 포기한 게냐?! 이 천태곤 앞에 당장 무릎을 꿇어라!"

"천태곤?"

"위세척?"

사부와 제자가 동시에 다른 소리를 냈다.

"사부님(사촌 분) 존함이 위세척입니까? 아하, 어쩐지 저한테 장세척같이 웃기는 이름을 강요하신 이유가 있었군요. 게다가 맹호치는 어디 가고 광견치는 또 뭡니까? 미친개 이빨이란 얘긴가요?"

위세광은 이세민이 퍼붓는 질문 공세를 애써 무시하며 장봉 사내에게로 고개를 돌렸다.

그는 눈을 가늘게 뜨고 사내를 일별한 후 천천히 입을 열었다.

"이게 누구야? 천태곤 양갱 아니신가?"

"양곽이다! 멍청한 놈!"

곤봉사내 양곽이 독 오른 목소리로 외쳤다.

"그래, 양곽. 자네가 어인 일로 이 늙은이를 찾는 겐가?"

"너같이 별 볼일 없는 놈을 이 몸이 찾아주는 것만 해도 영광이지. 좋게 말할 때 네놈이 가진 비급을 내놓아라!"

"비급? 노부가 비급이 있으면 산에 틀어박혀 수련하고 있지 왜 이런 길바닥에서 노숙이나 하고 있겠나?"

"네놈의 이빨이 나에게도 통하리라고 생각하는 게냐? 일검회주를 암격하고 비급을 빼돌렸다는 정황을 파악한 지 오래다."

양곽의 말을 듣던 위세광은 불현듯 웃었다.

"클클클. 양곽, 그래도 네놈은 동북지방에서 제법 평판이 높은 무인이 아니더냐. 한데 뭐가 아쉬워서 유명마교의 끄나풀이 된 게지?"

양곽은 순간 뜨끔한 표정을 지었다.

"무… 무슨 소릴 하는 거냐?"

"몰라서 묻나? 네가 유명마교가 아니라면 일검회에 들어갔다 나온 것이 권왕이 아닌 노부라는 것을 알 턱이 없질 않느냐?"

잠시 당황하여 말을 잇지 못하던 양곽은 앙천광소를 터뜨렸다.

"으하하! 과연 광견치를 이빨로 당해낼 자는 중원에 몇 되지 않는다 하더니… 그래, 이 양곽, 유명교에 입문하려 한다! 그게 뭘 어쨌단 말인가? 세상의 명암(明暗)을 지배하는 유명교인이 됨으로써 내 긍지는 더욱 높아질 것이다!"

"쯧쯧, 끝까지 부끄러운 줄 모르는군."

"닥쳐라, 광견치! 미친개한테는 몽둥이가 약이라 하니 오늘 제대로 된 약을 처방해 주마!"

양곽은 자신의 별호이자 병기인 천태곤을 꼬나 잡았다. 그러자 이제는 위세척이 된 위세광은 손을 들었다.

"잠깐 기다리게. 노부가 언제 약이 필요하다고 했나? 잠시 생각해 보니 자네가 비급이라 하는 게 뭔지 알 듯하군. 내어 줄 테니 진정하게."

살의(殺意)를 발하던 양곽은 돌연 위세척이 꼬리를 내리자 피식거리며 곤봉을 고쳐 잡았다.

"내 그럴 줄 알았다. 광견치 네놈이 권왕의 위세가 사라진 작금의 무림에서 버텨낼 재간이 있겠느냐?"

위세척—위세광—의 얼굴 힘줄이 잠시 꿈틀거렸다. 그러나 곧 그는 웃는 내색을 하며 말했다.

"잠깐만 기다리게. 워낙 중요한 책이라 꼭꼭 싸놨으니 짐 보따리를 풀어야 하네."

위세척은 몸을 돌려 모닥불 가의 짐 보따리를 잡고 주섬주섬 풀기 시작했다.

"뭐 하냐, 돕지 않고?"

위세척이 핀잔을 주자 가만히 있던 이세민은 그의 의중을 알아챈 듯 머리를 맞대고 짐을 풀기 시작했다.

위세척은 짐 부스럭거리는 소리를 크게 내며 아주 작은 목소리로 이세민에게 말했다.

"내가 놈에게 짐을 던지면 넌 즉시 나를 떠메고 반대편으로 뛰어라. 길을 막고 있는 놈들은 그냥 뛰어넘어. 네 내공이면 경신술 없이도 삼 장은 날아오를 거야."

이세민은 할 말이 있는 듯 머뭇거리다 이내 고개를 끄덕였다.

"아, 여기 있군."

위세척은 검은색 보퉁이 하나를 꺼내더니 양곽에게로 던졌다.

"받게나."

물건이 던져지고 위세척의 외침이 끝나기가 무섭게 이세민이 벌떡 일어나 그의 허리를 껴안아 들쳐 멨다. 그리고는 보퉁이에 신경이 쏠린 양곽의 반대쪽으로 냅다 치달렸다.

"놈들을 잡아!"

보퉁이를 잡느라 뒤늦게 두 사제의 돌발 행동을 알아챈 양 곽이 다급히 외쳤다. 모닥불 주변을 포위하고 있던 양곽의 부 하 무사들이 우르르 몰려들었다.

서너 개의 칼날이 달려가는 이세민의 전면으로 날아왔다.

"훗차!"

이세민은 위세척을 어깨에 걸친 처 가볍게 몸을 떠올렸다.

일 장 높이로 떠오른 그의 신형이 달빛을 받으며 유유히 날 아 무사들의 머리를 넘어 뒤편 숲까지 도달했다.

이세민의 신선과도 같은 몸놀림에 잠시 멍해 있던 무사들 은 달려온 양곽의 호통에 정신을 차리고 두 사제를 맹렬히 뒤 쫓았다.

"근데 사부님."

숲길을 치달리며 이세민이 말을 걸었다.

"야, 야! 진기 빠지게 말하지 말고 달리는 데만 주력해! 깜 깜하니 발밑도 조심하고!"

위세척이 만류하자 잠시 말없이 뛰기만 하던 이세민은 이 내 다시 입을 열었다.

"사부님, 언제까지 이렇게 뛰어야 합니까?"

"뛰지 않으면? 무공도 익힌 게 없는 네가 저놈들을 물리치 기라도 하겠단 말이냐?"

"천하제일의 내공을 몸속에 심어주셨다던서요?"

"답답하긴! 내공만 높으면 뭐 하나, 싸우는 재주가 없는데!

노부가 판단을 잘못했다. 산을 나오자마자 적과 마주칠 줄 알았다면 산에서 너한테 몸 지킬 재간 한 수쯤은 가르쳤어야 하는 건데…….”

“저 정도 떼거지들이야 고명한 재간 없어도 충분할 것 같은데요?”

“부디 아서주길 바란다. 똘마니들은 몰라도 양곽은 근동에서 내로라하는 고수다. 소림, 무당 등 기라성 같은 강호들이 즐비한 이 근방에서 고수로 인정을 받는다는 것이 무얼 의미하는지 모르겠느냐?”

“제가 보긴 그다지 세 보이지도 않던데…….”

“닥치고 뛰는 데 집중… 어어, 멈춰!”

위세척이 지금까지의 논조와는 전혀 다른 내용의 일갈을 뱉어냈다.

이세민은 즉시 걸음을 멈추었다.

둘의 앞에는 깎아지른 듯 높다란 절벽이 솟아 있었다. 막다른 길이었던 것이다.

“크하하! 어리석은 놈들, 이 천태곤이 지형을 고려하지 않고 포위망을 짤 줄 알았더냐!”

멀리서 쫓아오던 천태곤 양곽이 두 사람이 정지한 것을 알아챈 듯 크게 웃어젖혔다.

“이제 싸우는 수밖에 없군요.”

이세민은 걸쳐 메고 있던 위세척을 내려놓고 추적자들이

오는 방향으로 몸을 돌렸다.

위세척은 제자의 태도가 기이하리만큼 자신만만하자 고개를 갸웃거렸다.

"너 혹시 예전에 배운 무공이라도 기억나는 것 있냐?"

"전혀, 없습니다."

이세민은 한마디를 남기고 앞으로 나아갔다.

추적자들은 코앞까지 들이닥쳐 있었다. 선두의 무사가 예리한 칼날을 달빛에 번득이며 덤벼들었다.

"어디 한번 놀아보자고."

이세민은 씩 웃으며 중얼거렸다.

그는 명치로 파고드는 칼을 빤히 바라보다가 슬쩍 몸을 옆으로 틀며 칼 든 손목을 낚아챘다.

"으혁!"

비명을 지르는 무사의 몸이 공중으로 붕 떴다. 이세민이 잡아챈 손목을 머리 위로 휘돌리자 몸까지 따라 들려 같이 회전하게 된 것이었다.

두 번째 무사가 달려들었다. 이세민은 머리 위에서 빙빙 휘돌고 있던 첫 번째 놈을 그에게 던졌다. 던져진 자는 팽이처럼 회전하며 날아가 달려드는 무사와 충돌했다.

"캑!"

"크억!"

둘은 나란히 자지러지는 비명을 지르며 나가떨어졌다.

뒤이어 세 놈이 동시에 전면의 세 방향에서 달려들었다. 칼날 세 개가 삼면으로 파고들어 왔다.

이세민은 훌쩍 몸을 날려 셋의 머리 위를 뛰어넘었다. 한 번 도약으로 오 장을 날아간 그는 커다란 떡갈나무 앞에 안착했다.

그러나 착지 장소를 잘못 택한 모양. 하필 뒤늦게 쫓아오던 여섯 명의 무사가 이제 막 떡갈나무 뒷길에서 돌아 나오고 있는 와중이었다. 이세민은 착지하기가 무섭게 그들과 맞닥뜨렸다.

이세민이 그들이 돌아 나오는 꼴을 보며 잠시 멈칫거리는 사이, 그가 앞서 건너뛴 삼 인 또한 몸을 돌려 배후로 들이닥쳤다.

"크하하, 천하에 저런 멍청한 놈이 있나!"

수하들에게 둘러싸인 이세민을 보며 제일 늦게 도착한 천태곤 양곽이 광소를 터뜨렸다.

"놈을 난도질해 버려!"

양곽의 호령에 이세민을 빙 둘러싼 그의 수하들이 일제히 검을 꼬나쥐고 그에게로 몰려들었다.

그 모습을 득의만만한 얼굴로 지켜보던 양곽은 싸움터 한가운데 있는 떡갈나무가 갑자기 움직인다는 느낌을 받았다.

잠시 후, 그는 자신이 본 것이 착시가 아님을 깨달았다.

부하들이 이세민을 덮쳤다고 느껴지는 순간, 족히 칠팔 장은 됨 직한 떡갈나무가 우두둑 소리와 함께 뽑혀지더니 위로 솟아올랐다가 대뜸 옆으로 눕혀지는 것이 보였다. 나무가 뉘어지는 찰나, 그 밑에 있던 부하 몇 덩이 찍 소리와 함께 깔아 뭉개졌고, 눕혀진 나무가 공중에 살짝 뜬 채 수평으로 빙그르르 회전하자 아직 서 있던 부하들까지도 회전하는 그것에 치여 비명을 지르며 나가떨어졌다.

"이게 대체……?"

양곽이 이 믿을 수 없는 기사에 얼떨떨하여 미처 정신을 차리기도 전에 부하들을 날려 버린 나므가 그를 향해 날아왔다.

"악!"

"캑!"

그의 앞에서 시야를 가리고 있던 나머지 부하들이 나무에 치여 사방으로 튀어 나갔고, 마침나 나무가 그의 코앞에 접근해서야 양곽은 저걸 막지 않으면 안 된다는 것을 깨달았다.

그는 다급히 천태곤을 쳐들고 날아오는 떡갈나무를 보았다. 일견하기에도 무식하게 큰 떡갈나무는 뿌리째 뽑혀진 채 빙글빙글 회전하면서 날아오고 있었다.

하늘 높이 우뚝 치솟아 비바람에도 흔들림없이 서 있어야 할 듯한 거목(巨木)이 옆으로 뉘어진 채 회전하며 날아오는 광경은 매우 이질적이고 현실감이 없어 보였다. 잠시 멍하게 날아오는 나무를 바라보던 양곽은 퍼뜩 정신을 차리고 몸을 피하려 했다. 그러나 다가오는 나무의 속도가 워낙 빠르고 회전하는 범위가 커서 이미 피할 수 있는 기회는 놓친 상태였다.

피하지 못한다면 맞설 수밖에.

총망중에도 양곽은 필생의 기력을 끌어모았다. 그리고는 버럭 고함을 지르며 날아오는 나무를 향해 태산이라도 쪼갤 듯한 기세로 천태곤을 휘갈겼다.

그러나 회전하는 나무에 걸린 천태곤은 잘 익은 수수깡처럼 부러져 나갔고, 그는 떡갈나무 밑동에 골통을 얻어맞고 앞서 날아간 부하들과 같은 꼬락서니가 되어 흙바닥에 처박히고 말았다.

한밤의 전투는 그렇게 어이없으리만큼 간단하게 끝나 버렸다.

"큼……."

위세척은 공터에 널린 처참한 잔해들을 바라보며 침음성을 흘렸다.

수십 년 강호를 굴러온 그였지만 오늘 밤같이 어이없는 싸움은 처음 목격하는 것이었다.

이세민이 뽑아 던진 떡갈나무에 치여 나가떨어진 양곽 패거리들은 여태 땅바닥에 드러누운 채 신음 소리를 내고 있었다.

'싸움이라기보단 재난 사고(災難事故)였다고 해야겠지, 이놈들에겐.'

강호인의 결투에 뿌리째 뽑힌 아름드리 떡갈나무가 무기로 등장할 줄이야 그 누가 상상이나 했겠는가! 하필 그런 괴이한 물건을 무기로 쓰는 괴물과 부닥친 것은 이놈들에게 있어서는 정녕 재난이라고밖에 표현할 길이 없을 것이다.

위세척은 그중 가장 비참한 자세로 고꾸라져 있는 양곽에게로 다가갔다. 그는 의식이 없는 듯 보였으나 미약하게 꿈틀대는 것으로 보아 아직 살아 있긴 한 모양이었다.

위세척은 고꾸라져 있는 그의 몸을 바로 눕혔다.

그 순간, 양곽이 눈을 부릅뜨더니 그의 팔을 꽉 움켜잡았다.

"우우으으, 크으으악!"

양곽은 충혈된 두 눈을 부릅뜨며 괴성을 질렀고, 고통스러운 듯 사지를 비틀었다.

위세척은 다급히 그의 손을 뿌리치며 몸을 일으켰다.

"카아아악!"

양곽의 입에서 피가 샘물처럼 터져 나왔다. 뒤이어 눈, 코, 귀 등 칠공(七孔)에서 피가 흘렀고, 잠시 후 양곽의 움직임은 멈추었다.

"이건……."

어이없이 사망한 양곽을 보는 위서척의 눈빛이 침중해졌다.

"이 친구, 고혈압이었나 봐요? 나무로 몇 대 맞았다고 눈알이 튀어나오고 피까지 토하다니. 좀 살살 때릴 걸 그랬나?"

옆으로 다가온 이세민이 중얼거렸다.

위세척은 어이가 없어 혼낼 생각조차 하지 못하고 제자를 째려보기만 했다.

칠공에서 피를 뿌리는 자는 양곽만이 아니었다. 쓰러져 있던 그의 부하들 모두가 같은 증세를 일으키며 사지를 뒤틀었고, 이내 조용해졌다.

"이거… 단순한 병이 아닌가 보군요."

이세민은 어이없는 떼죽음을 보고 화가 난 듯 목소리가 가라앉았다.

위세척은 혀를 차며 말했다.

"유명마교의 뒤처리지. 그들은 배신자나 적에게 생포되어 교의 기밀을 불 가능성이 있는 자를 살려두지 않는다. 매혼필멸(賣魂必滅)이라고 하는 형벌의 일종이지. 배교자에 대한 잔혹한 응징이 놈들을 무림삼비(武林三秘)의 첫째로 등극하게 만든 요인이라 할 수 있다."

"무슨 수로 여기 누워 있는 이들을 죽였단 말입니까? 근처엔 인기척도 없는데요."

"유명마교 놈들은 배신자의 심혼을 제압하여 단죄하는 거라고 하지만, 그건 자기들을 전능하게 보이게 하기 위한 거짓말이다. 이러한 작용을 가능케 하는 것은 바로 고독(蠱毒)

이다.”

“고독이라면, 벌레를 쓴단 말입니까?”

“그렇다. 유명마교에 입문하게 되면 장례(葬禮)라고 하는 입문 의식을 치르기에 앞서 특수한 환경에서 육성된 고(蠱)를 입문자에게 주입한다. 고는 어미와 새끼로 나누어져 있는데, 같은 새끼 고가 몸에 들어 있는 자들의 경우 어미 고를 죽이게 되면 피시술자의 몸속에 있던 새끼가 따라 죽게 된다. 그때 독을 퍼뜨리게 되어 피시술자들이 동시다발적으로 죽음에 이르게 되지. 아마도 네가 싸우고 있는 동안 이들의 감시자가 멀찍이서 전투를 지켜보고 있었을 것이다. 실패한 것을 안 순간 놈은 도망쳤을 거고. 놈은 우리가 감지할 수 없는 안전한 곳에 피신한 후 가지고 있던 어미 그를 죽였겠지. 우리가 이 놈들을 심문하여 뒤를 캘 수 없도록 말이지.”

“거참, 나쁜 놈들이군요. 근데 유명마교라면 사부님에게 그 아수라멸공장인가를 먹였다는 놈들 아닙니까?”

“그렇다.”

“놈들이 사부님을 노리는 목적은 무엇입니까?”

“아까 이놈이 말하지 않던. 비급 때문이지.”

“아하, 그 광세비록이라는…….”

“그렇다. 그 광세비록이 유명마교에 이은 무림삼비 중의 두 번째이다.”

第 五 章
뜻밖의 조우

　"그러니까 그 유명마교란 곳은 이미 명문대파와 관부까지도 주물럭거릴 정도의 능력을 갖추었단 말이네요?"

　"사매도 참 말귀를 못 알아듣는군. 내가 언제 그렇게 말했나. 그저 놈들에게 교화된 자들 중에 명문대파, 관부 등의 사람도 포함되어 있다고 했을 뿐이잖아."

　"피, 그 말이 그 말 아녜요? 최근 본 방의 조사에 의하면, 유명마교에 교화되어 그들의 명부(名簿)에 기입된 자의 수가 예상치를 훨씬 웃돈다면서요. 그중에 강호 명문, 관부의 유력인사가 포함되어 있다고 한다면 그 수 또한 적지 않을 터, 사교의 교리에 세뇌된 자들이 공통적으로 보이는 맹목적인 충

성심을 고려해 볼 때, 각파의 중요 직책에 유명마교의 인물이 한두 명만 있어도 그 파급 효과는 엄청날 거예요. 그렇게 본다면 유명마교는 이미 현 강호에서 가장 강력한 집단인 게 아닐까요?'

막수범은 식탁 맞은편에서 조잘거리는 소녀를 티꺼운 눈초리로 바라보았다. 소녀의 얼굴은 막 피어나는 꽃처럼 아름다웠지만 입에서 나오는 말을 듣고 있노라면 한 대 때려주고 싶은 마음이 굴뚝같이 솟아나는지라 그걸 참고 말을 받아주기가 여간 힘든 게 아니었다.

사실 평상시 그는 그의 소사매(小師妹) 송현지를 보며 쓰다듬고 귀여워해 주고 싶다는 생각을 해본 적은 많아도 때려주고 싶다든가 입을 막고 싶다든가 했던 기억은 거의 없었다. 그러나 산동 제남에서 이곳 하남 경계까지 오는 보름의 여행 기간 동안 그의 귀엽기만 하던 소사매는 참으로 귀찮은 혹 중의 혹이 되어버린 지 오래였다.

'눈 딱 감고 저걸 떼어놓고 왔어야 하는데……'

강호 구경을 하고 싶다는 그녀의 생떼에 넘어간 그의 사부의 허락이 있었다고는 해도 이번 행차의 책임자가 그 자신인 만큼 '시절이 하수상하니 사매까지 떠안고 가기에는 위험합니다' 라고 꼿꼿하게 한마디만 했다면 이런 상황까지는 오지 않았을 것이다. 아무리 늦둥이 외동딸이 조른다 해도 사부는 상식이 있는 사람이기 때문에 그의 의견을 함부로 묵살하지 않았을 것이다.

하긴, 그도 소사매 시중이 이렇게까지 골치 아플 줄은 상상
도 못했다.

사부에게서 물려받은 뛰어난 자질로 인해 나이에 비해 상
당한 무공 실력을 갖춘 소사매였지만, 사모의 교육이 워낙 엄
격하여 무공 수업 시간 외에는 규방을 벗어나는 일이 거의 없
었다. 그러던 중 최근 사모가 친정에 잠시 놀러 간 틈을 타 숨
돌릴 여유가 생긴 그녀는 자기 말이라면 껌벅 죽는 사부를 닦
달하여 강호로 나갈 기회를 잡게 되었고, 하필 그가 대표를
맡은 하남으로 가는 사신 행렬에 끼게 된 것이다.

산동성은 물론이고 제남을 벗어나는 것도 처음인 열일곱
짜리 소사매는 이 여행을 자신의 강호 출도라고 인식했는지
첫날부터 작심한 듯 말썽을 피우기 시작했다.

객잔에서 마주친 낭인들에게 먼저 시비를 걸지 않나, 우연
히 마주친 무당파 복색의 도인에게 비무 신청을 하지 않나,
심지어 몰래 행렬에서 빠져나가 거지로 분장하고 개방도들이
모인 관제묘로 가서 방도로 받아들여 달라고 하는 등 가지가
지 기행을 하는 통에 그를 비롯한 수행원들은 고삐 풀린 망아
지를 잡는 심정으로 죽어라 그녀를 좇아다녀야만 했다.

관제묘에서 끌려 나온 후 이전과는 차원이 다른 감시의 눈
길을 받게 되자 그녀는 이제 다른 방식으로 그를 귀찮게 하고
있었다. 그가 방 내에서 정보 업무를 담당한다는 것을 알아내

고는 현 강호 정세에 대해 이것저것 묻기 시작한 것이다. 그런데 그 질문 하나하나가 어찌나 구체적이고 세세한지 그가 업무상 함부로 대답하지 못할 질문이 한두 가지가 아니었다.

어려운 질문에 대한 답을 거부하면 도통 그냥 물러서는 법이 없었다. 하루 종일 그를 쫓아다니며 같은 질문을 내용만 살짝살짝 바꿔서 앵무새처럼 반복해 댔다. 견디다 못한 그가 피해 다니면 또 그 틈을 타 밖으로 빠져나가려 했다.

결국 그녀를 얌전하게 만들려면 자신이 웬만큼은 만족할 만한 답을 해줘야 한다는 것을 깨달은 그는 눈물을 머금고 방 내의 일급 비밀 정보들을 그녀에게 조금씩 귀띔해 줘야 했다.

방금 전 대답한 유명마교에 대한 정보도 함부로 얘기할 수 있는 사안이 아니었다. 명문대파의 주요 인사가 유명교에 포섭되어 있다는 정보는 아직 명확히 확인된 사실이 아니기 때문에 자칫 해당 방파로 소문이 퍼질 경우 그의 소속 방파와 불화가 생길 우려가 있는 위험한 사안이었다.

그는 침을 꿀걱 삼키고는 그녀에게 말했다.

"소사매, 거듭 말하는 거지만 내가 지금 대답하는 것은 아직 사실 관계가 명확히 밝혀지지 않은 뜬소문일 뿐이야. 그러니 그저 한 귀로 듣고 한 귀로 흘려 버려. 그리고 절대로 다른 사람 앞에서는 입 밖에도 꺼내지 말고."

송현지는 고운 아미를 찡그리며 대꾸했다.

"나참, 오사형은 앵무새예요? 한 말 또 하고, 한 말 또 하

고. 내 입을 다물게 하고 싶걸랑 대답을 뜬구름 잡는 식으로
하지 말고 시원스럽게 좀 해주면 되잖아요. 그러나저러나, 그
렇게 위험한 마교를 이끄는 유명마군은 어떤 자예요, 대체?”

막수범은 자기 말에는 들은 척도 않는 소사매를 보며 한숨
을 길게 한 번 내쉬고는 말을 이었다.

“유명마군의 정체는 아무도 몰라. 아아, 이번에는 정말 모
르는 거니까 그렇게 미심쩍은 눈초리로 보지 말라고. 나는 물
론 사부님도 모르시고, 무림맹주도 아마 모를 거야. 단지 알
려진 것은 그가 천하오존에 필적하는, 어쩌면 그 이상일 수도
있는 초고수라는 거야.”

“에이, 설마요. 그자가 우리 아빠보다 강하다고요?”

송현지는 말도 안 된다는 듯이 대구했다.

막수범은 정색을 했다.

“물론 나도 그럴 리 없을 거라 믿는다. 그러나 천하오존 이
상일 수 있다고 평한 것은 다름 아닌 사부님이시다.”

“뜬금없이 출몰한 사교의 우두머리가 어떻게 그런 초고수
가 될 수가 있죠? 모름지기 절대고수가 되려면 고절한 무공과
명문의 전폭적인 지원이 필수이지 않나요? 현재의 천하오존
도 모두 그 기준에 부합하는 인물들이잖아요.”

“그건 사매가 몰라서 하는 소리야. 산꼭대기로 올라가는
길이 하나가 아니듯, 꼭 외적인 조건이 좋다고 해서 고수가
탄생하는 것은 아니라고. 물론 사매의 말대로 대대로 내려오

는 빼어난 무공에 문파적 지원이 있다면 금상첨화겠지만, 그런 혜택 없이 잡초같이 자라서 마침내 최고수의 자리에 올랐던 무인들 또한 무수히 많았던 곳이 바로 무림이다. 가까운 예로 전대 최고수였던 장백노조만 해도 바로 그런 경우라 할 수 있지 않아? 그는 젊을 적에만 해도 이류도 못 되는 무인이었지만 장백산에서 커다란 기연을 얻어 강호를 군림했지. 천하오존에 속하는 권왕 위세광만 해도 그의 본신 무공이 빼어나서 그 자리에 올랐다기보다는 끊임없는 투쟁과 극한의 상황을 견뎌가며 얻은 경험과 깨달음으로 절정의 경지에 다르게 되었다 할 수 있어. 무공과 배경이 산을 오르는 편한 길을 제공해 줄 수는 있지만, 부단히 걷고 뛰지 않으면 반대편에서 험준한 암벽을 기어오르는 자에게 가장 높은 자리를 빼앗길 수 있는 곳, 그곳이 바로 무림이며 강호라고.”

“그건 저도 아는데요, 유명마교는 유명마군만 강한 게 아니라 마졸들까지도 발군의 실력을 갖추고 있다면서요. 그 정도의 위력을 갖춘 무공이 하늘에서 뚝 떨어진 것은 아닐 텐데, 그 연원에 대해 추적해 보면 배후를 알 수 있지 않을까요?”

송현지의 말에 막수범은 찔끔한 표정을 지었다. 의외로 그녀가 정확한 지적을 했기 때문이다.

애석하게도 아직 정파무림에서는 유명마교의 주력 무공인 부유마공(訃幽魔功)에 대해 전혀 갈피를 잡지 못하고 있었다.

예전의 일월신교나 서장 밀교, 심지어 옛 전진파의 무공이라는 추측까지 돌았지만 아직 속 시원히 밝혀진 바가 아무것도 없었다. 중원제일의 방파로 꼽히는 청룡방의 정보 분석 업무를 맡고 있는 비각(秘閣) 또한 십 년 가까이 유명마교의 행적을 추적하고 있었지만 그 근원에 대해 밝힌 바가 없기는 매한가지였다.

비각의 일원인 막수범은 이러한 사실을 굴욕적으로 여기고 있었기에 약점을 정확히 찌르는 사매의 말에 잠시 말문이 막혔다.

그는 조금 뜸을 들인 후 어렵사리 대답했다.

"무공 연원은 밝혀진 게 없어. 유명마교에 대해서는 지금까지 말해준 게 다라고. 오죽하면 무림삼비겠니."

맥이 빠진 목소리에서 느껴지는 그의 심경을 읽은 듯 송현지는 짐짓 밝은 목소리로 화제를 돌렸다.

"유명마교는 그렇다 치고, 다른 이비(二秘)에 대해서도 좀 알려줘요. 아, 광세비록은 저도 아는데 나머지 일비는 또 뭐죠?"

"마지막 일비는……."

막수범은 말하다 말고 시선을 객잔의 문가로 향했다. 막 문을 열고 두 사람의 손님이 들어서고 있었기 때문이다.

지금 그들이 있는 이 객잔은 외진 고갯길 한구석에 위치해 있었기 때문에 드나드는 객이 그리 많지 않은 곳이었다. 객잔

내의 손님이라곤 탁자에 앉아 있는 두 사람과 다른 탁자에 위치한 여섯 명의 수행원, 그리고 지금 문으로 들어선 둘뿐이었다.

막수범이 운송하고 있는 예물의 가치가 높고, 또 방주의 금지옥엽인 송현지까지 데리고 있었기 때문에 사신 행렬은 경계에 만전을 기하고 있었다.

행렬의 규모가 작지 않고 또 청룡방의 깃발을 걸고 이동 중인만큼 잡스러운 산적이야 접근도 못하겠지만 만약의 사고는 상시 대비해야 했다.

두 명의 객이 위험 인물이었다면 객잔 주변을 경계하고 있던 다른 수행원들이 그들이 들어서기도 전에 이미 연락을 취했을 것이다. 고로 지금 들어선 저 둘은 크게 경계할 만한 인물들은 아니라는 답이 나온다.

노소의 외모는 평범해 보이면서도 독특한 무언가가 느껴졌다.

먼저 들어선 노인은 껑충한 키에 허연 백발이 인상적이었다. 무기는 없었지만 왠지 무림인 같은 느낌인 데 반해 걸음걸이가 영 힘이 없고 기력이 쇠잔해 보여 쉽게 정체를 판단하기가 어려웠다. 특이하게도 얼굴은 낯이 익는데 이름이 곧바로 떠오르지 않는 것을 보면 유명한 인물은 아닌 듯했다.

뒤이어 들어선 장년인은 노인 못지않은 큰 키에 명치까지 내려오는 긴 수염이 눈에 띄었다. 관운장을 연상시키는 수염

길이였지만 체형은 호리호리하여 전장을 호령하는 장수와는 거리가 있어 보였다. 발걸음이나 몸동작이 평이하여 무공 유무를 판단하기가 어려웠다.

특별히 눈에 띄는 것은 옆구리에 차고 있는 기다란 꼬챙이였다. 빛깔도 독특하고 재질도 눈짐작하기 어려워 그것이 무기인지 다른 도구인지도 판단하기가 쉽지 않았다.

'내가 비각 내에서도 제법 눈썰미가 있다는 평판이었는데, 오늘은 영 아니올시다로군.'

막수범이 혀를 차고 있을 때 송현지가 그의 옷자락을 잡아끌었다.

"오사형, 저기 저 사람 있잖아요, 어디서 많이 본 것 같지 않아요?"

막수범은 눈을 크게 떴다. 이제 갓 강호에 나선 사매가 알 수 있을 정도의 사람이라면 역시 노인은 유명 인물이었단 말인가?

"사매, 저 사람을 알아?"

"아뇨. 아는 것까진 아니고, 기억은 정확히 안 나지만 누군가를 많이 닮은 것 같아요."

송현지의 말을 듣자마자 막수범은 손바닥을 쳤다. 이제야 노인의 정체를 알아챈 것이다. 노인이 낯이 익었던 것은 소사매의 말대로 노인을 닮은 사람을 그가 본 기억이 있기 때문이었다.

그는 부랴부랴 일어서서 노소가 앉은 탁자 쪽으로 걸어갔다.

그가 다가서자 둘은 의아한 눈으로 그를 바라보았다.

막수범은 노인에게 공손히 읍을 했다.

"실례합니다. 혹시 맹호치란 별호로 강호에 이름을 날리고 계신 위세척 대협이 아니신지요?"

노인은 눈에 이채를 띠고 그를 바라보다가 수인사로 답하며 말했다.

"대협이란 칭호는 과하네만 노부가 위 모일세. 그러는 소협은 누구신가? 이 위 모가 나이가 들어 머리는 나빠졌어도 사람 기억하는 재주는 아직 쇠퇴하지 않았건만, 자넨 이리저리 살펴봐도 초면인걸?"

막수범은 반가운 웃음을 흘리며 말했다.

"위 대협이 맞으셨군요. 전 청룡방 소속의 막수범이라 합니다. 저희 사부님께서는 송 자, 관 자를 쓰시고요."

노인 위세광이 변장한 위세척은 눈을 크게 떴다.

"자네가 청룡방주의 제자라고? 아하, 그래. 막 씨 성을 쓰는 다섯째 제자가 영민하다는 소릴 들은 기억이 있었거늘, 이런 자리에서 만나다니 참으로 인연이구먼."

"영민은요. 대협을 바로 알아보지 못하는 까막눈인걸요."

"허허! 노부같이 나이만 처먹은 늙은이를 늦게라도 알아보는 것이 대단한 것이지, 뭘. 청룡방주께서는 안녕하신가?"

“물론입니다. 권왕 어르신과 위 대협을 늘 흠모한다는 말씀을 입버릇처럼 하십니다. 권왕께서도 강녕하시겠지요?”

위세척은 잠시 씁쓸한 표정을 짓다가 말했다.

“우리 형님은 잘 계신다네.”

그가 그 한마디로 입을 다물자 막수범은 머쓱한 표정을 지었다. 천하오존의 일원인 권왕 위세광은 최근 몇 년간 강호에 전혀 모습을 드러내지 않고 있었다. 금분세수하고 은퇴했다는 소문까지 돌고 있는 실정이었기에 안부 인사를 물으며 그의 근황을 넌지시 떠본 것인데, 잘 있다는 한마디로 잘라 버리니 더 물어볼 여지가 없어져 버렸다.

“그런데 권왕은 지금 어디 계신가요? 왜 요새 강호 활동이 없는 거죠?”

그가 목구멍으로 삼켜 버린 질문을 훨씬 직설적인 어투로 던진 것은 다름 아닌 골칫덩이 소사매였다.

“사매, 버릇이 없구나!”

넌지시 꾸짖으면서도 막수범은 위세척이 무슨 대답을 할지 궁금했다.

위세척은 뜨악한 표정으로 눈앞의 맹랑한 소녀를 바라보았다.

“아가씨는 누구신가?”

“전 송현지라고 해요.”

“송현지라… 송현지! 그럼 소저가 청룡방주의 고명따님이란 말이군?"

위세척은 해연히 놀란 표정을 지었다.

"그 늦둥이 따님이 벌써 이렇게 컸나. 허허! 자세히 보니 젊을 적 청룡방주의 총명한 눈매와 꼭 비슷하군 그래."

그는 송현지가 귀여운 듯 껄껄 웃으며 말을 이었다.

"한데 귀한 집 소저께서 어인 일로 이런 궁벽한 곳에 행차하신 겐가? 혹시 둘이 정분이 나서 밀월여행을 가는 것은 아닐 테고."

"말도 안 돼! 오사형은 결혼한 사람이라고요!"

영악하다고는 하지만 아직 나이가 어려 순진한 구석이 있는 송현지는 얼굴을 붉히며 화를 냈다. 그 덕분에 그녀는 자신이 던진 질문에 대한 답을 들어야 한다는 것을 까먹고 말았다.

막수범은 쓴웃음을 지으며 위세척의 궁금증을 풀어주었다.

"저흰 지금 개봉에 가는 중입니다."

"호오, 개봉에?"

위세척은 이채로운 눈빛을 발했다.

"혹시 천응방(天鷹幇)의 비무대회에 참석하러?"

"맞습니다. 천응방주께 보낼 선물을 가지고 가는 중입니다. 사매는 방주님의 따님과 친분이 있어서 겸사겸사 따라가는 것이고요."

“그랬군……..”

“위 대협께서는 어느 곳을 가시는 길이신지요?”

막수범은 그가 또 말을 돌릴까 봐 자신이 궁금해하는 바를
재빨리 질문했다.

“아, 우리 말인가?”

위세척은 잠시 멈칫하다가 말을 이었다.

“우리도 개봉에 가는 길일세.”

“아, 그럼 혹시 비무대회에 참석하시러?”

“뭐, 이왕 가는 길이니까 겸사겸사 좋은 구경도 하면 좋겠
지.”

돌아온 대답은 다소 모호했지만 막수범은 광견치 위세척
이 참견하기 좋아하는 위인이라는 것을 알았기에 개봉의 비
무대회를 구경하러 가는 걸 거라고 판단했다.

청년들이 자웅을 겨루는 대회이니만큼 위세척은 물론이고
마주 앉아 있는 장년인 또한 대회 참가는 안 할 테지만 말이
다.

“알겠습니다. 그럼 거기에서 다시 뵐 수 있겠군요. 아, 그
런데 이분 협사님은?”

“노부의 제자라네. 야, 인사해라.”

턱수염이 덥수룩한 장년인은 살짝 일어서서 그와 송현지
에게 싱긋 웃으며 포권을 취했다.

“잘 부탁합니다. 이세민이라 합니다.”

막수범은 그의 인사에 답례하면서도 의아함을 감추지 못했다. 그가 알기로 광동위가는 가문의 핏줄에게만 무공을 전수하는 것으로 알고 있었다. 외부 사람이 무공을 이어받으려면 가문의 데릴사위가 되어 성을 바꾸든지 해야 하는데 이자는 이가라고 하지 않는가.

게다가 이세민이란 자의 독특함은 더 있었다. 덥수룩한 수염이 명치까지 자라 있는 덕분에 적어도 삼십대 중, 후반 정도로 보았건만 음색을 듣고 보니 자신과 동년배이지 않을까 싶게 젊은 목소리였다. 얼굴도 자세히 뜯어보니 주름진 곳 없이 팽팽한 게 보기보다 상당히 나이가 젊다는 것을 알 수 있었다.

'혹시 이자가 비무대회에 참가하려는 건가?

문득 그런 생각이 들었지만 막수범은 이 이상 이 두 사제(師弟)를 의식할 필요는 없다고 판단했다. 광견치 위세척이 대단한 인물이 아닌 이상 제자라고 해봐야 신경 써야 할 위인일 리 없었다. 행여 그가 권왕의 제자라면 모를까.

이제 작별을 고하고 슬슬 출발해야겠다고 그가 마음먹고 있을 때, 그의 소사매가 또다시 돌출 행동을 저지르고 말았다.

송현지는 이세민에게 말을 걸었다.

"협사님, 혹시 저랑 만난 적이 있나요?"

이세민은 고개를 저었다.

"소저 같은 미인을 보았다면 제가 천 길 낭떠러지에서 떨어져 땅바닥에 머리로 착지했다 해도 기억 못할 리가 없을 겁니다."

송현지는 그의 말이 농담이라고 알아듣고는 까르르 웃으며 말했다.

"전 이상하게 협사님이 눈에 익어요. 저도 만난 기억은 없는데 말이에요."

"호오, 그렇습니까?"

이세민은 눈에 이채를 발했다.

송현지가 말을 이었다.

"이럴 게 아니라 두 분, 어차피 개봉으로 가시는 길이시면 저희와 동행하시죠? 저희 마차로 가시면 편하게 사흘 내에 도착할 수 있을 거예요."

'이런……'

막수범은 속으로 고개를 저었다. 평상시라면 동행해도 상관없지만 지금같이 중요한 공물을 운송하고 있을 때, 그것도 소사매와 같은 주요 인물과 함께하고 있는 이때에 외부인이 일행에 끼는 것은 결코 달가운 일이 아니었다.

그렇다고 소사매가 모처럼 베푼 호의를 옆에서 만류할 수도 없는 일. 두 사람이 웅낙하면 어쩔 수 없이 일행에 껴줄 수밖에 없는 형국이었다. 광견치 위세척은 무공은 몰라도 얼굴 두껍기로야 강호에서 천하오존 버금가는 위치인 위인이었으니 편하게 길을 갈 수 있는 제안을 거절할 턱이 없었다.

그러나 뜻밖에도 위세척은 제안을 거절했다.

"송 소저가 초대해 준다니 삼생의 영광이네만, 우리는 그다지 바쁘지 않으니 슬슬 유람이나 하며 개봉으로 갈 참이네. 중간에 들를 곳도 있고 하니 먼저들 가시게."

"그래요? 아쉽네요."

송현지는 아쉬워했지만 막수범으로서는 참으로 반가운 말이 아닐 수 없었다.

그는 부랴부랴 두 사람에게 작별 인사를 고하고 소사매를 이끌고 수행원들과 함께 객잔을 나섰다.

이세민이 아쉬운 투로 말했다.

"같이 가는 게 낫지 않았을까요? 마차로 가면 몸도 편하고 시간도 절약했을 텐데."

"물색 모르는 소리 마라. 저 막수범이란 녀석은 보아 하니 비무대회에 참가하러 가는 모양인데, 굳이 동행하면서 네 녀석을 관찰하게 만들 이유가 있겠느냐?"

"관찰해서 뭐 발견할 거라도 있습니까? 전 아는 무공이 아무것도 없는데요."

"그걸 발견할까 봐 무서운 거다. 아는 무공도 없는 놈이 힘만 무식하게 세니 기이하게 여기고 우리 뒷조사라도 하게 된다면 그야말로 큰일이니까."

이세민은 그래도 미련이 남는 듯 입맛을 다셨다.

“아까 꼬마 아가씨랑 얘기를 좀 더 하고 싶었는데……. 제가 눈에 익다고 하는 것을 보면 혹시 구면일지도 모르고 말이죠.”

“바보 같긴. 그 아인 그저 세상 구경 나온 게 신기해서 아무한테나 그런 소릴 하는 게야. 청룡방주 손관이 그 꼬마를 금이야 옥이야 아끼는 통에 그 나이 될 적까지 제남은 고사하고 청룡방 내를 벗어난 적도 없을걸? 그런 아이가 너 같은 놈을 어떻게 알겠느냐?”

위세척은 말도 안 된다는 듯 일축했지만 이세민은 미련이 남는지 그들 일행이 나간 객잔 문 쪽에 시선을 두었다.

“자, 이제 우리도 가자.”

잠시 후, 위세척이 벌떡 일어서자 이세민은 얼떨떨한 표정으로 말했다.

“벌써 갑니까? 그들이 떠난 지 일다경도 안 됐는데요.”

“그러니까 가자는 거다. 더 늦게 가면 효과가 없어지거든.”

“무슨 효과요?”

“경호 효과.”

“그건 또 뭡니까?”

“쟤들이 누구냐. 강호 최고의 단일 방파라고 칭해지는 청룡방의 주요 인사들이잖니. 고로 저들이 청룡의 깃발을 휘두르며 위풍당당하게 전진하면 이 근방에 들끓는 도적, 흉적들이 길을 막기는커녕 머리터럭이라도 보일까 꼭꼭 숨어버릴 거다. 그때 그 뒤를 쫄래쫄래 쫓아가기만 하면 우리 여정도 매우 편안하게 이어질 수가 있다는 말이지."

"과연!"

이세민은 사부의 처세술에 감탄한 표정을 지었다.

"잔머리 하나만큼은 천하오존의 실력에 부합하는군."

이세민은 혼잣말로 중얼거렸다.

"너 지금 뭐라고 했냐?"

"아닙니다. 사부님 멋지다고요."

"싱거운 놈. 그걸 이제 알았나?"

객잔을 나선 두 사람은 아직 청룡방의 마차가 일으킨 먼지가 채 가시지 않은 서쪽 길로 향했다.

第六章
돌아온 외팔이

1

"고갯마루에 큰 나무가 하나 쓰러져 있습니다."

앞길을 정찰하고 온 수행원의 보고에 막수범은 인상을 썼다.

"산적들이 표행을 가로막는 전통적인 수법이군. 설마 마차에 내걸린 청룡기를 보고도 그런 짓을 할 간 큰 놈들이 있단 말인가?"

송현지가 뒤에서 말했다.

"녹림도당인가요? 그럼 한판 붙을 준비를 해야죠?"

"넌 좀 가만히 있어!"

신이 난 송현지에게 매섭게 한마디 쏘아붙인 막수범은 수행무사들을 지휘하고 있는 용아도(龍牙刀) 학무정에게 말했다.

"학 사범님, 수행무사들을 마차 주위로 집결시켜 주십쇼."

그는 예전 자신의 훈련 교관이었던 학무정을 여전히 사범이라 칭하고 있었다.

"알겠네. 나무를 치울 사람을 몇 명 선별해야 하지 않을까?"

"그럴 필요 없습니다. 제가 가서 치울 테니 신호하면 고갯마루로 올라오세요."

막수범은 왠지 불길한 예감이 들어 직접 나서서 동향을 살피기로 했다.

그는 자신의 검을 들고 마차 밖으로 나와 빠르게 고개 위로 치달았다.

고갯마루에 다다르니 수행원의 보고대로 사 장 남짓한 크기의 나무가 쓰러져 길을 막고 있었다. 나무의 크기가 상당하긴 했지만 청룡방 비전의 여의팔단신공(如意八段神功)을 육성의 경지까지 성취한 그가 홀로 치우지 못할 정도는 아니었다.

"음……!"

막 나무에 손을 대려던 막수범은 짧은 신음을 내질렀다. 나무의 밑동을 보고는 놀랐기 때문이다. 나무는 도끼로 끊어낸 것도 아니고 부러뜨린 것도 아니었다. 마치 폭풍에 휘말려 뽑혀 나온 것처럼 뿌리째 뽑혀져 있었다.

막수범은 머리가 복잡해졌다. 사람이 나무를 뿌리째 뽑아내는 게 아주 불가능한 일은 아니다. 일반인이라 해도 나무 주변의 땅을 열심히 파내기만 하면 가능할 것이다. 그렇게 되기까지 엄청난 시간이 걸리겠지만.

도끼질 몇 번이면 쓰러뜨릴 수 있는 나무를 번거롭게 삽질을 하여 뽑아내는 것은 바보짓이다. 그렇다면 누군가 손으로 잡아 뽑은 것이다. 자신의 내공이 이렇게 강력하다는 것을 과시하기 위하여.

'쉽사리 생각할 사안이 아니다!'

막수범은 재빨리 나무를 잡아끌어 길옆으로 치웠다. 그리고 즉시 몸을 돌려 마차로 돌아가려 했다. 그때 고개 아래쪽에서 고함과 비명이 들려왔다. 마차가 있는 방향이었다.

"제길!"

막수범은 즉각 경신술을 발휘해 신속하게 치달렸다. 고갯마루에 나무를 놔둔 것은 진로를 막고자 한 것도 아니고, 그를 꾀고자 한 성동격서도 아니었다. 누군지 몰라도 일행을 노리고 있는 적은 자신이 이렇게 강하다는 것을 과시할 정도로 고수임이 분명했다.

막수범이 마차가 있는 곳에 도착했을 때는 이미 전투가 치열하게 벌어지고 있는 와중이었다.

학무정이 지휘하고 있는 수행무사 이십여 명은 단 다섯 명의 적과 싸우고 있었다. 그러나 벌써 전세는 소수의 적에게 넘어가고 있었다.

검은 옷을 입고 있는 다섯 명의 무위는 일견하기에도 대단했다. 수행무사들은 청룡방 내에서도 일급으로 분류되어 있는 고수들이었음에도 그들의 십 초를 채 받아넘기지 못하고 쓰러지고 있었다.

막수범이 전장에 뛰어들었을 때는 이미 대여섯 명의 수행무사가 전투 불능이 되어 있었다.

막수범은 부상당한 수행무사를 몰아붙이고 있는 한 명에게 바람같이 달려들어 일장을 날렸다.

적은 측면에서 날아오는 위협적인 경력을 느끼고는 재빨리 몸을 돌려 맞장으로 응수했다.

퍼엉!

막수범의 장력을 받은 적은 다섯 발짝을 뒤로 물러서더니 피를 토하며 한쪽 무릎을 꿇었다. 제자리에 우뚝 선 막수범은 몸을 뒤흔드는 강한 반탄력과 함께 손바닥으로 예리하게 스며드는 음유한 기운을 느꼈다.

“암흑면장(暗黑綿掌)! 네놈들은 한수오괴(漢水五怪)로군!”

한수오괴는 하남성 한수 지역에서 악명을 떨친 악한들이었다. 이들은 원래 무당파의 촉망받는 속가제자들이었으나 한 마두의 꾐에 빠져 사문을 배신하고 악행을 일삼아 무당파의 척살 대상 일호로 꼽히는 자들이었다.

‘이놈들이 있다는 것은⋯⋯.’

한수오괴는 독자적으로 행동하는 자들이 아니었다. 막수범은 무릎 꿇은 자를 다른 무사들에게 맡기고 마차 방향으로 몸을 날렸다. 마차 앞에서도 전투가 한창이었는데, 학무정이 오괴 중 한 명을 힘겹게 상대하고 있었다. 그의 뒤로 송현지의 모습도 보였는데, 눈앞에서 피가 튀고 사람이 죽어나가자 기가 질린 듯 얼굴이 새하얗게 변해 있었다.

총망중임에도 막수범은 그 광경을 보고는 혀를 찼다.

사실 소사매는 워낙 자질이 뛰어나고 무공의 성장 속도가 빨라서 단순히 무공 수위로만 따지자면 학무정은 물론이고 자신에게도 필적할 정도였다. 그러나 실전 경험이 전무하다 보니 전투에 도움이 되기는 고사하고, 보호하지 않으면 안 될 지경이 되어 있었다.

그는 쌍룡쟁투(雙龍爭鬪)의 장법을 발휘하여 학무정을 몰아붙이는 일괴를 향해 쌍장을 날렸다.

배후에서 장풍이 휘몰아치자 일괴는 맞서지 못하고 몸을 피했지만 쌍룡쟁투는 도망친다고 해서 벗어날 수 있는 수법이 아니었다. 첫 번째 용을 피하면 두 번째가, 두 번째를 피하면 다시 돌아온 첫 번째가 어금니를 드러내고 목을 깨물려 했다.

휘몰아치는 장력이 뒷걸음질치는 일괴의 머리를 으깨려는 찰나, 광소와 함께 검은 인영 하나가 장내로 뛰쳐 들었다.

콰앙!

인영이 내지른 장력은 일괴를 휘감던 쌍룡을 일거에 소멸시켜 버렸고, 막수범은 그 충격으로 인해 예닐곱 발짝 뒤로 물러서야 했다. 속에서 비릿한 피가 솟아올라 오는 것이 느껴졌다.

"하하하! 많이 컸구나, 꼬마! 감히 본좌의 일장을 받고도 서 있을 수 있다니!"

쌍룡쟁투를 일거에 소멸시키고 막수범을 패퇴시킨 자는 흉소를 터뜨리며 땅에 착지했다.

그의 오른팔 옷소매가 바람에 펄럭거렸다. 그는 외팔이였다.

"쌍수무적(雙手無敵) 도겸⋯⋯."

막수범은 침음하며 중얼거렸다.

도겸이라 불린 외팔이는 음산한 어투로 말했다.

"이젠 독수필적(獨手匹敵)이라 불리고 있다. 다 네놈의 사형 덕분이지. 홍가는 오지 않았나?"

홍가라 함은 막수범의 대사형인 여의신검(如意神劍) 홍대명을 지칭하는 말이었다. 그가 바로 도겸의 오른팔을 자른 장본인이었다.

도겸은 원래 무당파 본산의 직전제자였다. 무공을 이해하고 해석하는 데 탁월한 재주를 지녀 문파 내에서 손꼽히는 기재로 기대를 한 몸에 받았지만 애석하게도 색(色)을 지나치게 밝히는 흠이 있었다. 결국 색정의 욕구를 이기지 못해 사문의 여제자를 강간하고 파문 조치를 당한 그는, 사문에서 쫓겨난 뒤 더욱 타락하여 강호에 색마로 악명을 떨쳤다.

그는 무공을 해석하고 재구성하는 자신의 재주를 십분 살려 사파의 기공에 무당파의 무공을 접목시켜 기기묘묘한 마공들을 창출해 냈다. 그가 창출한 마공은 무당파의 무공을 체득한 자 외에는 익히기가 불가능했지만, 일단 익힐 수만 있다면 본래 실력을 훨씬 웃도는 패도적인 위력을 발휘할 수 있었다. 한수오괴가 그의 꼬임에 빠진 것도 그의 마공을 익히면 더 큰 힘을 얻을 수 있기 때문이었다.

죄를 지었지만 지난바 재주가 아까워 도겸의 무공을 폐하지 않고 놓아준 무당파는 그가 자신의 무공으로 더 큰 해악을 저지르자 뒤늦게 후회하고 척살대를 보냈지만 그의 빼어난 실력을 감당하지 못하고 번번이 실패를 맛보았다. 무당파도 당해내지 못한 도겸과 그의 무리는 점점 세를 확산하며 사파의 신진 거두로 자리 잡아갔다.

하나 도겸이 그 와중에 청룡방 계열의 무관을 도륙하고 그곳의 여인들을 강간한 것이 화근이 되고 말았다. 무당파를 의식하여 손을 대는 것을 자제하고 있던 청룡방은 즉시 대제자 홍대명 이하 최정예 무인들을 보내어 도겸 무리를 쳤고, 도겸은 홍대명과 치열한 접전을 벌이다가 결국 그의 일검에 오른 팔을 잘려 버렸다. 우두머리인 도겸이 쓰러지자 그의 무리들은 패퇴하여 소멸되었지만 도겸 이하 한수오괴는 후일을 도모하며 도주하는 데 성공했다. 그것이 오 년 전의 일이었다.

오 년 전 대사형과 함께 그들 무리를 치는 데 일조했던 막수범이었지만 설마 이들이 다시 청룡방을, 그것도 이렇게 급작스럽게 등장하여 공격해 올 줄은 꿈에도 생각하지 못했다. 더구나 한수오괴나 도겸 모두 오 년 전에 비해 갑절은 강해진 모습이었다.

'도대체 어떤 기연이 있었기에…….'

의혹은 더해만 갔지만 도겸이 그걸 자기 입으로 가르쳐 줄 리 없었다.

"도겸, 네가 감히 우릴 치고도 살기를 바라느냐? 청룡방을 우습게볼 정도로 네 무공이 강해진 거라고 착각하는 것은 아니겠지?"

"후후, 꼬마야, 입도 많이 걸어졌구나. 하나 청룡방 따위의 위세로 본좌를 제압하려 하다니, 머리까지 영글려면 아직 멀었다. 네놈을 죽이면 홍대명이 자연스레 튀어나오겠지? 그게 바로 본좌가 가장 원하는 바다."

학무정이 으르렁거리며 말했다.

"우리를 건드리면 홍 공자가 아니라 방주께서 친히 나서실 게다. 네가 감히 방주의 심기를 건드릴 담량이 있을까?"

도겸은 앙천광소를 터뜨렸다.

"으하하하! 송관 따위를 무서워해서야 내 어찌 너희를 칠 생각을 했을까? 잔말 말고 목을 내놓아라. 공물을 먼저 내놓는다면 아주 곱게 죽여주마."

막수범은 눈을 번득였다.

'이놈……'

그는 공물을 언급하는 도겸의 말에 불길한 예감이 느껴졌다.

지금 그들이 가지고 있는 공물은 비밀리에 이송되고 있는 물건으로, 청룡방 내에서도 이 물건의 존재를 아는 사람은 그리 많지 않았다. 물론 '극비'라고 할 정도로 철저한 보안을 한 것은 아니지만 긴밀하게 운반되그 있는 공물의 존재를 알아차릴 정도의 정보력이 몰락한 도겸에게 있을 리 없었다.

어쩌면 도겸의 배후에 강대한 세력이 숨어 있을지도 몰랐다. 지금 그들이 운반하고 있는 공물은 노리는 자에 따라서는 청룡방의 심기를 거스르고라도 빼앗을 만한 가치가 있는 물건이었다.

상황이 생각보다 훨씬 위험함을 직감한 막수범은 한 걸음 뒤로 움직여 학무정과 그 뒤의 송현지에게 근접했다. 그리고 재빨리 전음을 흘렸다.

"소사매, 이제 학 사범님과 내가 동시에 녹을 공격하겠다. 그 순간 마차 뒤로 넘어가 이곳을 빠져나가. 그리고 전력으로 도망쳐."

송현지는 새파랗게 질린 채 그의 눈치만 보고 있었다. 얼굴만 봐서는 말을 알아들은 것인지 알 수가 없었다.

막수범이 나직이 한숨을 쉴 찰나, 도겸이 다시 흉소를 흘리며 말했다.

"무슨 개수작을 피우려 작당하는 게냐? 둘이 덤비려면 어서 덤벼라. 호오, 그 뒤의 계집아이는 누구지? 제법 예쁜걸?"

그가 색기 어린 눈빛을 발하자 더 이상 좌시해서는 안 되겠다고 생각한 막수범은 즉시 움직였다. 그와 미리 눈빛을 맞췄던 학무정도 동시에 칼을 뽑아 도겸에게 달려들었다.

"크하하하! 그래, 너희 두 놈이라면 상대할 맛이 나겠지!"

도겸은 기다렸다는 듯 하나 남은 팔을 흔들었다. 그러자 소매 속에서 기다란 강철 손톱이 튀어나왔다. 원래 도겸은 검을 쓰는 자였는데 오른팔이 잘리고 나서 새로운 무기를 개발한 모양이었다.

학무정의 칼이 먼저 유성같이 긴 호를 그리며 도겸의 측면으로 베어 들어왔다. 도겸이 철조(鐵爪)로 그것을 튕겨내는 순간 막수범의 검이 독사출동(毒蛇出洞)의 초식을 발휘하여 도겸의 명치 어림을 향해 일직선으로 파고들었다.

도겸은 철조로 학무정의 칼을 얽은 채 공중으로 뛰어오르며 몸을 뒤집었다. 막수범의 검은 허공을 갈랐고, 철조가 도겸의 몸과 회전하자 그에 얽힌 학무정의 칼은 뚝 소리와 함께 두 동강이 나고 말았다.

"허억!"

헛바람을 키며 뒷걸음질치는 학무정을 도겸이 그냥 놔둘 리 만무했다. 철조의 세 손가락이 매섭게 그의 정수리로 파고들었다. 막수범이 쫓아오며 검을 날렸지만 영리한 도겸은 반대쪽 측면으로 몸을 날려 그것을 피하면서도 끝까지 철조의 방향을 학무정의 정수리에 고정시켰다.

퍽!

결국 손톱은 막수범의 방해로 인해 학무정의 머리는 지나쳤지만 오른 어깨의 살점을 한 움큼 뜯고 지나갔다. 학무정은 고통에 찬 신음을 흘리며 바닥을 굴렀다. 뼈까지 드러난 것으로 보아 전투를 속개하기 어려울 정도의 치명적인 부상이었다.

"이젠 네놈 차례다!"

도겸은 쉴 틈도 주지 않고 막수범을 향해 달려들었다.

막수범의 눈빛이 어두워졌다. 학무정과 둘이 함께 달려들어도 벅찬 판국인데 이제 일 대 일로 도겸을 상대해야 하는 상황이었다. 게다가 도겸을 쫓아다니며 주변 상황을 빠르게 관찰해 보니 전세가 적에게 넘어가 있었다.

그가 처음에 공격하여 내상을 입힌 일괴는 전투 불능이 된 듯했지만 나머지 사괴에 밀려 수행무사들의 수가 절반가량으로 줄어들어 있었다. 이대로 가다간 전멸하는 것도 시간문제였다.

'사매는……?'

곁눈질을 해보니 다행히도 사매는 그의 말을 알아듣고 피신한 모양이었다.

'그렇다면 이놈을 막기만 하면 된다는 것이로군.'

그는 안심하며 각오를 새로이 다졌다. 목숨을 바쳐서라도 도겸의 한쪽 발목이라도 끊어낼 수 있다면 사문에 대한 최소한의 도리는 하는 것이리라.

"꼬마야, 아직 눈빛이 꺾이지 않다니 기개 하나만큼은 높이 평가할 만하구나."

도겸은 여유작작한 태도로 그에게 다가왔다.

"타앗!"

막수범은 필생의 공력을 짜내 검에 실으며 도겸에게 달려들었다.

호접난비(胡蝶亂飛), 비류도강(飛柳渡江), 강중어약(江中魚躍)의 연속된 검초가 도겸의 사혈(死穴)을 노리며 휘몰아쳤다.

청룡관조검(青龍觀照劍)의 필살 검초를 구사했음에도 도겸의 철조는 한 치의 흔들림없이 그 모든 공세를 차단했고, 반격을 개시하여 막수범의 가슴을 할퀴었다.

"크윽!"

막수범은 가슴을 움켜쥐고 뒷걸음질쳤다. 손톱이 깊게 파고들어 가 피가 철철 흘러나오고 있었다. 그러나 출혈보다 더 심각한 문제는 명치 끝으로 파고든 칼날같이 예리한 암경(暗

勁)이었다. 그것이 단전까지 파고들어 가 깊은 내상을 입힌
상태였다. 눈이 가물가물하고 다리의 힘이 둘려지고 있었다.

"호호호, 부질없는 저항의 결과가 얼마나 끔찍한가를 알려
주마."

도겸은 복수의 쾌감을 느끼는 얼굴로 천천히 막수범에게
다가왔다. 막수범은 검을 으스러져라 움켜쥔 채 뒷걸음질쳤
다. 한 발 한 발 디딜 때마다 가슴에서 솟구치는 피의 양이 점
점 많아졌다.

뒷걸음치던 그의 등에 벽 같은 것이 닿았다. 마차의 문이었
다. 주변을 보니 수행무사들은 한수오괴에게 거의 다 제압된
상태였다. 완벽한 패배였다.

그나마 사매가 도망친 것에 안심하던 막수범은 문득 이상
한 느낌이 들었다. 처음부터 일방적으로 자신들을 몰아치던
적들이 어째서 사매가 도망갔음에도 저토록 여유있는 모습일
까. 아무리 사매가 청룡방주의 딸이라는 것을 몰랐더라도 마
차 안에서 나오는 것을 보았다면 주요 인물이라는 것 정도는
눈치를 챘을 것이고, 그런 그녀가 도망쳤다면 최소한 한 명
정도는 뒤를 쫓거나 하는 게 정상적이지 않은가. 그런데 도겸
을 비롯하여 나머지 오괴들은 그런 것에 대해서는 전혀 의식
하지 않는 모습이었다.

'사매… 설마……?'

막수범은 식은땀이 흘러나오는 것이 느껴졌다.

그러는 사이 도겸의 손톱이 그의 코앞까지 다가왔다.

부질없음을 알고도 막수범은 마지막 일격을 준비했다. 그때, 마차 문이 벌컥 열리며 앙칼진 목소리가 흘러나왔다.

"그만! 더 이상 접근하지 말아요!"

목소리를 듣는 순간 막수범은 눈앞이 아득해졌다. 송현지는 도망을 친 게 아니라 마차 안으로 숨어들었던 것이다. 그와 학무정의 저항은 모두 헛수고가 되고 말았다.

'사매, 아무리 철이 없어도……!'

그러나 송현지는 그가 생각한 것보다는 담력이 센 사람이었다.

흉소를 흘리던 도겸은 그녀가 모습을 드러내자 흠칫한 표정을 지었다.

"꼬마 아가씨, 손에 든 게 뭐지?"

송현지는 손에 비단 천으로 감싼 기다란 물건을 들고 있었다.

"뭔지는 당신이 더 잘 알 테지. 더 이상 가까이 오지 마. 한 발이라도 움직이면 이걸 부러뜨릴 테니까."

다소 당황한 표정을 지었던 도겸은 곧 너털웃음을 터뜨렸다.

"아가씨가 그걸? 설마. 그럴 능력이 있을까?"

"시험해 볼까?"

송현지는 물건을 잡은 두 손에 힘을 주었다. 그러자 기다란 물건은 유선형으로 휘어졌고, 양끝의 거리가 거의 맞닿을 정도까지 구부러졌다. 휘어진 중간 부위가 금방이라도 부러질 듯 파르르 떨렸다.

"그만! 그만 해라!"

도겸이 다급히 외쳤다.

송현지는 손에 힘을 조금 풀었다.

"내 비록 경험이 부족해 싸움에는 참가 듯했지만 이걸 부숴 버릴 정도의 힘은 있어요. 이건 일단 부러뜨리고 나면 그 효력이 상실될 터이니 당신의 목적도 물거품이 되어버리겠죠?"

도겸은 살기 어린 눈빛을 번득였다.

"맹랑한 아가씨로군. 이름이 뭐지?"

"난 송현지예요."

"사매!"

뒤늦게 막수범이 소리를 버럭 질렀지만 이미 때는 늦은 상태였다.

"호오, 송현지? 설마 아가씨가 청룡방주의 고명따님이란 말인가?"

"맞아요."

"이거 정말 예상 밖이군. 청룡방의 금지옥엽을 이런 곳에서 만날 줄이야. 후하하! 난 정말 복도 많은 놈이야."

"잔말 말고 이걸 얻고 싶거든 내가 시키는 대로 해요. 그렇지 않으면 당장 부러뜨려 버릴 테니까.”

그 말에 도겸은 다시 다급한 표정이 되었다.

“어이, 제발 진정하라고. 아무리 본좌라 해도 아가씨를 무시할 생각은 없어. 그래, 바라는 게 뭔가?”

“우리 무사들을 풀어주세요.”

“그건 어렵지 않지. 그럼 그걸 내준단 말인가?”

송현지는 고개를 끄덕였다.

“그럼 그걸 어서 주게. 당장 손끝 하나 대지 않고 풀어주겠네.”

“누굴 바보로 알아요? 일단 이곳을 떠나요. 그러면 무사들이 알아서 몸을 추스를 수 있을 거예요.”

“그럼 물건은 어떻게 건네줄 건데?”

송현지는 입술을 꼭 깨물고 말했다.

“내가 당신들과 함께 가죠. 무사들의 안전이 확보된 것을 눈으로 확인한 후 건네주겠어요.”

“사매, 그런 말도 안 되는!”

막수범은 피 맺힌 고함을 토해냈다.

“사형, 그렇게 해요. 다른 방법이 없어요. 여기 있는 사람들을 살릴 수 있는 방법은 그뿐이에요.”

“아가씨, 아가씨가 붙잡혀 가면 보표의 임무를 수행하지 못한 우리는 모두 자결할 겁니다. 여기서 다 죽는 게 차라리 낫습니다.”

쓰러져 있던 학무정이 억지로 몸을 일으키며 결연한 태도로 말했다.

"학 사범님, 제가 여기 있으면 다른 방도가 있나요? 어차피 저들이 마음만 먹으면 죽는 것은 매한가지예요. 제가 따라가면 저들도 제 신분을 보아 함부로 대하진 못할 거예요. 차라리 이 자리를 최대한 빨리 벗어나 본 방에 위기를 알리는 게 현명할 겁니다."

송현지의 말에 학무정과 막수범은 뭐라 대꾸할 말을 찾지 못했다. 아까 전만 해도 피와 죽음에 질려 벌벌 떨던 소녀는 어느새 청룡방주의 자제다운 태도를 갖추고 있었다.

"클클클, 역시 호부 밑에 견자 없다더니 역시 송관의 따님답군. 아가씨가 제일 나아. 어이, 더저리들! 너흰 운이 좋은 줄 알아라!"

도겸은 괴소를 흘리며 오괴에게 손짓했다. 그러자 오괴는 수행무사들에게서 손을 떼고 물러섰다.

"자, 이렇게 하지. 아가씨는 우리를 따라간다. 약속대로 너희들에게는 더 이상 위해를 가하지 않겠다. 다만 너희 놈들이 쫓아오는 기색이 보이면 아가씨가 위험해질 것이니 각오해라. 이 고개를 넘어 백 리쯤 가다 보면 쌍춘객잔이라고 있다. 사흘 뒤에 찾아오면 아가씨는 그곳에 있을 것이다. 아무리 우리라 해도 청룡방주의 따님을 건드리는 실례는 하지 않을 것이니 너무 걱정은 말도록. 우리의 목적은 오로지 공물이다."

그는 송현지에게 확인하듯 말했다.

"이러면 되겠지, 아가씨?"

송현지는 고개를 끄덕였다.

"됐어요. 이만 가죠. 당신들이 앞장서요. 그리고 내 근처일 장 내로 접근하지 말아요."

"네, 네. 시키는 대로 합죠."

도겸은 쩔쩔매는 시늉을 하며 물러섰다. 그와 오괴들은 송현지가 시키는 대로 포진한 채 출발했다.

막수범은 피눈물을 흘리며 멀어지는 송현지에게 외쳤다.

"사매! 조금만 기다려! 내 반드시 구해준다!"

송현지는 앞의 무리들을 경계하느라고 뒤도 돌아보지 않고 손짓만 했다. 그렇게 그녀는 마두들에 둘러싸인 채 고갯마루를 넘어 그들의 시야에서 사라졌다.

고갯길에서 멀지 않은 숲 속. 두런두런 말소리가 흘러나왔다.

"철없는 부잣집 아가씨인 줄 알았는데 제법 강단이 있군요."

"보고 있자니 안쓰럽구나. 무슨 물건인지 몰라도 저렇게 양팔을 못 쓰는 상태로 협박을 해봐야 도겸같이 노련한 마두를 감당하지 못할 터인데……."

대화를 나누고 있는 것은 위세척과 이세민이었다. 청룡방 일행보다 뒤늦게 객잔에서 나온 둘은 마차가 다니는 큰길로 오지 않고 위세척이 아는 지름길로 고개까지 오던 중이었다.

도착할 즈음 둘은 도겸 무리와 청룡방 일행이 싸우는 소리를 듣게 되었고, 가까이 접근하여 송현지와 도겸 무리가 담판을 짓고 동행하는 것까지 볼 수 있었다.

"우리가 구해주지요."

이세민의 말에 위세척은 의외인 듯 대꾸했다.

"어쭈? 주제에 의협심이 있네? 아니면 저 아가씨가 마음에 들었나?"

"저렇게 어린 아가씨는 제 취향이 아닙니다. 다만……."

"다만 협의지사로서 위험에 처한 사람을 지나치지 못하겠나?"

"뭐, 그렇게 대단한 것은 아니고… 그냥 다음에 안 드는군요, 못생긴 놈이 예쁜 아가씨를 채 간다는 상황이."

제자의 웃기지도 않은 발언에 위세척은 뜨악한 표정을 지었다. 함께 지낸 지 달포가 넘었지만 여전히 그의 기이막측한 제자의 머릿속에 뭐가 들었는지 알 수가 없었다.

"사부님은 아까부터 의협심 운운하시는 걸 보니 구하기로 마음먹으셨나 보죠?"

위세척은 당연하다는 듯 고개를 끄덕였다.

"물론이다. 사실 노부가 청룡방과는 다소 불편한 관계에 있지만 막 소협이나 꼬마 아가씨 같은 젊은이들하고는 상관이 없는 얘기이지. 막 소협은 노부에게 제대로 된 예를 차렸고, 아가씨는 마차로 동행하자는 친절을 베풀었으니 어려움에 처한 저들을 돕지 않는다면야 어찌 강호에서 협객이라 불리길 바라겠느냐!"

호탕하게 말하는 위세척이었지만 실은 그의 머릿속에는 정교한 계산이 깔려 있었다.

도겸과 한수오괴는 일전에 부딪쳤던 양곽 무리보다는 확실히 한 수 위의 상대였다. 그러나 송현지는 위험을 감내하고라도 구해줄 가치가 있는 인물이었다. 청룡방주 송관이 외동딸을 눈에 넣어도 아프지 않을 정도로 아낀다는 것은 알 만한 사람은 다 아는 사실이었다. 그런 그녀의 목숨을 구해준다면 강호 최대 방파의 호의를 얻을 수 있다. 사면초가의 상황인 그로서는 더할 나위 없는 횡재가 아닐 수 없었다.

물론 강북에서 내로라하는 고수인 도겸을 무찔러야 한다는 위험부담이 있었지만 싸움이야 그가 할 것이 아니고 그의 제자가 할 것 아닌가?

그는 앞서가는 제자의 등을 바라보았다. 그다지 믿음직스러워 보이지는 않았으나 달리 믿을 것도 없으니 그로서는 그저 관운장의 등짝이려니 하고 따라갈 뿐이었다.

2

송현지와 그녀를 둘러싼 도겸 일행의 이동 속도는 무척 더뎠다.

송현지는 자신의 배후에 도겸 무리가 위치하는 것을 거부했다.

"부채꼴 모양으로 나를 감싸요. 당신들이 부챗살의 끝이 되고 내가 부채의 고정쇠가 되는 거죠. 그럼 가장 좌우에 포진한 사람이 나를 곁눈질로 감시하거 이동할 수 있을 거예요. 부채의 길이는 일 장. 만일 누구라도 그 이내로 들어오면 가차없이 이걸 부러뜨릴 거예요."

송현지의 제안은 혼자인 그녀가 배후의 습격을 방비하면서 이동할 수 있는 방법이었다.

송현지는 어떻게 해서든 탈출할 방법을 궁리했고, 도겸 등은 그녀가 행여 도망갈까 열심히 곁눈질을 하고 뒤로 고개를 돌리며 걷다 보니 자연 이동 속도가 늦어질 수밖에 없었다. 답답한 도겸이 길을 재촉했지만 그의 협박에 꿈쩍할 송현지가 아니었다.

고갯마루를 넘어 사오 리도 채 가기 전어 땅거미가 지기 시작했다.

"이런, 젠장할. 이대로 가다간 사흘이 지나도 쌍춘객잔의 절반도 못 가겠군."

도겸이 투덜거렸지만 송현지는 끄떡도 하지 않았다.

그때 즈음 이들은 암벽으로 된 지대에 들어서고 있었다. 작

은 바위산 주위로 크고 작은 바위들이 쪼개지고 흩어진 채로
널려 있었다.

"여긴 어디야?"

도겸의 물음에 오괴 중 한 명이 대답했다.

"채석장입니다. 인부들은 퇴근했나 봅니다."

"요깃거리가 있나 찾아보아라! 근처에 냇가가 있는 듯하니
낚시라도 해서 고기라도 잡아와!"

"예!"

도겸의 명에 오괴 중 두 명이 응답하고 뛰어나갔다.

도겸과 나머지 삼괴는 그들을 기다리며 여기저기 걸터앉
았지만 송현지는 경계의 빛을 늦추지 않으며 커다란 바위 앞
으로 갔다. 그리고 그것을 등지고 앉아 도겸 무리에게서 시선
을 떼지 않았다.

육포를 질겅질겅 씹고 있던 도겸은 번들거리는 눈으로 송
현지를 보더니 말했다.

"아가씨, 이거라도 줄까?"

송현지는 고개를 저었다. 그녀는 도겸들이 제공하는 음식
은 물 한 모금도 먹지 않을 작정이었다.

도겸은 혀를 차며 입에 넣고 있던 육포를 계속 씹었다.

잠시의 시간이 흘렀다. 송현지는 다른 자들이 음식을 먹고
있는 것을 보고 있자니 배도 고프고 너무나 피곤했다. 대궐
같은 집에서 하인들의 극진한 시중을 받고 살던 그녀였기에

끼니를 굶어본 기억도 가물가물했다. 냇가로 간 자들이 고기라도 잡아와 그걸 굽는 냄새라도 피운다면 정말 끔찍할 것 같다는 생각이 들었다.

그때 바위 뒤의 걸어온 길 쪽에서 뭔가 부스럭거리는 소리가 들렸다.

도겸이 깜짝 놀라 일어섰다. 송현지는 본능적으로 들고 있던 물건을 부러뜨릴 듯 움켜쥐었다.

그러나 도겸은 그녀를 보고 있지 않았다. 그는 소리가 난 쪽으로 시선을 고정하며 혀를 찼다.

"저런 멍청한 놈들, 쫓아오지 말라 그토록 얘기했거늘 죽음을 자초하는구나! 놈들을 잡아!"

도겸의 명이 떨어지기가 무섭게 삼괴가 움직였다.

송현지는 가슴이 철렁 내려앉았다. 사형과 학무정 등이 결국 자신의 뒤를 따라온 것일까? 무의식적으로 그녀의 시선이 삼괴의 움직임을 좇았다. 삼괴는 그녀가 있는 바위를 빙 돌아 나가고 있었다.

삼괴를 따라가던 시선이 등지고 있는 바위에 막히자 그녀는 엉거주춤 일어나 바위 옆으로 한 발짝 발을 떼었다.

그 순간, 등 뒤가 뜨끔한 느낌이 들었다. 온몸이 마비되었다. 누군가 마혈을 짚은 것이었다.

'대체 어떻게?'

그녀는 쓰러지면서도 상황을 이해할 수 없었다.

도겸은 분명 십여 장 밖에 있었고, 삼괴는 그녀를 지나쳐 앞으로 나아간 상황이었다. 이들 외에 누가 그녀에게 접근할 수 있단 말인가?

그녀는 쓰러지면서 자신을 해한 사람의 얼굴을 볼 수 있었다. 그것은 아까 냇가로 고기를 잡으러 갔던 이괴 중 한 명이었다.

"크흐흐흐, 꼬마 아가씨, 제법 영리했지만 아직 멀었어."

도겸은 쓰러져 있는 송현지를 보며 흐뭇한 듯 연신 흉소를 흘렸다.

사실 쫓아온 자는 아무도 없었다. 부스럭 소리를 낸 것 역시 냇가로 갔던 또 한 명이었다.

도겸이 냇가로 가 고기를 잡아오라 한 것은 그들 무리 사이에 통용되는 흑화(黑話)였다.

낚시를 하라는 것은 그녀를 유인할 소리를 내라는 것이었다. 그들은 시키는 대로 한 명은 소리를 내고, 한 명은 송현지의 사각으로 움직였다. 그런 다음 도겸과 나머지 삼괴가 부스럭 소리에 응대하면서 송현지의 주의를 완벽히 분산시킨 후 그녀의 뒤를 덮친 것이었다.

아직 경험이 일천한 송현지가 노회한 도겸 무리의 유인책을 간파하기는 어려웠다.

"바로 이거로군……."

도겸은 송현지에게서 빼앗은 천으로 감싼 물건을 들었다.

그는 물건의 손잡이로 추정되는 부위를 움켜잡았다. 그리고 그것을 흔들자 반대편 끝의 비단이 살짝 걷혔다.

날카로운 검극(劍極)이 모습을 드러냈다. 햇빛에 반짝여 광채가 번득였다.

도겸은 내공을 검에 주입했다. 검이 미세한 떨림을 발하며 푸른 아지랑이가 검극에서 일어났다.

도겸은 검극을 뺨에 대어보고는 흡족하기 그지없는 웃음을 흘리며 다시 천으로 감쌌다.

"아주 좋아! 내가 음한기공을 전믄으로 익히지 않은 것이 한스러울 따름이군."

그는 뒤에 시립해 있는 오괴에게 명했다.

"당장 고갯길로 돌아가라! 그리고 놈들을 처리해!"

"알겠습니다!"

오괴는 기다리고 있었다는 듯 힘차게 대답하고 왔던 길 쪽으로 바람같이 사라졌다.

"이 나쁜! 그들은 건드리지 않기로 약속했잖아!"

몸이 마비된 채 쓰러져 있는 송현지가 눈물을 흘리며 소리쳤다. 오괴가 노리는 대상이 누구인지 짐작했기 때문이다. 저들은 지금 오사형 일행을 치러 가는 것이었다. 중상자가 대다수인 그들이 오괴를 당해내지 못할 거라는 것은 불문가지(不問可知)였다.

“글쎄 말이야. 아가씨 말을 듣고 보니 내가 참 나쁜 놈이로군.”

도겸은 송현지에게 가까이 다가와서는 번들거리는 눈빛을 발하며 말했다.

그의 시선은 길게 누워 있는 송현지의 전신을 탐욕스럽게 훑고 있었다. 송현지는 그의 눈길이 닿는 곳마다 송충이가 기어가는 듯한 느낌을 받았다.

“기왕 나쁜 놈이 된 김에 좀 더 나빠져도 되지 않겠어?”

“무, 무슨 소릴 하는 거죠?”

송현지의 목소리가 가느다랗게 떨렸다.

도겸은 손을 잠깐 품속에 넣었다가 꺼냈다.

“참, 나도 팔 한 짝 잃고 나서 지난 오 년간 이 버릇 고치려고 무던히 애를 썼는데 말이야. 개 버릇 남 못 주 나봐?”

그가 송현지의 얼굴에 손을 갖다 대고 손가락을 팅기자 분홍색 연기가 그녀의 코로 들어갔다.

“무슨 짓이야?!”

송현지는 소리를 쳤다. 알싸한 내음이 코로 밀려들어 오며 정신이 몽롱해지기 시작했다.

“후후후, 난 너같이 공주처럼 자란 계집만 보면 발정이 나지. 집안의 권세가 높으면 높을수록 더욱 음심이 발동하거든. 네년은 나이도 어리고 얼굴도 예쁘니 그야말로 금상첨화가 아니겠느냐?”

"이 악적!"

"지금이야 악적으로 보이겠지만 이제 촌각의 시간만 지나면 내가 왕자님처럼 보일 것이다. 물론 그때까지 기다릴 인내심은 없는 본좌지만 말이다."

도겸은 송현지의 옷자락을 거칠게 찢어발겼다. 팔이 하나밖에 없는 그였지만 마혈이 제압된 송현지로서는 고개를 마구 휘젓는 것 외에는 저항할 방도가 없었다.

겉옷이 찢어지고 가느다란 허리와 희디흰 복부, 그리고 붉은 가리개에 감싸인 봉긋한 가슴이 드러났다.

"흐흐흐, 이거 생각보다 대단한걸?"

도겸은 서두르지 않았다. 그의 혀는 송현지의 앙증맞은 배꼽을 핥았다. 그리고는 그대로 천천히 위로 이동하여 갔다.

"그만둬, 제발!"

송현지는 발악적으로 외쳤지만 도겸의 혀가 명치까지 도달했을 때에는 타는 듯한 갈증이 느껴졌다. 전신이 뜨거워지고 뭔지 모르지만 몸은 강렬한 변화를 원하고 있었다.

'이래선 안 돼!'

송현지는 혀를 피가 나도록 깨물었다. 통증으로 인해 조금 정신이 들었다. 아래를 내려다보니 도겸이 소름 끼치는 눈웃음을 치며 젖가리개를 입으로 베어 물고 있었다.

'아아, 이제 끝이구나!'

송현지는 아득한 심경으로 눈을 꽉 감았다.

그런 그녀의 얼굴을 보며 미칠 듯한 색욕을 느낀 도겸은 젖가리개를 입으로 거칠게 잡아당겼다. 그 순간, 바람 소리와 함께 뭔가가 그의 머리를 향해 날아왔다.

창졸간의 일이었지만 도겸은 역시 고수였다. 흥분한 상태였지만 신속히 냉정을 찾은 그는 엎드린 자세에서 그대로 공중으로 도약했다.

발밑으로 암기로 추정되는 물체가 빠르게 지나갔다. 도겸은 공중에서 몸을 이동하여 벗어놓은 자신의 옷가지 위에 착지했다. 하나뿐인 손이 옷가지 속으로 들어갔다 나오자 그의 손목에는 이미 강철 손톱이 채워져 있었다.

"웬 놈이냐?"

도겸이 버럭 소리쳤지만 주변에는 아무런 인기척이 없었다. 그는 주변을 경계하며 자신을 맞힐 뻔했던 암기의 흔적을 찾았다. 발밑을 스쳐 간 암기는 반대편 바위까지 날아가 박혀 있었다.

"응?"

바위에 박혀 있는 암기는 자세히 보니 작은 돌멩이였다. 누군가 마치 돌팔매 하듯 그것을 던진 것이다.

'그러나 날아오는 기세가 대단했다. 분명 강한 내공이 실려 있었어!'

생각하는 순간 다시 파공음이 들려왔다.

날아온 것은 아까의 돌멩이보다 조금 더 큰 자갈이었다. 도겸은 간발의 차로 몸을 틀어 피할 수 있었다.

그는 자갈을 피한 후 재빨리 그것이 날아온 방향으로 몸을 틀었다.

"대체 어떤 놈이냐?"

자갈이 날아온 장소는 암벽을 쪼개는 공사장이 있는 위치였다. 작업을 하다 만 암석에다가 인부들이 쳐놓은 천막까지 있어 숨어서 공격하기에는 알맞은 장소였다. 가뜩이나 날이 저물어 가는 통에 어둑한 그 안에 누가 있는지 식별하기조차 어려웠다.

도겸은 그곳을 향해 달려갔다.

그가 몇 걸음 전진하기도 전에 그 방향에서 다시 돌이 날아왔다.

이번에 날아오는 돌은 앞선 것들보다 더욱 컸다. 거의 사람 머리통만 한 크기였다. 도겸은 이 이상 피할 수만은 없다고 생각하고 닥쳐드는 돌을 향해 강철 손톱을 그었다.

파직!

돌은 산산조각이 나 흩어졌지만 도겸은 돌에 실린 경력으로 인해 몸이 흔들리는 것이 느껴졌다.

"어떤 놈인지는 모르겠지만 고작 돌멩이 따위로 이 도겸 어르신을 해치울 수 있다고 생각하는 거냐?"

도겸은 자신만만하게 외치며 공사장을 향해 치달렸다.

다시 돌이 날아왔다. 이번에는 어른 상반신만 한 크기의 돌이었다. 놀랍게도 날아오는 속도는 앞선 돌들에 비해 전혀 차이가 없었다.

도겸의 손톱이 허공을 갈랐다. 돌은 다시 부서졌다. 그러나 강철 손톱 중 하나가 나가 버렸다. 반탄력으로 인해 단전에 충격이 왔다.

도겸은 이를 악물고 달렸다. 이제 공사장까지의 거리는 지척이었다.

다시 돌이 날아왔다. 이번에는 사람 크기만 했다. 돌이 아니라 바위라 해야지 싶었다.

나머지 손톱 두 개가 날아갔다. 이젠 빈손이었다.

도겸은 충격으로 정신이 혼미했지만 천막은 불과 몇 걸음 앞이었다.

적은 투척 공격을 전문으로 하는 놈 같은데 일단 육박전을 할 거리만 확보하게 된다면 승산은 아직 있었다.

다시 돌이 날아왔다. 이번 것은 거짓말 하나 안 보태고 집채만 했다.

도겸은 필생의 공력을 끌어올려 날아오는 바위를 주먹으로 쳤다.

무당의 십단금을 개조한 폭풍권(爆風拳)의 절정기가 발휘되었다.

꽝음이 지축을 흔들었다. 바위가 산산조각 나 자갈로 화했다.

도겸은 각혈을 했다. 무리한 출수도 인해 내장이 흔들리고 단전이 깨어질 듯 아팠다. 그러나 이제 천막은 코앞이었다.

그때 다시 돌이 날아왔다.

그 돌은 공사장의 작업 대상인 거대 암석이었다. 암석은 삼층 건물 높이였다.

도겸은 습관적으로 주먹을 내뻗었다.

어리석은 선택이었다.

돌은 지나치게 컸고, 기력이 다한 그의 주먹에서는 폭풍은 커녕 산들바람조차 일지 않았다. 설사 폭풍이 나왔어도 그를 덮친 암석을 어쩌지 못했겠지만.

그는 돌에 깔려 죽고 말았다.

돌아온 외팔이의 최후였다.

第七章

사부와 제자, 인정받다

1

송현지는 누군가가 다가오는 것을 느꼈다. 날이 이제 어두워져서 멀리서 오는 사람이 누구인지 잘 보이지 않았다.

바람이 불자 그 사람의 긴 수염이 나풀거렸다.

"아!"

그녀는 그가 누군지를 알아보았다. 객잔에서 만났던 장년인이었다.

'이세민이라고 했던가?'

그녀는 고개를 돌리는 데 한계가 있어서 싸움이 어떻게 진행되었는지 알지 못했다. 다만 지축이 흔들리는 굉음이 일었고, 도겸의 찌부러지는 듯한 외마디 비명을 들은 것만은 확실했다.

다가오는 자가 지척에 이르자 송현지는 소리쳤다.

"잠깐 멈춰요! 겉옷을 벗어서 얼굴을 가리고 와요!"

그는 멈칫하더니 이내 시키는 대로 옷을 벗어 얼굴을 가렸다.

"됐습니까?"

"그대로 열 발짝 앞으로 걸어오세요."

그는 시키는 대로 걸어왔다. 그가 바로 앞까지 다가오자 송현지는 얼른 소리쳤다.

"이제 그만! 이제 눈을 감고 옷을 바닥에 내려놔요! 절대 눈 뜨면 안 돼요!"

이세민은 겉옷을 사뿐히 내려놨다. 그 옷은 송현지의 드러난 상반신을 가렸다.

"이제 됐어요. 눈 뜨셔도… 돼요."

이세민은 눈을 떴다. 그는 그녀와 눈을 마주치고는 싱긋 웃었다.

"무사한 것 같군요."

송현지는 그와 눈이 마주치자 온몸이 짜르르 했다. 아직도 겸이 뿌린 홍분제의 기운이 몸에 남아 있는 듯했다.

"등 뒤의 마… 마혈을 제압당했어요. 부탁이니 절 좀 풀어주세요."

그녀는 얼굴이 새빨개져서는 말을 더듬었다. 말하면서도

이세민의 얼굴을 거의 보지 못했다.

"마혈을 제압당했다라……."

이세민은 곤란한 듯 머리를 긁적였다. 그때 뒤에서 한 사람이 다가왔다.

"일단 송 소저의 몸을 돌려."

이세민은 뒤따라온 위세척의 말을 듣고는 조심스레 송현지의 몸을 돌렸다. 그녀의 몸을 감싼 겉옷의 끈을 앞뒤로 묶어 속살이 드러나지 않도록 했다.

송현지는 이세민의 손이 몸에 닿을 적마다 솜털이 곤두서고 몸이 떨려 미칠 지경이었다. 그만 손을 떼라고 소리치고 싶었지만 차마 그런 말을 하기도 부끄러워 아무 말도 하지 못했다.

위세척은 마혈의 위치를 짚어주며 말했다.

"여기에 손을 대고 내공을 순환시킨다는 기분으로 부드럽게 밀어 넣어. 점혈법도 어렵다면 꽤나 어려운 기술이지만 너 정도의 내공이면 기술이 다소 부족해도 쉽사리 할 수 있을 게야."

송현지는 흥분제로 인해 머리가 어질어질했지만 이들의 대화가 이상하다는 생각이 들었다. 마치 점혈법을 처음 배우고 가르치는 듯한 대화가 아닌가. 동북지역 최대의 마두를 일거에 해치운 자들의 대화라 하기에는 수긍이 안 가는 내용이었다.

사고를 전개할 틈도 없이 이세민의 진기가 등으로 파고들었다. 진기는 웅혼하고 순정(純正)했다.

진기가 몸 안으로 파고들자 막혔던 혈도가 풀리고 청명한 기운이 단전을 휘감았다. 몸을 달구던 홍분제의 기운마저도 사그라지는 느낌이었다.

송현지는 옷으로 몸을 감싼 채 벌떡 일어섰다.

"송 소저, 그렇게 급히 일어서면 안 좋은데……."

위세척이 주의를 줬지만 송현지는 다급했다.

"이러고 있을 때가 아니에요! 오괴! 한수오괴가 오사형 일행을 치러 갔어요! 가만히 놔두면 모두 죽임을 당할 거예요!"

"그건 크게 걱정 안 하셔도 됩니다."

이세민이 여유자적한 얼굴로 말했다.

"걔들은 이미 여기 오는 길에 치워 버렸어요."

송현지는 가부좌를 틀고 행공으로 홍분제의 기운을 말끔히 없앴다. 그리고는 아무 말 없이 작업장 천막 안으로 들어가서는 엉엉 울었다. 소리가 어찌나 큰지 이세민과 위세척은 멀리 물러나 있어야 했다.

한바탕 울고 나온 그녀는 도겸의 시체를 마구 짓밟은 후 그가 빼앗았던 비단 천에 싸인 물건을 갈무리했다. 그리고는 후련해진 얼굴로 그들에게 다가왔다.

"자, 이제 돌아가죠!"

이세민과 위세척은 언제 울었냐는 듯 밝아진 그녀를 보고
얼굴을 마주 보았다.

"송 소저, 괜찮으십니까? 험한 꼴을 당하셨는데."

이세민이 조심스레 물었다.

"괜찮아요. 물론 속상하고 슬프지만 계속 마음에 담아두고
있으면 저까짓 놈한테 지는 거 아녀요? 한바탕 울고 패버렸으
니 이제 잊어야죠."

그녀는 씩씩하게 말하고는 앞장서 걸음을 떼었다.

"허허, 여걸일세, 여걸이야. 그 아비에 그 딸이로군."

위세척이 감탄한 표정으로 말했다.

셋은 채석장을 벗어나 아까의 고갯길로 향했다.

송현지는 가는 도중에 길옆에 뽑혀진 나무 더미가 그득 쌓
여 있는 것을 보았다.

"아까 올 때는 저런 게 없었는데……?"

분명 그녀가 이곳을 지나칠 적에는 나무가 모두 서 있었다.
그사이 무슨 일이 있었던 것일까?

"이놈 작품이라오."

위세척이 가르쳐 주었다.

"협사님이 저렇게 했다고요? 왜요?"

이세민은 가벼운 웃음을 지으며 말했다.

"저건 일종의 나무 무덤이라고 이해하시면 됩니다, 그 한
수 머시기라 하는 놈들의."

송현지는 놀란 얼굴로 알겠다는 듯 고개를 끄덕였다.

"정말 대단하세요. 도겸과 한수오괴는 기라성 같은 강호들이 득실대는 동북지방에서도 손꼽히는 마두들인데……. 그런데 참 사려가 깊으시네요. 굳이 저런 놈들에게 무덤까지 만들어줄 필요는 없었을 텐데."

그녀의 말에 이세민은 말없이 웃기만 했다.

위세척은 옆에서 고개를 절레절레 저었다.

'사실 일부러 만들어준 무덤은 아니지. 나무를 던져 놈들을 맞추다 보니 저절로 쌓여진 것뿐이니까.'

그의 제자가 발휘하는 무식한 전투법은 한수오괴와 도겸이라는 만만찮은 상대와 싸우면서도 변하지 않았다.

오괴는 영문도 모른 채 날아오는 나무 더미에 깔려 죽었고, 도겸 역시 좀 버티는가 싶었지만 대궐 입구만 한 암석을 던져 버리니 배겨내지 못하고 압사되고 말았다.

도겸은 정말 나쁜 놈이지만 명색이 고수란 자가 돌에 맞아 쥐새끼처럼 눌려 죽는 것을 보고 나니 아주 약간 불쌍한 마음이 드는 위세척이었다.

'이놈… 이대로 방치해선 안 되겠어. 이렇게 무식한 방법으로 싸움을 벌이다간 온 무림의 주목을 받게 될 게야.'

그것은 위세척으로서는 절대 바라지 않는 결과였다. 최대한 주목을 받지 않고 움직이기 위해서는 제자에게 좀 더 세련된 전투 방식에 관한 교육이 필요할 성싶었다.

'정녕 그것을 사용해야 하나?'

그는 가슴을 쓰다듬으며 고민했다. 쓰다듬는 손에 네모난 책의 윤곽이 잡혔다.

위세척이 혼자 끙끙거리고 있을 찰나, 어느새 친해진 이세민과 송현지는 정겹게 대화를 나누고 있었다.

"근데 협사님은 보면 볼수록 나이가 젊어 보이네요? 처음 봤을 때는 마흔쯤 됐겠구나 했는데, 얼굴을 자세히 보니 삼십도 안 돼 보여요."

"하하! 제가 수염만 깎으면야 동안이죠. 물론 나이도 별로 안 들었습니다."

"어머, 그래요? 그럼 이제 협사님이 아니고 공자님이라고 불러야겠네요, 이 공자님."

"그거 듣기 좋군요."

"그런데 젊으신 분이 왜 수염은 그렇게 길렀어요?"

"그것이……."

이세민은 뭐라 대답할까 망설였다. 사실 그도 왜 자기 수염이 이토록 긴지 알 수 없었기 때문이다.

"후훗, 혹시 관성대제를 존경해서 흉내를 낸다든가 그런 거 아녜요?"

"정확히 맞히셨습니다."

송현지는 까르르 웃음을 터뜨렸다. 이세민은 그녀와 같이 웃으면서도 한편으로는 안쓰러운 마음이 들었다. 좀 전에 경험한 끔찍한 일을 빨리 털기 위해 억지로 밝게 행동하려는 태가 느껴졌기 때문이다.

송현지는 고갯길에서 어쩔 줄 모르고 우왕좌왕하고 있던 막수범 일행과 다시 재회했다.

막수범은 송현지를 부둥켜안고 함께 눈물을 흘렸고, 학무정은 이제야 눈감고 죽을 수 있겠다며 칼을 빼 들고 자결을 시도하는 통에 부하 무사들이 뜯어말리느라 진을 빼야 했다.

소란스러운 재회가 끝난 후 이세민과 위세척은 객잔에서와는 사뭇 다른 대접을 받았다. 막수범과 학무정은 큰절을 연신 올리며 은혜를 갚을 기회를 달라 했고, 결국 둘은 일행에 합류하여 청룡방의 거대한 마차를 타고 개봉까지 가게 되었다.

2

"그러니까 사부님의 공력을 다시 회복하기 위해서는 금란초와 한빙검, 그리고 금강연단공(金剛鍊丹功)이라는 술법이 필요하단 거로군요?"

"술법이 아니라 심법! 누가 들으면 사이비 도사 짓이라도 하는 줄 알겠다."

"어쨌거나 별 연관 없어 보이는 물건들인데, 그걸 몽땅 섞어서 끓이면 뭐 대단한 거라도 나오나 보죠?"

"지금 연금술하는 줄 아냐? 끓이긴 뭘 끓여? 그것들은 모두 이 사부가 치료법으로 쓸 특수한 내공심법을 보조할 물건들이다."

두런두런 얘기를 나누고 있는 위세척과 이세민이 앉아 있는 곳은 황하변에 있는 큰 객잔의 후원 별채였다. 둘은 동행한 청룡방 사람들이 빌린 별채 객방 중 하나를 잡아 쓰고 있었다.

"어쨌든 그와 더불어 희귀한 독(毒)이 하나 필요한데… 그건 좀 나중에 생각할 일이고, 일단 앞서 말한 세 가지를 구해야 한다. 셋 중에 금강연단공은 비교적 구하기가 쉽고, 정말 구하기 어려운 것이 금란초와 한빙검인데, 하나를 구했으니 이제 하나 남았을 뿐이다."

"그게 한빙검이란 말씀이죠?"

"그래, 몹시 구하기 어려운 것이긴 하지만 그 역시도 네놈이 잘만 해주면 문제없이 구할 수 있다."

"제가요?"

이세민은 어리둥절한 표정을 지었다.

위세척을 낮은 목소리로 말했다.

"잘 들어라. 우리가 지금 가고 있는 하남성 개봉부에서 이 달 이십칠일, 이제 닷새 남았구나. 지역 방파들의 후기지수들이 참가하는 비무대회가 열린다."

"그 얘긴 하남성에 들어설 때부터 하셨잖아요. 거기서 우승해야 한다면서요."

"그래. 넌 왜 우리가 우승을 해야 하는지 짐작하느냐?"

"글쎄요. 그거야 사부님이 말씀을 안 해주시면 제가 알 턱이 있나요."

"비무대회의 우승 상품이 우리에게 중요한 물건이기 때문이다."

"그게 뭐죠?"

"바로 한빙검! 노부는 그 절세의 보물이 비무대회의 상품으로 걸려 있다는 극비 정보를 최근에 입수했다."

위세척의 설명을 듣던 이세민은 고개를 갸웃거렸다.

"그래요? 아까 설명하신 말씀을 들어보면 한빙검이라는 게 대단한 보물인 듯하던데, 고작 지역 후기지수들의 비무대회에 걸릴 상품이란 말입니까?"

위세척이 말했다.

"네 생각도 일리가 있다. 일반적인 경우라면 말도 안 되는 일이지. 그러나 이번 경우라면 말이 된다."

그의 설명에 의하면 이번 비무대회의 개최자는 천응방(天鷹幇)이란 방회였다. 개봉에서는 이 천응방의 세력이 가장 강하다는 평을 듣고 있었고. 그에 버금가는 위세를 차지하는 한 곳 더 있었다. 그게 바로 무당파 속가 무문인 천무문(天武門)

이었다.

우연히 '천(天)' 자를 공통으로 사용하는 이 두 방회는 지역 방파 간의 친목을 다룬다는 명제하에 이 년에 한 번씩 번갈아 주최자로 나서 강호 후기지수가 참여하는 비무대회를 열고 있었다.

이 비무대회는 천과 천이 만나 하늘이 열리고 의기로운 용이 출현한다 해서 개천의용(開天義龍) 비무대전이라는 매우 거창한 이름이 붙어 있었다.

비무대회의 본래 취지가 개봉 양대 세력 간의 자기과시였기에 두 세력에서 대회에 쏟아 부은 정성은 적지 않았다. 내심 개봉에서 거리가 멀지 않은 소림사, 호북의 무당파, 하북의 팽가 등의 명문 제자들까지 참여시켜 강호 최대의 후기지수 대회로 만들겠다는 야심 찬 계획을 세워놓고 출범한 것이었다. 하지만 고작 두 번의 대회가 진행된 현 시점에서 벌써부터 대회의 미래에 관한 비관적인 전망이 심심찮게 흘러나오고 있었다.

동북지역의 중앙부에 있는 고도 개봉의 위치도 좋고, 두 방파의 명문거파와 연결된 연줄도 다 좋았다. 그러나 결정적으로 두 방회의 방주와 문주가 사흘간 거리를 맞대고 끙끙대서 지어낸 대회 명칭이 문제였다.

'개천의용' 하면 꽤 그럴싸하게 들렸지만 첫 대회가 열리는 포고문이 성내에 나붙은 직후 누군가가 제목 밑에 낙서를 해놓은 것이 화근이었다.

개천의용(開川疑龍).

음은 비슷했지만 '개천에서 용이 날까 의심된다'는 뜻이
니 본 제목과는 천양지차의 의미였다.

사람들은 그 낙서를 보고는 배를 쥐고 웃었다. 그런 연후
성내의 모든 벽보에는 어린아이들이 따라 쓴 개천의용 낙서
가 그려졌고, 대회 명칭이 언급될 때마다 낙서의 개천의용 타
령이 따라붙는 통에 대회를 개최할 즈음에는 아예 정식 명칭
이 그런 줄 아는 사람들까지도 생겨났다.

초대장을 받은 명문의 제자들은 이미 입소문으로 그 웃기
는 대회 명칭을 들었기에 모두 이 핑계 저 핑계를 대어가며
출전을 회피했다. 우승을 해도 '개천에서 난 놈이니 용이 맞
는지 의심해야 된다'는 소리를 들을 게 뻔한데 명문 제자의
체면이 있지 어찌 그런 불경한 대회에 출전할 수 있겠는가!

예상했던 출전자들이 너도나도 기권을 해버리자 결국 두
문파의 제자들이 그 빈자리를 메우는 수밖에 없었고, 졸지에
강북 최대의 후기지수 비무대회는 양 문파 간 청백전으로 전
락하고 말았다.

그렇게 이차 대회까지 청백전으로 치르고 난 후 두 문파의
수장들은 다시 머리를 맞대었다. 그래도 존장의 자존심이 있

지, 그토록 머리를 싸매 정한 대회 명칭은 도저히 못 바꾸겠고, 뭔가 색다른 시도로 세인의 주목을 끌어 홍보 효과를 극대화하자는 합의를 보았다.

"그래서 이번 삼차 대회를 개최하는 천응방은 대회 상품의 질을 바꾸기로 결심했다."

위세척의 말에 이세민은 고개를 갸웃거렸다.

"질이요? 더 좋은 물품을 준단 말입니까?"

"더 좋은 정도가 아니지. 강호인이라면 누구나 탐을 낼 만한 절세의 신보(神寶)가 상품으로 등장한다는 의미이다."

"그게 바로 한빙검입니까?"

"맞았다."

위세척의 말에 이세민은 다시 고개를 갸우뚱했다.

"지금까지 말씀하신 대로라면 그 두 문파가 꽤 큰 방회이긴 하지만 명문거파라 하긴 부족하다 정도로 들리는데, 천응방이 무슨 재주로 그런 보물을 구할 수 있었을까요? 게다가 홍보 수단으로 알릴 비무대회의 상품이라면 동네방네 소문을 내야 정상인데, 사부님은 마치 대단한 비밀인 것처럼 얘기하고 계시잖아요."

"그만큼 한빙검이 엄청난 보물이기 때문이지. 만일 그게 상품이라고 천지사방에 소문을 냈다간 천하의 온갖 기인들이 개봉부로 집결할 것이다. 그리고 육십도 넘는 마두가 대회에 참가하며 이런 얘길 하겠지. '어릴 때 어미 젖을 일찍 떼는 바

람에 좀 겉늙어 보여 그렇지 사실은 스물둘입니다’ 하고 말
이다.”

“흐흠, 그러면 곤란하긴 하겠네요.”

“그래서 천웅방주는 제법 영리한 방법을 썼다. 청룡방을
비롯하여 소림, 무당, 화산, 팽가 등의 명문대파에만 비밀리
에 공문을 보내어 대회 상품으로 한빙검이 나온다는 정보를
알린 것이지.”

“그렇게 하면 외부로 말이 퍼지진 않겠지만 가장 큰 목적
인 대회 홍보 효과는 미약하지 않을까요?”

“대회 홍보 효과는 공문을 받은 명문의 제자들이 대거 참여
한다면 그걸로 차고 넘칠걸? 소림, 무당 등 전통의 명문과 청
룡방 등의 거파에서 이미 무명(武名)을 떨치고 있는 신룡(神
龍)들이 대회 참가 명단에 수록되었다는 사실이 알려지면 개
천 용 따위의 조롱은 쑥 들어가게 될 거라고 주최 측은 기대하
겠지.”

“그들을 전부 끌어 모을 정도로 한빙검이 대단한 보물입니
까?”

“기보이긴 하나 명문 제자들을 모두 끌어 모을 정도의 파
급 효과를 기대하긴 어렵다. 한빙검은 일반인은 손을 대기만
해도 몸이 얼어버릴 정도의 강력한 음기를 뿜어내는 기물이
다. 음유한 무공을 익히는 자에게는 더할 나위 없는 신기(神
機)이지만 양강 위주의 무공을 수련하는 자들에게는 큰 쓸모

가 없지. 고로 팽가나 소림사 쪽은 혹할 가능성이 적고, 음양의 조화를 추구하는 무당이나 화산 쪽에서는 어느 정도 관심을 끌 수 있을 게야.”

“말씀하시는 걸 보면 주최 측이 기대하는 바만큼 명문의 제자들이 혹할 가능성은 적게 들리네요.”

“클클, 표면적으로는 그렇지만 실제로도 꼭 그렇게 되리라 볼 수는 없다.”

위세척은 말하면서도 재미있다는 듯 웃음을 지었다.

“적극적으로 나서긴 뭐한데 남 주긴 아까운 물건이라면 은근히 욕심이 동하는 게 인지상정이지. 초대받은 명문대파에서도 모두 방금 노부가 말한 것 같은 판단을 할 거란 말씀이야. ‘초대장은 받았지만 예상보다 명문의 참가는 저조할 것이다. 그러니 이때 우리가 나선다면 한빙검을 취할 가능성이 지극히 높다. 밑져야 본전인데 애들 경험도 쌓게 할 겸 한두 명 보내보지, 뭐’, 이런 식의 결론이 도출될 수 있다. 게다가 비밀리에 공문이 전달되었으니 타 문파가 어찌 나올지는 더욱 모르는 일. 어쩌면 주최 측의 기대 이상으로 참가자 수가 늘지도 모르지. 우리랑 같이 온 청룡방의 막 공자만 해도 이런 지방 비무대회에 참가할 수준은 아니거든. 그럼에도 불구하고 그가 참석한다는 것은 타 거파들도 수준급의 제자를 보낼 가능성이 있다는 말에 다름 아니지.”

위세척의 얘기에 고개를 끄덕이던 이세민은 다른 질문을

던졌다.

"궁금한 게 하나 더 있는데, 한빙검은 원래 천웅방의 물건입니까?"

"아니, 이 사부가 알기로는 그 검은 지금 무림맹주가 가지고 있다."

"그런데 어떻게 그게 비무대회 상품으로 나올 수가 있을까요?"

"천웅방의 방주인 비천신웅(飛天神鷹) 상관운이 무림맹주의 먼 친척뻘이거든. 무림맹주는 오 년 전 광검살성(狂劍煞星)의 난을 제압한 후 그 검을 얻었지. 그때 워낙 강호인의 피를 많이 마신 검이라 파괴할 거라는 말을 들었는데, 결국 부수지는 않았나 봐. 계륵 같은 물건이니 후기지수를 키우는 데 쓰자는 천웅방주의 말을 듣고 싸게 넘겼겠지, 뭐."

"알겠습니다. 이제 하실 말씀 다 하셨죠?"

이세민은 대뜸 말하더니 벌떡 일어서서 밖으로 나가려 했다.

"기다려. 너, 이 야심한 밤에 어딜 가려고?"

"저도 개인 생활이 있는데 사적인 질문은 삼가해 주시죠."

"지랄하네. 빨리 이실직고 안 해?"

이세민은 한숨을 내쉬더니 말했다.

"송 소저가 잠깐 보자고 해서요. 이경쯤 만나기로 했는데요?"

"어쭈? 제 이름도 모르는 놈이 오입질할 재주는 있나 보네?"

“이름 모르는 거하고 여자 만나는 게 무슨 상관입니까? 그리고 오입질이라니요. 제가 변태입니까? 송 소저는 나이도 어리고 여동생 같은 느낌이라 아무 감정 없습니다.”

“흐흥, 원래 남녀 관계라는 게 오빠, 오빠 하다가 아빠 되는 법이지. 어쨌든 꼬실 거라면 이 사부도 딱히 반대하진 않는다. 송 소저 정도면 배경 확실하겠다, 인물 참하겠다, 나무랄 것 없지. 다만 이 사부의 무공을 회복하는 거사가 끝날 때까지는 여자 관계로 발목 잡히는 일은 절대 없어야 해. 알겠느냐?”

“글쎄, 꼬시는 거 아니라니까요. 그럼 전 이만.”

“잠깐 기다려. 아직 이경이 되려면 반 시진은 더 남았다. 그리고 무엇보다도 사부의 얘기가 아직 안 끝났다.”

이세민은 지겨운 표정을 지으며 다시 자리에 털퍼덕 주저앉았다.

“또 무슨 말씀이 더 남았는데요?”

위세척은 다시 진지해진 표정으로 말했다.

“넌 걱정도 안 되냐?”

“무슨 걱정이요?”

“네가 비무대회에 참가하면 기라성 같은 명문의 제자들을 어떻게 상대할지 말이다.”

이세민은 잠시 생각하다 말했다.

“하던 대로 하면 되지 않습니까? 양곽이고 도검이고 제법 한가락하는 자들이라 하셨지만 쉽게 쉽게 끝냈잖아요?”

“허어……”

위세척은 긴 한숨을 내쉬었다. 하긴, 아름드리 나무를 뽑아 날리고 산만 한 바윗돌을 집어 던져 상대를 압사시키는 것도 보는 관점에 따라서는 쉽다면 쉬운 방법이라 생각할 수 있을 것이다. 그러나 관건은 그의 제자가 어떻게 느끼느냐가 아니라 주변에서 그걸 보고 무슨 생각을 하느냐가 더 중요하다는 것이다.

“그럼 비무장에서도 그렇게 싸울 테냐? 비무대 반석이라도 뽑아 던질래?”

“오, 그거 좋은 방법이군요.”

“미친놈, 그런 짓은 행여 꿈도 꾸지 마라! 강호를 이끌어갈 정영들이 정정당당한 비무로써 친목을 다지고 서로의 실력을 배양함이 목적인 친선 비무대회에서 돌을 집어 던져 상대를 때려죽이는 불상사가 일어난다면 세상 사람들이 이 사부를 대체 뭐라고 하겠느냐?”

열을 올리며 꾸짖었지만 돌아오는 반응은 시큰둥했다.

“뭐, 욕을 먹어도 위세척인가 하는 사촌동생 분이 먹겠죠. 사부님이야 별로 상관없잖아요? 그 양반하고 별로 친하지도 않으시다면서요.”

“지금 그게 중요한 게 아니잖아!”

위세척은 객잔이 떠나가라 고함쳤다.

그는 주변 상황을 의식한 듯 얼른 목소리를 낮춰 으르렁거렸다.

"네놈의 괴이한 싸움 방식과 드러나는 엄청난 내공으로 인해 세인의 주목을 한 몸에 받게 될 것이다. 그렇게 되면 우리의 행보에 크나큰 차질이 닥칠 거란 말이다!"

이세민은 그제야 알겠다는 듯 고개를 끄덕였다.

"흠, 그게 문제이긴 하군요. 그럼 해결책은 간단하지 않습니까?"

"어떻게 말이냐?"

"사부님이 제대로 된 무공을 가르쳐 주시면 되지요. 생각해 보면 만나서 구배지례 올린 지도 한 달 가까이 되어가는데 저한테 가르쳐 주신 무공이 전혀 없잖아요? 쓸 줄 아는 무공이 있으면 제가 뭐 하러 허리 아프게 무거운 물건들을 던지겠습니까?"

그 말에 위세척은 찔끔한 표정을 지었다. 지극히 정확한 지적이었기 때문이다.

"이 사부가 가르칠 재량이 없어서 널 가르치지 않은 것이 아니다."

위세척은 땀을 흘리며 말했다.

"우리 광동위가는 결코 제자를 함부로 받는 법이 없다. 정식 입문하기에 앞서 그 사람의 됨됨이, 인품, 이타심, 인간관, 세계관, 가치관 등을 면밀히 따진 연후에야 비로소 무공 사사를 시작……."

"어쨌거나 전 이미 제자가 되었잖습니까?"

이세민이 말을 딱 끊고 들어오자 위세척은 끄응, 하고 앓는 소리를 내는 말했다.

"그래, 넌 이미 제자가 되었지. 그리고 지난 한 달 동안 이 사부가 관찰한 결과, 싸가지가 좀 없긴 해도 양곽과의 싸움에서 느꼈던 빠른 판단력과 청룡방도들의 위기를 구하는 의협심을 따져 볼 때 무공을 가르쳐도 된다는 결심이 섰다. 고로, 이제부터 제대로 된 무공을 가르쳐 주겠다. 넌 이 무공을 가지고 비무에 임하면 된다."

이세민은 호기심이 이는 듯 눈을 반짝이며 물었다.

"무슨 대단한 무공을 가르쳐 주실 건가요? 비무대회가 불과 닷새 뒤인데 닷새 익혀 적을 제압할 수 있을 정도인가요?"

"물론! 네놈의 내공과 이 사부의 천재적인 교육 능력이 합해진다면 무슨 기적인들 못 만들겠느냐?"

"그럼 당장 시작하시죠."

이세민은 기대 가득한 얼굴로 말했다.

"지, 지금?"

"예! 쇠뿔도 단김에 빼라지 않습니까?"

"지금은 안 된다."

"예? 왜요."

"아직 준비할 게 좀 남았다. 그리고 너도 약속이 있다며? 어여 나가봐."

이세민은 알 수 없다는 얼굴을 한 채 객방을 나갔다.

위세척은 안도의 빛이 가득한 한숨을 내쉬고는 품속을 뒤적였다.

낡은 책자가 그의 손에 들려 나왔다.

"녀석 몰래 닷새째 암기하고 있는데 아직도 완전히 못 외웠군. 내일 개봉 도착이니 그때까지는 반드시 숙지를 해야 할 텐데……."

그는 책을 펼쳐서는 중얼중얼 소리 내어 읽기 시작했다.

손에 들린 책의 겉장은 낡은 양피지로 포장되어 있었는데, 책장 안으로 접힌 부분의 끄트머리에는 이런 글귀가 쓰여 있었다.

비록의 일부를 구해 보냅니다.

석환천.

第八章
공물의 정체

1

"이 공자님, 그 수염 좀 깎으면 안 돼요?"

"멋있지 않습니까?"

"그다지……. 나이 들어 기르면 모를까, 지금은 너무 겉늙어 보여요."

"캑, 그런가요?"

이세민과 송현지는 객잔 근처를 거닐며 담소를 나누고 있었다. 송현지는 그에게 구출을 받은 후 호감이 생긴 듯 부쩍 친근한 태를 내고 있었다.

"부상당한 일행은 좀 어떠십니까?"

송현지는 우울한 얼굴로 대답했다.

“거동이 불편한 중상자들은 분타로 보냈지만 남아 있는 사람들의 상태도 썩 좋지 않아요. 학 사범님은 그래도 많이 나아지셨는데 오사형은 내상이 쉽게 낫질 않는 모양이에요.”

“그거 유감이군요.”

이세민은 잠시 뜸을 들인 후 다시 말했다.

“한데 송 소저.”

“왜요?”

“일전에 처음 뵈었을 때 저보고 그러셨죠? 왠지 낯이 익어 보인다고.”

“아, 예. 그랬죠.”

“혹시 전에 저 비슷한 사람을 본 적이 있으십니까?”

송현지는 대답은 안 하고 이세민의 얼굴을 빤히 바라보았다. 그녀가 한참을 그러고 있자 낯두꺼운 이세민도 민망한 마음에 멋쩍은 웃음을 흘렸다. 그제야 송현지는 입을 열었다.

“분명 보긴 했어요. 한데 이 공자를 본 것은 아니고, 공자랑 닮은 사람을 본 것 같아요.”

“그게 누군지는…….”

“생각이 안 나네요. 대체 언제 봤지?”

송현지는 골똘히 생각하는 눈치였지만 결국 그게 누구인지 떠오르지 않는 듯했다.

“그러지 말고 나중에 저희 총단으로 한번 놀러 오세요. 제가 본 사람이라면 아마도 아빠 손님 중의 한 분일 테니까요.

아빠는 사람 얼굴을 잘 기억하니까 금방 떠올리실 거예요.”

“알겠습니다. 기회가 되면 꼭 찾아뵙죠.”

초대에 응하는 이세민의 말에 송현지는 함박웃음을 지었다.

“아, 그리고…….”

이세민은 품속을 뒤적였다.

“송 소저, 이걸 좀 봐주시겠습니까?”

그는 절벽에서 얻은 반쪽짜리 옥벽을 꺼내어 송현지에게 내밀었다.

“이게… 뭐죠?”

송현지는 옥벽을 보고는 얼떨떨한 표정을 지었다.

이세민은 머뭇거리며 말했다.

“이건… 누가 저한테 준 건데요, 무슨 의미로 준 건지 잘 몰라서요. 송 소저는 여자 분이니까 아실 듯해서…….”

그녀는 샐쭉한 표정이 되어서는 잠시 아무 말이 없었다.

“왜 말이 없으십니까?”

“흥, 그 여자가 꽤 예뻤나 보죠?”

뜬금없는 말에 이세민은 어리둥절해했다.

“예?”

“그러지 않고서야 그렇게 준다고 넙죽 받았을 리가 없잖아요?”

“저기 송 소저, 뭔가 아시나 본데 좀 더 구체적인 설명을……."

"그 뜻이 궁금하면 그 여자한테 직접 가서 물어보세요. 엄한 사람 잡고 해석해 달라 하지 말고."

송현지는 냉랭히 쏘아붙이고는 몸을 휑하니 돌려 안으로 들어가 버렸다.

좀 전까지도 사근사근하던 그녀가 급변한 태도를 보이자 이세민은 이해할 수 없다는 표정으로 머리를 긁적였다.

"왜 저런다지? 혹시 오늘이 그날인가?"

2

다음날, 청룡방 사신 일행은 개봉으로 입성하여 천응방 총단으로 들어섰다.

천응방의 총단은 개봉을 가로지르는 변하(汴河)를 인접하고 있었다. 원래 천응방은 개봉 토박이 한량들이 결성한 금도방(金刀幇)에 기원을 두고 있었다. 이 금도방은 개봉 물산 유통의 젖줄이 되는 변하의 주도권을 차지하기 위해 용어채(龍魚寨)와 잦은 다툼을 벌였는데, 팽팽하던 싸움은 금도방의 방주가 용어채의 암산에 죽임을 당하면서 한쪽으로 크게 기울어졌다. 금도방은 열세를 만회하기 위해 외부에서 비천신응 상관운을 방주로 영입했고, 명칭도 신임 방주의 별호에 맞추어 천응방으로 개명했다.

새로이 발족한 천웅방은 상관운의 빼어난 무공과 지략에 힘입어 전세를 역전시키고 근 십 년 만에 용어채를 굴복시키는 데 성공했다.

개봉으로 진입하는 변하의 물줄기를 틀어쥔 천웅방은 거칠 것 없이 성장하여 마침내 개봉 최대의 세력으로 인정받게 되었고, 무당파 속가 세력 중 세 손가락 안에 꼽히는 천무문과 어깨를 나란히 할 정도로 급성장하게 되었다.

총단이 있는 변하변은 원래 용어처의 본거지가 있던 장소로, 용어채가 운영하던 표국과 강변 객잔들을 천웅방에서 연계받아 여전히 영업을 하고 있었다.

그 덕분에 청룡방 사신들은 본타로 가는 길목부터 환호와 박수갈채를 받으며 이동했고, 천웅방의 총단 내로 들어설 때에는 방주 상관운을 비롯한 전 무사가 마당에 도열한 채 사신 일행을 성대하게 맞이했다.

"막 소협, 원로에 참으로 수고 많았소."

막수범의 손을 반가이 잡는 노인이 바로 비천신응 상관운이었다. 강호에서 손꼽히는 조공(爪功)의 고수인 그는 허리가 반쯤 굽고 왜소한 초로의 노인이었다.

나이가 들었음에도 불구하고 눈빛이 형형하고 걸음걸이가 날렵하여 변함없는 고수의 풍모를 유지하고 있었지만, 쭉 째진 눈을 연신 두리번거리는 습성이 있어 경망스럽고 약삭빨라 보이는 인상을 풍겼다.

"한데 중간에 사고가 있었다고요? 개봉 분타의 정 타주에 게서 간략하게 소식은 들었소만."

막수범은 내상으로 인해 창백해진 얼굴에 겸연쩍은 미소를 띠며 대꾸했다.

"제가 많이 부족하여 독수필적 도겸에게 습격을 당했습니다."

"도겸? 그놈이 감히 본 방의 손님을 해했단 말인가? 내 이놈을 당장⋯⋯. 그놈은 지금 어디 있소?"

상관운은 분기탱천하여 수염까지 부르르 떨었다.

막수범은 속으로 고소를 지었다.

도겸은 한 팔을 잃고 조공을 익힌 후로 조공의 고수인 상관운에게 비무를 청한 적이 있었다. 그러나 나이가 적지 않은 데다가 도겸의 무위가 두려웠던 상관운은 이 핑계 저 핑계를 대가며 그의 비무 신청을 소리 소문 없이 거절했었다.

외부로 크게 드러나지 않았던 그 일을 익히 알고 있던 막수범으로서는 상관운의 노화가 자못 우스꽝스러워 보이기까지 했다.

"다행스럽게도 여기 두 분의 협객께서 도움을 주신 덕에 놈의 마수에서 빠져나올 수 있었습니다."

"오오, 도겸을 물리친 호걸들이 함께 왕림하셨단 말인가!"

반색을 하며 막수범이 가리킨 쪽을 바라보던 상관운은 순간적으로 얼굴이 일그러졌다.

"과… 광견치?"

그때 장원을 두리번거리던 위세척과 그의 눈이 마주쳤다. 상관운은 재빨리 인상을 풀며 그에게로 다가가 각듯이 허리를 굽혔다.

"이게 누구요! 맹호치 위 대협이 아니시오?"

처음에 일그러졌던 얼굴과는 전혀 다른 환하게 웃는 얼굴로 위세척을 환대하는 상관운이었다.

위세척은 흐뭇하게 고개를 끄덕이며 그의 인사에 응대했다.

"오랜만이군, 상관 동생."

"거참, 내 성이 상관이 아니라 상 씨라고 몇 번이나 말해야 알겠소?"

"하하, 그랬었나? 이거 나이가 들어 노망날 때가 되어 그러니 이해해 주길 바라네."

"원 형님도, 별말씀을 다 하시오. 아직 오십 년은 짱짱하게 사실 양반이."

"이 친구 아부 실력은 세월이 갈수록 느는구먼."

두 사람은 오랫동안 떨어져 지내던 친구를 마주한 듯 껄껄 웃으며 담소를 나누었다.

"권왕께서는 물론 안녕하시겠지요?"

상관운이 조심스레 물었다.

위세척은 순간적으로 얼굴이 굳었으나 곧 표정을 풀고 대답했다.

"형님은 잘 계시네. 오십 년 더 살 사람은 내가 아니라 형님 같더구먼."

"듣던 중 반가운 말씀이구려. 요 몇 년 강호에 모습을 보이시지 않아 많이 걱정했소이다. 권왕께 이 상 모가 안부 전한다고 나중에 꼭 말씀 전해주시오."

상관운은 정성이 듬뿍 담긴 어조로 간곡히 말했다.

"하하! 걱정 말게. 형님도 자네를 기껍게 생각하고 계시니까. 어쨌거나 축하하이. 십 년 전만 해도 낭인처럼 떠돌던 친구가 이렇게 큰 방회에 정착하여 개봉부를 주무를 정도로 방파를 성장시켰으니 말이야. 게다가 이렇게 성대한 비무대회까지 개최하게 되었으니 이런 경사가 또 어디 있나?"

"모두 형님과 권왕께서 신경 써주신 덕분 아니겠소."

두 손을 모으고 연신 허리를 굽신거리던 상관운은 뒤늦게 생각난 듯 질문을 던졌다.

"그런데 형님, 형님이 청룡방을 핍박하는 도겹 무리를 무찔렀다고 들었소. 정말이오?"

"정말이냐니? 그럼 거짓말로 들었단 말인가, 자네는?"

위세척의 반문에 상관운은 펄쩍 뛰었다.

"그 무슨 천부당만부당한 말씀! 도겹 정도야 형님의 반 주먹감도 안 되는 건 세상이 다 아는 얘기가 아니오? 다만 놈의 패거리가 적지 않았으니 혹시 형님이 격전 중에 부상이라도 당하지 않았나 걱정되어 하는 질문이라오.”

“당치 않은 걱정일세. 그 정도 떼거지들이야 내가 아니라 제자 놈이 알아서 처리했다네.”

“제자? 형님 제자도 왔소?”

상관운이 의아해하자 위세척은 뒤에 서 있는 이세민을 향해 턱짓을 했다.

“저분이 형님 제자란 말이오?”

“그렇다네. 애야, 인사드려라. 이 사부의 동생이나 다름없는 상관운 방주이시다.”

뒤에서 재미있다는 듯 대화를 지켜보던 이세민은 예의 미묘한 웃음을 지으며 상관운에게 인사했다.

상관운은 얼떨떨한 표정으로 그의 인사를 받고는 위세척에게 아쉽다는 투로 말했다.

“형님, 너무하시오. 이렇게 훌륭한 제자를 키우면서 왜 이 동생에게 수년간 연락 한 번이 없었소? 강동위가에 이런 정영(精英)이 있다는 것을 알았다면 지지난 대회 때 진작 초대장을 보냈을 것인데. 형님의 고제자께서 참석하셨다면 대회가 참으로 빛났을 텐데요.”

“껄껄, 이제라도 왔으니 된 것 아닌가?”

위세척의 답변에 상관운은 잠시 경계하는 듯한 눈빛을 발했지만 곧 표정을 풀고는 부하들을 불러 두 사람을 후원에 마련한 숙소의 가장 좋은 방으로 안내하라 일렀다.

상관운은 청룡방 사람들에게도 짐을 풀고 쉬기를 권했다.
그때 막수범이 말했다.

"상 방주님, 짐을 풀기 전에 가져온 공물을 전해드리겠습니다."

"오오, 그걸 지금 주겠나? 난 나중에 따로 전해줄 줄 알고서……."

상관운은 위세척 쪽을 눈짓하며 말했지만 막수범은 벌써 공물을 풀고 있었기에 그의 신호를 보지 못했다.

"이 자리에 숨길 사람도 없으니 괜찮습니다."

막수범은 지니고 있던 기다란 목갑 뚜껑을 열었다. 그 안에는 예의 비단 천에 싸인 물건이 들어 있었다.

그는 그것을 공손히 들어 상관운에게 내밀었다.

"안을 확인해 보십시오."

"허허, 굳이 눈으로 안 봐도 만져만 봐도 알겠구먼."

상관운은 그리 말하면서 싸여 있는 천을 천천히 벗겼다.

검 한 자루가 모습을 드러냈다. 길이 석 자에 손가락 세 개 너비의 검신이 석양빛을 받으며 붉은 광채를 발했다.

"음, 과연……!"

상관운은 감탄성을 터뜨리며 검을 일직선으로 뻗었다.

우우웅!

내기가 주입된 듯 검이 살짝 떨리며 창룡음을 토해냈다. 검극에서 아지랑이 같은 검기가 흘러나오며 검신의 색깔이 보라색으로 변해갔다.

청룡방 졸개의 안내를 받으며 먼저 숙소로 향하다가 멀찍이 이 광경을 지켜보던 위세척은 기겁하며 큰 숨을 토해냈다.

"허억!"

그의 옆에 있던 이세민은 감탄한 어조로 말했다.

"신기한 검이군요. 색깔이 자유자재로 변하네요? 보라색 검이라니……."

벌린 입을 다물지 못하던 위세척은 상관운이 한참 휘두르던 검을 갈무리하고 나서야 긴 한숨을 내쉬며 말했다.

"저건 보라색이 아니야. 청기(靑氣)가 노을빛에 섞여 그렇게 보이는 거다."

이세민이 물었다.

"아시는 검입니까?"

위세척은 넋 나간 얼굴로 중얼거렸다.

"알다뿐이겠어?"

위세척은 그 말을 끝으로 입을 꾹 다물었다.

수수께끼 같은 검의 이름은 여장을 풀고 저녁 식사를 끝내고 나서야 위세척의 입에서 흘러나왔다.

"그게 바로 한빙검이었다."

위세척은 한 십 년은 늙어버린 표정이었다.

이세민은 아까 전 그의 얼빠진 얼굴을 브고 어느 정도 짐작을 했기에 크게 놀라지는 않았다.

"그랬군요. 한데 무림맹주가 가지고 있다는 검을 왜 청룡방 사람들이 운반해 온 걸까요?"

"무림맹주와 청룡방주가 또 상당한 친분이 있지. 아마도 잠시 빌려줬다던가 한 것을 때마침 천웅방주가 달라고 해서 그쪽 애들이 가져온 걸 게야."

그는 침통한 얼굴로 머리를 쥐어뜯었다.

"으이구! 그 꼬마 여자 애가 가지고 있던 물건이 바로 그거였어! 도겸이 그저 복수 때문에 청룡방을 친 거라고 생각하다니! 그 물건이 뭔지 좀 더 면밀히 살피기만 했다면……!"

"한빙검인 줄 알았으면 어쩌셨을 건데요?"

"어쩌긴, 그때 슬쩍 빼돌려 달아났으면 비무대회고 뭐고 복잡하게 벌일 게 없는 일이잖느냐!"

이세민은 고개를 절레절레 흔들었다.

"사부님, 그러신 줄이야 익히 알고 있었지만 너무 비겁하지 않습니까? 몸 다친 사람들한테서 보물을 빼앗으려 하다니."

"비겁하긴 개뿔! 목숨도 살려줬는데 그 보답으로 그 정도도 못 내준단 말이냐?"

'그러면 애초에 슬쩍 빼돌린다는 말이나 하질 말지…….'

이세민은 어처구니가 없었지만 사부의 위신을 생각해서 마지막 말은 속으로 삼켰다.

"후회해 봐야 지난 일인데 어쩌겠어요. 처음 목적대로 비무대회에나 신경 쓰는 게 좋지 않을까요?"

위로랍시고 말을 했지만 위세척의 표정은 전혀 나아지지 않았다.

"그럼 이건 어떻습니까? 보아하니 사부님과 천응방주가 친한 것 같던데, 친분을 이용하여 단둘이 만나자고 한 다음 검을 빼돌리면."

이세민의 제안에 위세척은 고개를 저었다.

"그건 명백한 도적질이 아니냐. 노부 체면에 어찌 그런 짓을 하겠느냐."

"청룡방 사람들이 가지고 있는 것을 빼돌리는 것도 도둑질 아닙니까?"

"그건 다르지. 그때는 도겸이 훔쳐 간 장물이었으니 우리가 한 번 더 슬쩍해도 크게 거리낄 일이 없지만 여기서는 사정이 다르지 않느냐? 게다가 결정적으로 천응방주와 노부는 별로 친하지가 않다. 앞으로 친해질 생각도 없고."

"그래요? 아까 전에는 꽤 절친한 사이처럼 보였습니다만?"

위세척은 구역질이 나는 듯한 표정을 지으며 말했다.

"그게 그놈의 특징이지. 비천신응 상관운. 실력은 제법 있지만 뱃속에 구렁이 열 마리는 집어넣고 사는 음흉한 놈이다. 약자에게는 천신처럼 강하고 강자에게는 하염없이 약한 놈이지. 한마디로 말해 상종 못할 인종이다. 놈이 옛날 노부에게

엉겨붙은 것도 권왕의 위세를 쥐꼬리만큼이라도 얻고자 하는 의도였지. 한데 노부가 형님이랑 친하지 않다는 것을 알고는 그때부터 태도가 영 시큰둥해지더군."

위세척의 말을 듣고 있던 이세민은 고개를 갸웃거리며 물었다.

"형님이랑 친하지가 않다니, 어느 형님 말씀입니까? 두 분 말고 형제가 더 있나요?"

'아뿔싸!'

위세척은 가슴이 덜컹하는 것을 느꼈다. 무심코 설명하다가 가족 관계를 착각한 것이다.

"아… 하하하! 지금 노부는 위세광이 아니라 위세척이 아니더냐? 그러니 권왕 위세광이 형님이 되는 것이지. 그렇게 보면 틀린 말을 한 게 없잖아?"

"다른 사람들하고 있을 때나 사촌동생 분 흉내를 내시면 되지 저랑 단둘이 있을 때까지 그러실 필요야……."

"무슨 소리! 낮말을 새가 듣고 밤말은 쥐가 듣는 법이니라. 일단 다른 사람으로 가장할 것이면 둘이 아니라 혼자 있다 해도 일관성을 유지해야 하는 것이다."

"그렇군요, 과연."

이세민은 미묘한 웃음을 지으며 고개를 끄덕였다. 위세척은 그의 표정이 조금 불안했지만 더 얘기하고 싶지 않아 얼른 화제를 돌렸다.

“아무튼 상관운은 음흉하고 교활한 구석이 있는 소인배이
다. 예전에 같이 어울리다가 헤어질 적에도 끝이 안 좋았던
것으로 기억하고 있다. 널 데리고 이 대회에 참가하겠다고 마
음먹은 뒤로도 놈과의 옛 친분을 이용하겠다는 생각은 한 번
도 해본 일이 없다. 고로 한빙검을 획득하기 위해서는 무조건
네 실력으로 대회 우승을 하는 수밖에는 없게 되었다.”

사부가 드디어 의욕을 보이기 시작하자 이세민은 반가운
듯 웃으며 말했다.

“이제 나흘 완성 단기 속성 무공을 배울 시간이군요.”

개천의용 비무대전은 나흘 앞으로 성큼 다가와 있었다.

第九章
과유불급(過猶不及) 1

위세척은 비무대회를 고작 나흘 앞둔 시점에서 무공 전수를 시작했다.

"노부가 이제부터 너에게 전수할 구공의 이름은 환음수(環陰手)다."

"금나수법입니까?"

"비슷한데 조금 다르다. 이 무공을 택한 이유는 네 유일무이한 장점인 막대한 내공을 적절히 활용할 수 있기 때문이다. 일단 구결을 불러줄 터이니 암기해라."

위세척은 칠십이절에 이르는 환음수의 구결을 불러주었다. 이세민은 암기력이 상당하여 반 시진이 안 되어 그 구결을 모두 암기했다.

"이제 동작과 함께 구결에 따라 내기를 움직여야 하는데…
너, 혈도의 위치를 제대로 알고 있느냐?"

혈도에 대한 공부는 미처 고려하지 않았던 사항이다. 만일
이세민이 혈도에 대해 문외한이라면 상황은 골치 아파진다.
전신 삼백육십여 혈 자리를 암기시키고 이해시키려면 제자가
아무리 천재라 해도 오 일 동안 그 공부만 하기에도 벅찬 실
정이었다.

그러나 위세척은 이세민이 어느 정도는 알고 있을 거라 한
가닥 기대를 가지고 있었다. 내공의 수발을 자유롭게 하는 그
가 무림인, 그것도 정종무가의 후예일 거라는 예측을 하고 있
었기에 혈도에 대한 지식 또한 보유하고 있을 듯했다.

일전에 송현지의 마혈을 풀어낼 적에 위세척이 가리킨 혈
자리를 확인없이 한번에 짚는 것을 보면 분명 혈도에 대한 기
초는 있는 것 같았다. 다만 문제는 기억을 잃어버린 그가 어
느 정도까지 그 지식을 갖추고 있느냐 하는 것이었다.

매우 다행히도 대답은 긍정적이었다.

"송 소저의 마혈을 풀고 나서 생각해 보니 혈 자리 위치는
대충 기억이 납니다. 백회에서 용천까지 짚어보라면 짚을 수
있을 것 같은데요."

"좋아, 듣던 중 반가운 소리군. 그럼 이제 본격적인 내기의
운용 단계에 들어가겠다. 여기서 주의할 것은 구결에 따른 기

운의 흐름과 동작을 합치하는 것인데, 구결을 적용하는 것이
번거롭거든 처음에는 동작에만 신경을 써라. 환음수는 금나
수에 내가기공을 결합한 무공이기 때문에 위력을 강하게 하
기 위해서는 후자에 신경을 써야겠지만, 어쨌든 기본이 되는
것은 금나수이니 이를 제대로 익히지 않으면 아무런 위력도
발휘할 수 없다.”

위세척은 세세한 설명과 동작을 수반하며 환음수를 강론
했다. 다만 금나수 대목에서는 막힘이 없는 데 반해 이세민이
구결이 수반되는 부분을 질문하면 쩔쩔매다가 뒷간을 간다며
슬며시 자리를 피하는 경우가 허다했다. 그리고 다시 돌아와
서는 설명을 잇는 식이었다.

이런 식으로 새벽녘까지 무공 사사가 진행되었다.

“이제 동작은 얼추 맞아떨어지는 것 같군. 구결에 따라 몸
안의 내기가 움직이는 게 느껴지느냐?”

이세민은 망설임없이 고개를 끄덕였다.

“막힘이 없는데요? 다 익힌 것 같네요.”

위세척은 어이가 없는 듯 피식거렸다.

“말도 안 되는 소리! 이 무공을 네놈이 일 할이나 깨우쳤으
면 천재라고 칭찬을 해주겠다. 적어도 수삼 년은 꾸준히 익혀
야 제대로 된 운용이 가능할 것이다.”

“그렇게 오래요?”

위세척은 이세민의 반문이 어이가 없는 듯 눈을 부라렸다.

“무공을 완성시킬 수 있다면 삼 년 아니라 삼십 년도 짧은 시간이다! 네놈이 공짜로 얻은 막대한 내공만 믿고 자만하다가는 큰코다치기 십상이니 언제나 겸허히 수련에 매진하지 않으면 안 된다. 알겠느냐?”

사부가 오랜만에 그럴듯한 말을 하자 이세민은 신기해하는 표정을 지으며 명심하겠다고 대꾸했다.

위세척은 말과 다른 제자의 표정이 영 마음에 안 들었지만 지금은 그런 것까지 따지고 있을 시간이 없었다.

“이제 본격적으로 연무(鍊武)에 나서보자.”

연무 장소로 적당한 장소를 찾기 위해 숙소를 나선 위세척과 이세민은 천웅방의 장원 밖으로 나왔다.

장원 뒤에는 작은 동산이 있었다. 둘은 그 안에 있는 널찍한 공터를 발견하고는 그곳으로 향했다.

공터에는 정자를 짓다 만 듯 벽돌이 여기저기 흩어져 있었다.

“여기가 좋겠군.”

위세척은 이세민에게 동작과 구결을 일치시켜 환음수 십이 초식을 구사하라 명했다.

이세민은 짧은 기합을 토해내며 일초식 무극생멸(無極生滅)부터 힘차고 절도있는 동작으로 진행해 갔다. 자세는 위세척의 지도가 꼼꼼했기에 나무랄 데가 없었고, 바람 소리가 윙윙거릴 정도로 빠르게 이어지는 동작은 흐름의 단절없이 자연스레 이어졌다.

흐뭇하게 지켜보던 위세척의 눈이 이채를 띠었다.

초식이 연계되며 점차 이세민의 손 색깔이 변화되기 시작했기 때문이다. 손은 붉게 변하다가 서서히 투명해졌다.

'투명해졌다는 것은… 이미 팔성에 다다랐다는 뜻인데?'

그가 암기한 책의 내용대로라면 손이 붉어지면 사성의 경지를 지나친 것이고 투명해지면 팔성에 도달한 것으로, 책을 쓴 저자와 동일한 수준에 이른 것이라 했다. 환음수를 창시한 종사(宗師)는 만일 누군가 자신을 뛰어넘어 그 이상의 경지에 다다르게 되면 천하에 그 두 손을 막아낼 자가 없을 것이라 쓰여져 있었다.

"에이, 설마… 제놈이 아무리 내공이 세다 해도 무공에의 응용이란 게 그렇게 말처럼 쉬운 게 아닐진대……."

위세척은 자기가 잘못 본 것일 거라 판단했다. 환음수를 만든 대종사는 천 년 무림사의 최고 기재라 꼽히는 인물이었다. 이세민이 아무리 엄청난 기연으로 커다란 내공을 얻었다 해도 무공의 한계를 극복하는 것은 내공 수준과는 또 다른 경지였다.

내공이 강한 것은 그저 힘이 센 것이다. 무공을 익히는 데 큰 도움이 되기는 해도 그게 전부는 되지 못한다.

천하장사가 잘 벼린 칼을 쥐고 수십 번을 찍어도 죽지 않는 황소가 숙련된 백정이 휘두른 한칼에 죽는 것과 같은 이치로,

무공의 완성이란 목표를 위해서는 뛰어난 내공과 더불어 그것을 무공에 적용할 수 있는 이해력과 응용 능력이 절실히 필요하다. 어쩌면 전자보다 더욱 중요한 것이 후자일지도 모른다.

그러한 능력을 극대화하기 위해서는 명사의 가르침과 생사의 기로까지 치닫는 실전의 경험이 필수로 동반되어야 한다.

이것이 위세척이 지니고 있는 무공에 대한 상식이었지만 눈앞에 있는 그의 골 때리는 제자는 그 모든 것을 뛰어넘어 환음수란 고매한 무공의 한계를 도둑이 초가집 담 넘어가듯 냉큼 뛰어넘으려 하고 있었다.

"내가 뭔가 잘못 본 거겠지. 그럴 리야 있겠어?"

위세척은 눈을 비벼보았지만 힘찬 동작을 지속하는 이세민의 양손은 우윳빛 투명함을 유지하고 있었고, 서서히 푸른 빛마저 띠어가는 중이었다.

"파래지다니? 설마 그조차도 도달하지 못했다는 십성의 경지?"

위세척은 참지 못하고 바닥에 굴러다니는 벽돌 하나를 냉큼 주워 들었다. 그리고 그의 제자를 향해 던졌다.

"받아라!"

벽돌은 상당히 빠른 속도로 날아갔다.

초식을 진행하던 이세민은 자연스럽게 동작을 전환하며

벽돌을 향해 투명한 손을 내뻗었다.

푸스스스스—

그의 손에 걸린 벽돌이 사라졌다. 깨어져 나가지도 않고 부서져 흩어진 것도 아니었다. 그저 소멸된 것처럼 느껴졌다. 아마도 눈에 보이지 않는 깨알 같은 먼지로 분해되어 바람에 날려간 듯했다.

“저… 저런 일이…….”

입을 다물지 못하던 위세척은 연이어 세 방향으로 벽돌을 던졌다.

상중하로 날아오는 벽돌을 이세민은 손을 뻗어 차례로 분해시켰다. 바닥으로 날아오는 벽돌을 친 손이 여세를 몰아 땅바닥을 내려쳤다. 그 순간, 마치 유성이 떨어진 듯 지축이 흔들렸다.

우드드드드드—

지진이라도 발생한 것처럼 땅이 갈라지는 소리가 들려왔다. 잠시 비틀거리던 위세척은 이세민이 서 있던 자리를 보고는 입을 크게 벌렸다.

정말 땅이 갈라져 있었다.

족히 칠, 팔 장은 됨 직한 커다란 균열이 이세민의 발밑에서부터 좌우로 쫙 벌어져 나가 있었다.

“이야! 이 무공, 굉장하군요? 땅이 갈라지다니! 천번지복(天飜地覆)의 계책은 들어봤어도 천번지복하는 무공이 있단 말은 들어본 적이 없는데요."

"지금 그러고 있을 때냐! 당장 토껴!"

위세척은 감탄하고 있는 이세민을 끌고 부랴부랴 공터를 떴다. 잠시 후, 굉음을 듣고 출동한 천응방의 경비조가 동산에 도착했을 즈음에는 둘은 숙소에 도착해 있었다.

"환음수는 포기하기로 한다."

위세척은 맥 빠진 소리로 말했다.

"예에? 잠도 안 자고 밤새 공부한 것을 말짱 도루묵으로 만들자는 말씀입니까?"

이세민은 말도 안 된다는 듯 충혈된 눈으로 항의했다.

위세척 역시 수면 부족으로 인해 벌게진 눈을 한 채 투덜거렸다.

"누군 잠자면서 가르쳤냐. 노부도 아까워 죽겠다. 그러나 생각을 좀 해보거라. 네놈이 구사하는 환음수에 적중된 상대의 팔다리가 어젯밤 땅바닥처럼 쩍쩍 갈라지게 되는 참극을. 친선 비무대회를 피바다로 만들어 버리면 시선 집중 따위가 문제가 아니라 당장 천하의 대마두로 몰려 쫓겨 다니는 형편이 되고 말 게다."

그 말에는 이세민도 대꾸할 말이 없는 듯 입맛만 다셨다.

"너무 강한 걸 가르쳐 주셨네요. 좀 약한 것으로 가르쳐 주시죠."

"무공에 있어서 약하고 강한 것의 분류는 없다. 오로지 익히는 자의 마음가짐과 숙련도에 따라 위력의 차이가 드러날 뿐이지."

"예, 예, 알아모시죠. 그럼 오늘 밤에 다시 시작입니까?"

위세척은 제자의 건성건성한 태도에 화를 내는 것도 잊은 채 방금 전 자기가 한 말을 곱씹고 있었다.

'가만… 숙련도라……. 바로 그거야!'

퍼뜩 현 상황을 타개할 답이 떠오른 위세척은 이세민에게 말했다.

"너에게 딱 맞는 무공이 하나 있다!"

"듣던 중 반가운 소리군요. 그럼 잠 한숨 때리고 일어나서 오늘 밤에 배우면 되겠네요."

그 말에 환해졌던 위세척의 얼굴이 순간적으로 어두워졌다.

"오늘 밤은 안 된다."

"예에? 시간도 없어 죽겠는데……. 비무대회가 사흘 남았다는 건 아시죠?"

위세척은 짜증스러운 듯 고함을 쳤다.

"다 이유가 있어! 피곤할 텐데 오늘은 폭 쉬어라. 할 일 없으면 송 소저나 만나 뺄짓을 하든가."

그는 말 끝났다는 듯 이불을 얼글까지 덮고 냉큼 누워버렸다.

사부의 괴팍한 행태를 보며 고개를 흔들던 이세민은 문을 열고 밖으로 나왔다. 밤을 새운 탓에 좀 피곤하긴 했으나 별로 자고 싶은 마음이 없었다.

더위도 한풀 꺾인 듯 시원한 바람이 불어왔다. 이세민은 숙소를 벗어나 후원으로 향했다.

기화요초로 호화롭게 장식된 후원에는 너른 연못이 있고, 연못 중앙에는 붉은색 팔각 정자가 꾸며져 있었다. 그는 나무로 만든 구름다리를 건너 비어 있는 정자 안으로 들어섰다.

그는 정자 내부에 있는 긴 의자에 옆으로 누워 멍하니 연못을 바라보았다.

얼마쯤 지났을까. 발걸음 소리가 들려왔다.

'쯧쯧……'

그는 속으로 혀를 찼다. 그가 기다리던 사람의 발소리가 아니었기 때문이다.

그는 송현지를 기다리고 있었다. 반쪽짜리 옥벽을 보여줬을 때 화내고 사라진 이후 여태 말 한 번 제대로 붙여보지 못했기 때문이다. 전날 저녁 식사 때 후원 정자가 예쁘다고 종알거리는 것을 멀리서 들었기 때문에 오늘쯤 오지 않을까 싶어 자리를 잡은 것인데, 엉뚱한 사람이 다가오고 있었다. 그것도 세 명씩이나.

정자 내부의 구조는 가운데에 큼지막한 장방형 다탁이 있

고, 탁자 앞뒤로 긴 의자 두 개가 배치되어 있는 형태였다. 이
세민은 탁자의 뒤쪽 의자에 누워 있었기 대문에 구름다리 쪽
입구로 들어서는 세 명에게는 탁자에 가려 모습이 보이지 않
았다.

들어오는 사람이 안 보이기는 연못을 바라보고 있는 이세
민 또한 매한가지였지만 그는 절정에 다다른 내공으로 인해
상대의 발걸음 소리와 구름다리를 밟는 미세한 울림만으로도
다가서는 자들의 숫자와 몇 가지 성향을 파악할 수 있었다.

'한 명은 걸음 소리가 조금 빠르고 경쾌한 것으로 보아 보
폭이 좁은 여인이로군. 다른 둘은 사내. 발소리가 가벼우면서
도 힘차니 무공을 익힌 데다가 나이가 젊은 것 같군.'

그의 짐작은 들어맞았다. 구름다리를 넘어오는 자들의 말
소리가 들렸다. 젊은 남녀의 목소리였다.

"상 소저, 어젯밤에 지진이 났다그 하는군요."

"어머? 그래요? 전 전혀 몰랐는데요."

"오늘 아침에 이곳에 도착하셨으니 그럴 밖에요. 지진은
이곳에서 났으니까요."

"규모가 아주 작았나 보죠? 제가 어제 묵은 객점도 여기서
그렇게 멀리 떨어진 곳이 아닌데요."

"예, 저기 보이는 동산 곳곳에 균열이 간 정도여서 그리 큰
지진은 아니었습니다. 이곳 장원에서도 저 같이 민감하고 예
리한 사람이 아니고서야 땅의 흔들림을 못 느낄 정도였지요.

물론 여기 석 형님은 쿨쿨 자느라 아무것도 몰랐고요.”

사내의 말이 우스운지 여인은 교소를 터뜨렸다.

“혹 지진이 아니었을지도 모르지.”

다른 사내의 말소리가 들려왔다. 앞선 사내보다 무게감이 느껴지는 어투였다.

“무슨 말씀이십니까, 석 형님?”

“아침에 동산에 잠깐 가보고 왔다만, 땅이 갈라진 주변에 흙 발자국이 남아 있더구나. 어쩌면 사람이 만든 자국이 아닐까 싶기도 했다.”

“나참, 군영에서 대포 발사라도 하지 않고서야 그런 균열을 어떻게 만든단 말씀입니까? 설마 자기 둔감한 걸 그런 식으로 무마하려는 것은 아니겠지요?”

첫째 사내의 농 섞인 힐난에 여인과 두 번째 사내는 크고 작은 웃음소리를 냈다.

세 사람은 곧 정자 안으로 들어섰다. 두 사내는 앞쪽의 의자를 끌어당겨 앉았고, 여인은 반대편 의자에 앉기 위해 다탁을 돌았다.

“음… 어맛!”

여인은 다탁 뒤에 누워 있는 이세민을 발견한 듯 깜짝 놀라 비명을 질렀다. 이세민은 비명 소리가 조금 어색하다고 느껴졌다. 오히려 비명보다는 그 앞의 들릴락 말락 했던 짧은 침음성이 제대로 된 반응 같았다.

"웬 놈이냐?!"

뒤늦게 이세민을 본 사내들도 놀랐는지 자리에서 벌떡 일어섰다.

이세민은 천천히 일어나서는 그들 쪽으로 몸을 돌렸다.

처음 눈에 들어온 여인은 아름다웠다.

송현지같이 예쁨이 도드라지는 얼굴은 아니었지만 정기가 느껴지는 눈매와 오뚝한 코, 유려한 턱 선이 기품있는 미모를 발산하고 있었다. 조금 전 사내들과의 대호에서 느껴지던 발랄함과는 또 다른 느낌이었다. 게다가 눈매가 어딘지 모르게 낯이 익었다.

소리친 사내는 훤칠한 키에 아주 준수한 외모의 청년이었다. 한광을 발하는 눈을 보아하니 상당한 무공을 갖춘 듯했지만 눈꼬리가 처지고 선이 가늘어 좀 유약해 보이는 인상이었다.

말없이 그를 주시하고 있는 사내는 중키에 단단한 몸집을 갖춘 강한 인상의 삼십대 초반의 청년이었다. 암암리에 느껴지는 기도도 만만치 않거니와, 강렬한 눈빛은 무공 이전에 심기가 굳센 자라는 것을 잘 나타내고 있었다.

"놀라게 했다면 미안하오. 그러나 가만히 누워서 연못을 바라보고 있는데 갑자기 뒤통수 쪽에서 날아온 비명과 호통을 듣고 놀란 사람의 경우도 좀 생각해 봐야 하는 것 아니겠소?"

이세민의 말에 세 사람은 잠시 어리둥절한 표정을 지었다. 그러다가 여인이 먼저 풋, 하고 웃음을 터뜨렸다.

"하하, 그러고 보니 그 말씀이 맞네요. 억울하실 만도 하겠어요."

"상 소저, 이런 자의 말을 그냥 받아주시면 안 됩니다. 넌 누구냐? 본 방에 너 같은 자를 들인 기억이 없다. 신분을 명확히 밝히지 않으면 가만두지 않겠다!"

유약한 인상의 청년이 곧 검을 빼 들 듯한 자세로 으름장을 놓았다.

"난 어제 오후에 사부님과 같이 이곳을 방문했소만."

"어제 오후?"

청년은 잠시 머뭇거리다가 다시 말했다.

"어제 오후에 온 방문객은 청룡방 일행뿐으로 알고 있는데? 그분들과는 오늘 아침에 인사를 마쳤다. 하나 당신 같은 자가 있다는 말은 들은 기억이 없다."

"인사를 안 한 사람도 있지 않느냐?"

말이 없던 사내가 입을 열었다. 그 말에 청년은 아차 싶은 표정을 지었다.

"그럼 당신이 혹시… 광견… 아니, 위 노사와 함께 온 사람이오?"

"그렇소. 난 그분의 제자로, 이세민이라 하오."

이세민은 만면에 웃음을 띤 채 읍을 했다.

"전 상연미라고 해요."

여인이 미소를 지으며 허리를 구브려 이세민의 인사에 응했다.

사내도 포권하며 말했다.

"석진의라 합니다. 초면에 실례가 많았소이다."

청년은 머뭇머뭇하다가 짜증스러운 표정으로 입을 열었다.

"천웅방의 상노명이오."

석진의가 그에게 눈짓을 했지만 상노명이라 한 청년은 그 눈길을 외면했다.

석진의는 혀를 한 번 차고는 사람들에게 착석을 권유했다.

"이 협사를 미처 못 알아본 것을 용서해 주시기 바랍니다. 여기 상 노제와 저는 지난 삼 일간 사냥을 나갔다가 어젯밤 늦게야 이곳으로 귀환했습니다. 그 덕에 손님들께 인사도 못 드리고 지금은 못 알아보기까지 했으니 이단저만 실례가 아니었습니다."

"뭘 또 실례까지야……."

옆에서 상노명이 작은 소리로 투덜거렸다. 그러다 석진의가 노려보자 찔끔하며 입을 다물고는 딴 곳으로 고개를 돌렸다.

"여기 상 노제는 아까 소개했다시피 이곳 천웅방의 사람입니다. 천웅방주 상 대협의 자제이지요. 또한 제 사제이기도 합니다. 사제와 저는 현재 소림사 소속으로, 천웅방의 개천의용 비무대전에 참가하기 위해 최근에 하산했습니다.”

석진의는 묻지도 않았는데 자신들의 신분을 자세히 말해 주었다.

이들은 소림사에서 승려가 아닌 일반인의 신분으로 무공을 배우는 본산 속가제자들이었다.

둘의 신분은 같았지만 처지는 조금 달랐다. 석진의는 속가 무문에서 수련을 하던 차에 천부적인 재능을 인정받아 소림에서 직접 그를 본산으로 데려간 경우였다.

반면 상노명은 천웅방의 후손인지라 굳이 소림사를 찾을 이유가 없었지만 하남무림의 최고봉인 소림사의 무공을 배우고 인맥을 쌓기 위해 의도적으로 입문한 경우였다.

“이 협사께서는 강동위가의 무공을 사사하셨다고 들었습니다만.”

“그렇습니다.”

“그 무공으로 독수필적 도겸을 물리치셨다는 게 정말입니까?”

눈을 빛내는 석진의를 보며 이세민은 그의 의중을 대충 짐작할 수 있었다.

강북에서 내로라하는 고수인 도겸을 무찌른 것이 과연 위가의 권술인지 확인하고 싶은 것이리라. 권술의 조종으로 꼽히는 소림사 출신이라 하니 같은 권법가에 호승심이 느껴지는 것도 당연할 것이다. 게다가 오면서 사부에게 들은 바에

의하면, 사부가 차지하고 있는 '권왕'이란 칭호를 소림사에
서 무척 싫어한다고 하지 않았던가.

"뭐, 그렇다고 할 수 있지요."

이세민은 어정쩡하게 대답했다. 사실 돌을 던져 때려죽인
것이니 무공이랄 것도 없는 데다가, 사부는 여태껏 뭐 가르쳐
준 것 하나 없지 않은가. 그러나—사부 주장에 의하면—내공은
전수해 줬다고 하니 그 내공을 발판으로 돌을 던진 것으로 본
다면 딱히 아니라 할 바도 아니었다.

"실례인 줄 압니다만 당시의 정황을 좀 설명해 주실 수 있
으신지요."

"그건 좀 그렇군요. 청룡방의 위신도 있고 하니 말입니다."

이세민은 말을 딱 잘랐다.

세 명의 얼굴에 일순 아쉬운 빛이 스쳐 갔다. 그러나 그의
말마따나 도겸에게 당한 청룡방 사신 일행의 체면을 고려한
다면 더 캐물을 수도 없는 노릇이었다.

"알겠습니다. 제가 좀 무례했군요. 사실 도겸은 본 파의 사
숙을 해한 적이 있었는데 그를 쫓고 있는 무당의 체면을 고려
해 저희가 직접 나서지 않았습니다. 그러나 제 개인적으로는
꼭 한 번 그와 겨뤄보고 싶었습니다. 한데 으늘 아침에 그가
죽었다는 말을 듣고 나니 무척 허탈한 마음이 들더군요. 왠지
커다란 목표가 사라진 듯해서요."

청룡방의 홍대명에게 한 팔을 잃고 두문블출하다 다시 강

호로 나온 도겸은 삼 년 전쯤 승려 한 명과 격돌한 적이 있었다. 그는 오백 초가 넘는 접전 끝에 상대의 명줄을 끊어버렸는데, 그게 바로 소림사 십팔나한 중의 한 명인 무유 대사였다.

무유 대사는 십팔나한의 차기 수좌로 꼽힐 정도로 재능이 뛰어난 무승이었기에 소림사가 받은 충격은 컸다. 특히 무유 대사를 존경하던 석진의는 그때부터 도겸을 무찔러야 할 목표로 삼아왔는데, 오늘 아침 도겸의 사망 소식을 듣고 나자 목표를 잃은 허탈함과 함께 그를 무찌른 자에 대한 호승심이 강하게 일었던 것이다.

평상시 침착한 성정으로 동료들에게서 철석간담의 소유자로 불리는 그였지만 목표였던 도겸을 무찌른 자가 소림사가 늘 의식하는 권왕 위세광과 관련이 있는 자라는 말에는 자극을 받지 않을 수 없었다.

"이러면 어떨까요? 협사께서 고명한 무공으로 부족한 저를 한 수 지도해 주신다면."

"비무를 하잔 말씀입니까?"

"그렇습니다. 목표를 잃은 허탈함에 빠진 후배에게 부디 한 수 가르쳐 주시지요."

석진의는 몸을 일으켜 정중히 허리를 구부리며 포권 자세를 취했다.

이세민이 뭐라 대꾸하기도 전에 상노명이 핏대를 올렸다.

"형님, 대회가 불과 사흘 남았습니다. 이런 출신이 불분명한 자와 비무하다가 몸이라도 해치시면 어쩌시려고……."

"넌 가만히 있거라."

석진의는 엄격한 투로 말했다.

"물론 비무대전도 중요하지만 무공의 배움에 있어 이렇게 좋은 기회를 마다할 수야 있겠느냐. 이 협사, 설사 가르침에 몸이 상한다 해도 심득을 깨우쳐 발전을 이룰 수만 있다면 이석 모(石某)는 망설임없이 다치는 쪽을 택하겠습니다. 그러니 걱정 마시고 한 수 가르쳐 주시지요."

이세민은 곤혹스러운 웃음을 지었다.

'이거 곤란하군. 날아오는 돌을 받아내는 걸로 얻을 만한 심득이 별로 없을 텐데…….'

상대의 태도가 너무 진지해서 말을 꺼내기도 좀 민망했다. 사실대로 말한다면 자기를 놀린다고 생각해서 화를 낼 터이니 비무든 결투든 싸움을 피할 수가 없을 것 같았다.

"지금은 비무를 하는 게 조금 곤란합니다."

"어째서입니까?"

"여기 상 소협 말씀대로 비무대회가 코앞이지 않습니까."

"전 아무런 상관 없다고 말했습니다만."

"제가 상관이 있습니다."

"예?"

"저도 비무대회에 참가하거든요."

이세민의 말에 세 사람은 황망한 표정을 지었다.

"협사님은 나이 제한에 걸리실 듯한데요."

상연미가 난처한 웃음을 흘리며 말했다.

"하하! 이 수염 때문에 좀 늙어 보이지만 사실 제 나이가 상 소저랑 비슷할 겁니다."

"어머, 말도 안 돼요."

이세민의 말에 상연미는 짐짓 화가 난 듯 장난스럽게 눈을 흘겼다.

"이제야 시커먼 속을 드러내는군! 보아하니 대회 상품에 대한 정보라도 얻었나 본데 어림없는 일이오! 상품에 눈이 어두워 강호 정영들의 발전을 도모하는 비무대회의 취지를 어지럽게 만드는 자는 내가 용납하지 않겠소이다!"

상노명은 인상을 쓰며 으르렁거렸다. 못마땅하던 차에 아주 잘 걸렸다는 투였다.

"이 협사, 그게 정말입니까? 비무대회에 참석하신다는 말이."

석진의가 진지하게 물었다.

이세민은 고개를 끄덕였다.

"맞습니다. 제 나이가 젊은 것도 사실이고, 저와 실력을 겨루고 싶으시다면 대회에 참석하셔서 그때 보면 될 일입니다."

석진의는 그의 의중을 파악하려는 듯 이세민의 얼굴을 똑바로 응시했다.

이윽고 그는 눈을 떼며 말했다.

"자세히 보니 수염을 배제하고 보면 나이가 꽤 어려 보이는군요. 상 소저, 그렇지 않습니까?"

역시 이세민을 유심히 보고 있던 상연미도 그 말에 동의했다.

"후훗, 저랑 비슷하단 말은 안 믿고 싶지단 목소리도 젊고 얼굴도 팽팽하신 것으로 보아 서른은 안 되신 것 같아요. 왠지 그렇게 믿고 싶네요."

"두 분 참, 정말 이자의 말을 순순히 믿으실 겁니까?"

상노명이 다시 핏대를 올렸지만 석진의가 그의 기세를 꺾었다.

"그쯤 해둬라. 다른 사람도 아니고 너희 집을 찾아온 손님 아니더냐. 이제 어린애도 아닌데 어찌 그렇게 처신이 철이 없는가!"

석진의의 호통에 상노명은 찔끔한 표정을 지었지만 여전히 승복하는 얼굴은 아니었다.

"이 협사, 아니, 이제 이 소협이라 부르겠소. 비무대전에서 만나길 고대하겠소이다."

석진의는 승부를 기대하는 듯 웃음 진 얼굴로 말했다.

"저도 기대하겠습니다."

이세민도 웃음으로 응대했다. 정자 안에서의 뜻밖의 만남은 그렇게 끝을 맺었다.

第十章
과유불급(過猶不及) 2

　심야(深夜). 위세척과 이세민은 숙소의 큰 방에서 다시 마주 앉아 있었다.

　"오늘 배울 것은 건곤지(乾坤指)이다."

　"오, 이름이 그럴듯하군요."

　"이름만 그럴듯한 게 아니다. 이 지법은 노부가 겪어본 그 어떤 지법보다도 그 위력이 엄청나다. 가히 천하제일이라 칭해도 과하지 않을 강력한 지공이다."

　"그럼 안 되는 거 아닙니까? 그저께 배은 환음수만 해도 결국 안 쓰기로 한 이유가 너무 강해서가 아닙니까? 그런데 그 이상으로 강한 무공을 또 배우라고요?"

"클클클, 네 말은 하나는 알고 둘은 모르는 소리이지. 환음수의 위력이 예상보다 강했던 것은 무공 자체의 수준이 다소 낮았기 때문이다."

"몹시 독창적인 견해로 들립니다만? 게다가 사부님이 무공의 높고 낮음은 시전자의 수련 정도에 따라 결정된다고 하셨잖아요."

"음, 음… 그것은 일반적인 경우에 그렇다는 얘기이고, 한 차원 높은 경지에 도달하고 나면 또 다른 새로운 세계가 있는 법이니라. 물론 환음수의 수준이 낮다고 하는 말은 어폐가 있긴 하지. 그저 노부가 암기… 아니, 익힌 무공 중에는 비교적 익히기가 쉽단 얘기였다."

이세민의 예리한 지적에 위세척은 땀을 뻘뻘 흘리며 대꾸했다.

"환음수는 심결의 적용이 용이하고 내공을 발산하는 흐름이 간결하다 보니 네 무지막지한 내공을 발산하는 데에 막힘이 없었다. 하나 이 건곤지는 구결이 지극히 심오하고 내기의 운용 또한 복잡하기 짝이 없어 극의(極意)에 도달하기가 물구나무서서 태산 꼭대기를 오르는 것만큼 어렵다고 한다. 아니, 어렵다. 고로 아무리 네 녀석이라 해도 건곤지로 발휘할 수 있는 힘은 평상시보다 크게 떨어질 수밖에 없을 것이다. 마치 장검을 주 무기로 하는 검사가 과일 깎는 칼을 들고 싸우는 격이라고나 할까?"

"무공이 너무 어려워서 제대로 된 실력이 발휘가 안 된다
는 말이군요?"

"이해는 빨라 좋구나. 어쨌거나 최소한 지력을 발출할 정
도는 되어야 하니 빨리 수련을 시작하자. 시간이 너무 촉박하
다."

그의 말마따나 이제 비무대회는 고작 이틀 뒤였다.

둘은 곧장 건곤지의 수련에 착수했다. 건곤지의 구결은 의
외로 환음수보다 간결했다. 그러나 내기의 운용은 위세척의
말대로 복잡하기 짝이 없었다.

두 사제는 삼경이 넘고 자시, 축시가 되도록 내기의 운용에
골몰했다. 환음수를 익힐 때만 해도 거의 질문없이 듣는 대로
익혔던 이세민도 건곤지는 어려운 듯 질문이 많아졌고, 위세
척의 잠깐 기다리라며 측간과 산책을 번갈아 다녀오는 빈도
또한 더욱 많아졌다. 그러나 워낙 내용이 어려운 탓에 위세척
이 측간에 머무르는 시간은 점점 늘어났다.

신기한 것은 그럼에도 불구하고 느리게나마 수업 진도가
나아가고 있다는 것이었다. 위세척이 측간에서 해법을 찾아
오는 시간 동안에 이세민이 혼자 고민하다 깨우치는 경우가
잦았기 때문이다.

"사부님, 좌우 용천(湧泉)과 음곡(陰谷)에서 올라온 기운이
회음(會陰)을 지나 천지(天地)로 향할 때 산(山)이 연못[澤]을
만나고 우레[雷]가 바람[風]을 만나게 하라는 게 뭘 어떻게 하

라는 거죠?”

이런 식으로 질문이 날아오면 위세척은 땀을 삐질거리며 이렇게 말한다.

“…잠시 바람 좀 쐬고 오마. 오늘따라 머리가 어지러운 것이…….”

이각을 넘겨서야 그믐달 구경을 끝내고 돌아온 위세척이 헐레벌떡 들어와 외친다.

“떠올랐다! 그건 양과 음의 기를 나누어 좌와 우로 교차시켜 움직이라는 뜻이니라! 그러니까 다리에서 올라온 기가……!”

그의 말이 끝나기도 전에 이세민이 말을 자른다.

“벌써 알아냈습니다. 이미 그렇게 해서 다음 단계로 넘어갔습니다. 생각해 보니 복희씨의 팔괘도를 비유한 거더군요. 건곤지를 수련하고 있는데 팔괘가 안 나오는 게 이상하던 차였습니다. 아무튼 그건 됐고, 그 다음에 좀 막히는 게 있는데, 천지혈의 기운을 견우(肩腢)까지 끌어올려 머무르게 하라 하는데 이걸 좌우로 분산하라는 건지, 아니면 건곤지를 쓰는 팔 쪽으로 모으라는 건지 헷갈리는군요. 구결에 보면…….”

“아야야, 아무래도 설사인가 봐. 저녁 반주가 너무 과했나 보군. 측간 좀 갔다 오마.”

이렇게 위세척은 그믐달 구경과 측간 왕래를 반복하는 식의 행태가 반복되었다.

그러기를 다섯 시진. 새벽닭이 울 때가 되어서야 마침내 수련이 종료되었다.

나이도 있고 해서 기력이 딸리는 위세척은 반쯤 감긴 충혈된 눈을 억지로 치켜뜨며 말했다.

"이제 건곤지의 요결 전수가 끝이 났다. 그러나 아직 가야 할 길은 멀고도 멀다. 내기의 운용이 자유로워지려면 적어도 십 년은 부단히 수련해야 가능할 것이다. 그때까지 겸허한 마음으로 수련에 매진하도록 하여라. 알겠느냐?"

"예, 알겠습니다. 한데 시험 운행을 해봐야 하지 않겠습니까?"

"물론 해봐야지."

위세척은 기다렸다는 듯 책상에 놓여 있던 서책 하나를 집어왔다. 그는 그것을 다탁 위에 올려놓았다.

"자, 저걸 향해 지력을 발출해 보거라."

"종잇장을 향해 말입니까?"

이세민은 못마땅한 표정을 지었다.

"불이라도 나면 어쩌려고요. 차라리 벽돌 같은 거라면 부담없이 발출할 수 있을 터인데."

"벽돌 좋아하네. 네가 아무리 잘났어도 건곤지가 그렇게 만만한 무공인 줄 알아? 객소리 말고 당장 공력을 운용해 봐! 저 책의 종잇장 절반만 뚫어도 내 너를 천재라고 인정하마."

"그 말씀, 기억하겠습니다."

이세민은 이를 악물고 오른손을 들었다. 그의 검지가 서책을 향했다.

주역의 묘리를 응용한 구결이 그의 머릿속에서 흘러갔다. 그는 구결이 전하는 흐름에 몸을 맡겼다. 단전의 웅혼한 내공이 거대한 강물처럼 전신 혈도를 휘몰아쳤다.

화악!

순간적으로 방 안이 환해졌다. 이세민은 소리없이 발출된 지력이 무한대의 공간으로 뻗어 나간다는 느낌이 들었다.

화르르르!

다탁의 서책이 어느샌가 불타고 있었다. 서책의 중앙에는 큼지막한 구멍이 뻥 뚫려 있었고, 책은 그 부위에서부터 타오르고 있었다.

"이런 젠장!"

위세척은 욕설을 내뱉으며 옷가지로 타는 책을 짓눌러 불을 껐다.

"거 보세요. 제가 벽돌로 하자고 하지 않았습니까."

이세민은 혀를 차며 말했다.

"홍, 이게 다 낡은 책이니까 타올랐지 벽돌이었으면 그을음이나 좀 생기고 말았을 거다."

위세척은 여전히 어림없다는 듯 코웃음을 쳤다.

"사부님, 제자를 어찌 그리 과소평가하십니까?"

"과소평가하는 게 아니라 건곤지가 그만큼 고명한 무공이기 때문이니라. 정 노부의 말을 못 믿겠다면 어디 벽돌에 쏘아보거라."

위세척은 한 번 해보라는 듯 공터에서 가져온 벽돌을 들어 그을은 다탁 위에 탁 소리 나게 올려놓았다.

그러나 이세민은 벽돌을 보고도 난감한 표정을 지으며 아무런 동작을 취하지 않았다.

위세척은 그런 그를 보며 비웃었다.

"자식, 말은 그럴듯하게 하더니 막상 자신이 없어진 게냐? 역시 벽돌은 어렵겠지?"

이세민은 슬픈 표정으로 고개를 저었다.

"그게 아니고 이미 할 필요가 없어져서 그럽니다."

"그건 또 무슨 헛소리야?"

"저길 좀 보세요."

이세민은 반대편 벽 쪽을 가리켰다. 그의 손가락을 따라 고개를 돌린 위세척은 두 눈을 크게 떴다.

"헉! 저기에 왜 구멍이 뚫린 거지?"

벽에는 동전만 한 구멍이 뻥 뚫려 있었다. 좀 전부터 어디선가 바람 새는 소리가 들리더니 바로 그곳이었던 모양이다.

"왜긴 왜입니까, 제 지력에 뚫린 거죠."

"그런 말도 안 되는……."

위세척은 말은 그렇게 하면서도 구멍이 제자의 지력에 뚫렸다는 것을 받아들일 수밖에 없었다. 구멍의 위치가 정확히 이세민과 다탁의 연장 선상이었던 것이다.

그는 반대편 벽으로 가서 구멍을 자세히 들여다보았다.

구멍은 마치 정교한 연장으로 깎아낸 것처럼 맨질맨질했고, 손으로 대보니 무척 뜨거웠다.

위세척은 혀를 내둘렀다. 지공은 권장 계열에서 가장 어렵고 수준이 높은 무공이었다. 건곤지는 그러한 지공 중에서도 가히 으뜸이라 칭할 수 있는 신공인데, 그의 제자는 그걸 고작 하룻밤 만에 제 위력을 발산할 수 있을 정도로 연성한 것이다.

'이놈이 진짜 천재인가? 그저 내공이 강하다고 해서 이렇게 이해가 빠를 수는 없는 법인데.'

구멍에 눈을 바싹 대고서 감탄하던 위세척은 왠지 밖이 조금 소란스러워졌다는 느낌을 받았다.

"무슨 소음이 들리지 않느냐?"

그의 말에 이세민도 고개를 끄덕였다.

"조금 전부터 말 울음소리가 들리는데요."

"음, 맞아. 그러고 보니 말 울음 같군."

소음은 말이 히히힝거리는 소리였다. 벽에 난 구멍에 눈을 대고 있던 위세척은 아련하게 들리는 소리가 어디서 나는 걸까 궁금해 밖을 내다보았다.

마구간 건물은 그들이 있는 숙소 건너편에 있었다. 그곳으로 가는 길목에는 벽과 바깥으로 통하는 쪽문이 있고, 쪽문

위에는 외등이 켜져 있었다. 구멍을 통해 밖을 내다보는 위세척의 시선은 불빛이 있는 쪽문까지 도달해서 멈춰졌다.

무심코 밖을 관찰한 위세척은 별일 아니라 생각하며 벽에서 눈을 떼었다. 그런데 뭔가 마음속에 미진한 기분이 느껴졌다.

'가만, 쪽문에 그게 뭐였지?

그는 시선을 떼기 전에 일별한 쪽문이 하얀색으로 칠해져 있었다는 것을 기억했다. 그런데 하얀색으로 칠해진 쪽문 중간에 검은 점 하나가 동그랗게 나 있었던 것 같았다. 무심코 지나친 광경이었지만 하얀 쪽문의 검은 점든 다소 이질적이었다. 그렇기에 슬쩍 지나치고도 기억에 남은 것이다.

"혹시……."

그는 퍼뜩 떠오르는 생각에 제자를 찾았다. 그런데 이세민은 벌써 문을 열고 밖으로 나가고 있었다.

"너, 어디 가니?"

"좀 찜찜해서요. 잠깐 나갔다 올게요."

위세척은 생각할 것도 없이 그의 뒤를 따랐다.

이세민이 향하는 쪽은 역시나 쪽문 쪽이었다. 위세척은 냉큼 제자를 쫓아가 그보다 앞질러 먼저 쪽문에 도달했다.

"이런……."

쪽문 앞에 선 위세척은 잠시 할 말을 잃었다. 송판을 짜 맞춘 두꺼운 쪽문에 동전만 한 구멍이 뻥 뚫려 있었기 때문이다.

방의 외벽까지는 그렇다 쳐도 쪽문은 숙소에서 스무 걸음도 넘게 떨어져 있었다. 이세민의 지력이 여기까지 도달해서 세 치 두께의 송판을 꿰뚫은 것은 가히 믿기지 않는 위력이라 할 수 있었다.

'이 정도면 강호제일의 지공이라는 일월상인(日月上人)의 금환지(金煥指)와 비교해도 손색이 없겠는걸.'

속으로 감탄을 금치 못한 위세척이었지만 아직 그가 놀랄 일은 더 남아 있는 듯했다.

뒤따라온 이세민의 말이 들려왔다.

"사부님, 어디서 타는 내가 나지 않습니까?"

"응?"

듣고 보니 타는 냄새가 코를 찌르는 게 느껴졌다. 건곤지의 흔적 탓에 정신이 없어 그것조차 느끼지 못하고 있었던 모양이다.

이세민은 쪽문을 열고 밖을 내다보았다. 쪽문 밖 멀찍이 마구간 건물이 보였는데, 그 앞에 큼지막하게 쌓아놓은 건초 더미에서 불길이 일어나고 있었다.

둘은 서로의 얼굴을 마주 보고는 부랴부랴 건초 더미로 달려가 불을 껐다. 다행히 크게 번지지는 않아 불길을 잡을 수 있었다.

"왜 여기 불이 났을까?"

위세척은 의문을 표시하면서도 설마하는 생각에 저 멀리 쪽문과 건초 더미를 번갈아 보았다.

우연인지는 몰라도 숙소와 쪽문, 그리고 건초 더미에 이르는 동선은 정확히 일직선이었다.

'에이, 설마……'

쪽문에서 건초 더미는 얼추 사십 걸음은 넘어 보였다. 이십 걸음 거리의 송판까지는 그렇다 쳐도 총 육십 걸음 밖의 건초 더미에 불을 지르는 지력이라는 것은 그의 상식 선에서는 있을 수 없는 일이었다.

"아마 어딘가에서 때다 남은 불씨라도 날아와 불이 붙은 걸 거야. 안 그러냐?"

위세척은 동의를 구하듯 이세민에게 말했지만 이세민은 그에 대꾸하지 않고 건초 더미 뒤의 마구간을 보고 있었다.

마구간에서는 여전히 말들이 히힝거리는 울음소리가 들려왔다.

"말들이 왜 저렇게 우는 걸까요?"

"아마 타는 냄새 때문에 놀란 거겠지."

위세척의 말에 이세민은 고개를 저었다.

"어째 아닌 것 같습니다."

그는 마구간 쪽으로 다가갔다. 위세척은 매우 불길한 기분을 느끼며 그 뒤를 쫓았다.

예감은 하필 불길할 때만 정확히 맞아떨어졌다.

위세척은 마구간 벽에 뚫린 지랄 맞은 동전 크기의 구멍을 다시 확인해야 했다.

둘은 마구간 안으로 들어갔다. 그리고 말울음의 원인을 확인했다. 구멍 뚫린 벽 뒤에는 대가리에 구멍이 뚫린 말이 있었다.

바닥에 길게 쓰러져 있는 놈의 대가리에서는 아직까지도 뇌수가 흘러나오고 있었다.

구멍의 행진은 거기서도 끝나지 않았다. 말 대가리를 꿰뚫는 것으로도 모자라 마구간 반대편 벽마저 뚫고 나간 구멍은 장원 밖으로 진출했다.

그제 밤 둘이 올랐던 동산의 옆 기슭을 살짝 스쳐 지난 구멍은 커다란 거북바위의 목을 자르고, 그 뒤로 빽빽이 들어선 소나무 십여 그루에 옹이 구멍을 터준 후 동산 끄트머리에서 날아오르던 비둘기 한 마리를 따끈따끈한 통구이로 만들어 버리는 것으로 행진의 대미를 장식했다.

둘은 아주 잘 구워진 비둘기의 시체를 살펴보고는 건곤지력이 여기서 끝났다는 것을 알아차렸다. 왜냐하면 비둘기구이는 한쪽 옆구리에만 구멍이 뚫렸을 뿐 반대쪽 갈빗대는 멀쩡했기 때문이다. 건곤지력이 숙소에서 이백 걸음 떨어진 위치에서 날아오르던 비둘기의 갈빗대를 양쪽 다 뚫을 수 없는 한계를 가지고 있음이 판명되는 순간이었다.

지공의 한계를 파악했음은 다행이었지만 그 중간의 결과

물들이 워낙 엄청난 관계로 둘은 할 달을 잃었다.

사부와 제자는 사이좋게 구운 비둘기 다리를 질근질근 씹으며 말없이 장원으로 되돌아왔다.

"이것도 안 되겠군요."

침묵을 깨고 이세민이 말했다.

"입 아프게 말해 뭣 하겠느냐."

위세척이 끄응, 하고 앓는 소리를 내며 중얼거렸다.

그렇게 환음수에 이어 건곤지 또한 폐기되었다.

이날 밤의 소동은 건곤지를 비무대회 대상 무공에서 제외하는 것만으로 상황이 종결되지 않았다. 사정없이 뚫린 구멍들의 흔적을 지우지 않으면 천웅방이 발칵 뒤집힐 것이 당연지사였기 때문이다.

스승과 제자는 우선 거북바위의 모가지가 잘린 부분을 맨들맨들하게 다듬고, 구멍 뚫린 소나무는 뿌리째 뽑아 동산 뒤편에 흐르는 변하의 강물 속에 처넣었다.

그렇게 동산 근처의 흔적을 말끔히 소멸시킨 그들은 신속히 마구간으로 향했다. 때마침 말울음 소리를 듣고 눈을 비비며 다가온 마구간지기가 문을 열고 마구간 안으로 들어가고 있었다.

얼른 뒤에서 덮쳐 마구간지기를 잠재운 둘은 위세척이 저녁 반주하다 남겨둔 술을 가져와 그의 입에 들입다 부어 넣었

다. 마치 술에 취해 마구간에서 잠이 든 것인 양 착각하도록
하기 위해.

그런 다음 둘은 진흙을 물에 개어 마구간의 구멍 뚫린 흙벽
에 발랐다. 이세민이 양강한 내공을 끌어올려 손으로 몇 번
문지르자 새로 바른 흙은 감쪽같이 벽에 눌어붙어 흔적이 남
지 않았다.

문제는 횡사당한 말의 시체였다.

떠메고 나가 강에 던져 버리는 방법도 생각했지만 어느새
동이 터오는 시점이 되어 경비조가 장원의 주변을 배회할 시
각인지라 말의 시체같이 커다란 것을 들고 움직이면 아무래
도 눈에 띌 가능성이 높았다.

"들고 나가긴 어렵겠는걸. 땅을 파고 묻어야 하나?"

위세척은 말하고서 이내 고개를 저었다. 그러기엔 시간이
촉박하고 장원 내의 땅을 파면 발각될 위험이 컸다.

"물에 던져 넣으면 어떨까요?"

이세민이 말했다.

위세척은 인상을 썼다.

"강까지 다시 나가긴 어렵다고 했잖아. 장원 주변을 경비
조가 시찰할 시간이라고."

"물이 거기만 있는 것은 아니죠."

이세민은 특유의 미묘한 웃음을 지으며 말했다.

잠시 후, 위세척이 마구간 밖으로 나와 후원 쪽으로 몇 걸

음 전진했다. 주변을 두리번거린 그는 마구간 쪽으로 수신호를 보내자 곧이어 말을 떠멘 이세민기 마구간 문을 열고 쪼르르 달려나왔다.

둘은 신속히 움직여 인접한 후원 길로 들어섰다.

둘의 걸음이 멈춘 곳은 후원의 연못이었다.

정자와 구름다리가 있는 커다란 연못은 만년에 들어 고상한 취미를 추구하게 된 천웅방주의 취향에 맞추어 기화요초와 수석으로 아름답게 꾸며져 있었다.

위세척은 주변을 두리번거린 후 그중 가장 큰 수석을 땅에서 쑥 뽑았다. 그리고 미리 준비한 새끼줄을 돌에 친친 감았다. 줄의 반대편은 대가리에 구멍 뚫린 말의 모가지에 묶여졌다.

잠시 후, 불쌍한 말의 시체는 모가지에 큼지막한 수석을 매단 채 연못 속으로 천천히 스며들었다.

스승과 제자는 말의 명복을 빌며 나란히 합장한 후 흙발을 털고 곧장 숙소로 향했다.

이제 남은 것은 쪽문의 구멍과 숙소의 외벽이었다.

쪽문은 이세민이 주먹 한 방을 내려쳐 구멍을 더 크게 만드는 것으로 간단히 마무리 지었다.

동전 크기의 매끄러운 구멍이 사라지고 주먹만 한 크기의 거칠게 부서진 구멍이 생겼으므로 누군가 본다면 지공이 아니라 발이나 주먹으로 찬 것으로 생각할 법했다. 다소 거친 마무리였지만 사라진 말을 훔친 도둑의 흔적을 어느 정도는 남겨놓는 게 오히려 더 낫다는 게 위세척의 지론이었다.

끝으로 숙소의 외벽 구멍은 마구간의 흙벽과 달리 단단한 벽돌로 된 것이라 조금 골치 아팠다. 그러나 위세척이 재간을 발휘해 구멍 난 벽돌만 빼고 공터에서 주워온 똑같은 모양의 벽돌로 바꾸어 메우는 것으로 간신히 마무리가 되었다.

그렇게 건곤지의 흔적 처리가 일단락될 때 즈음 멀리서 새벽닭이 우는 소리가 들렸다.

밤을 샌 무공 수련에다가 사고의 뒤처리까지 하느라 피곤에 절은 스승과 제자는 숙소에 들어가자마자 지쳐 곯아떨어졌다. 그리고 그들이 자는 사이 아침을 맞은 천응방의 본타 장원은 발칵 뒤집혔다.

第十一章
표리부동(表裏不同)

1

“도대체 장원 관리를 어떻게 하는 게야!”

천응방주 상관운은 화가 머리끝까지 난 채 장원이 떠나가라 고함을 지르고 있었다.

그의 앞에는 수하들이 대역죄라도 지은 듯한 표정으로 고개를 푹 수그리고 있었다.

“당장 내일이 비무대전 개막일이 아닌가! 이래서야 내가 무슨 낯으로 손님들을 받을 수가 있겠어!”

상관운은 바로 앞에서 고개를 조아리고 있는 초로의 노인을 불렀다.

“강 총관!”

강 총관이라 불린 노인은 두려워하는 표정으로 고개를 쳐
들었다.

"예, 옛."

"다른 말도 아니고 맹주님 선물로 준비한 한혈보마(汗血寶
馬)가 없어졌다는 게, 이게 말이 되는 소리인가?"

"글쎄… 그것이… 저희 무사들이 장원 주변 감시를 밤새
게을리 하지 않고 있었다는 것을 감안하면 있을 수가 없는 일
이지요."

"그런데 일어났지 않나!"

"예에, 술이라면 입에 대지도 않는 정 노인이 마구간에 술
범벅이 되어 쓰러져 있는 것을 보면 도둑은 정 노인이 마구간
에 출근하던 새벽녘에 든 게 분명합니다. 시간이 얼마 안 지
났고, 동원 가능한 전 무사를 근방에 풀어 수색하고 있으니
곧 흔적을 찾을 수 있을 겝니다."

"당연히 찾아야지! 만일 말 도둑을 찾지 못하면 자네하고
정 노인은 모가지야! 알겠어?"

"예예, 여부가 있겠습니까요."

강 총관은 황송하기 그지없다는 표정으로 고개를 조아렸
다.

고래고래 고함을 쳐놓고도 분이 풀리지 않는 듯 한참을 식
식거리던 상관운은 하인들을 해산시키고 자신의 심복들을 따
로 불렀다.

“이건 아무래도 음모가 있는 것 같다.”

그의 말에 천웅방의 오른쪽 날개라고 불리는 철골비조(鐵骨飛鳥) 천홍이 심각한 표정으로 물었다.

“음모라면?”

“누군가 나를 망신시키려고 말을 훔쳐 간 것이 분명해! 그렇지 않고서야 어느 간 큰 도둑이 감히 본 방의 장원에 잠입할 수가 있을까!”

그의 설명에 심복들도 수긍하는 듯 고개를 끄덕였다.

“혹시 천무문의 계략이 아닐까요?”

천웅방의 지낭(智囊)으로 꼽히며 참모 역할을 하고 있는 쌍조탈혼(雙爪奪魂) 동진우가 말했다.

천무문과 천웅방이 친선 목적으로 개천의용 비무대전을 열고는 있지만 물밑으로는 개봉의 실권을 잡기 위해 치열한 암투를 벌이고 있는 것도 사실이었다. 일, 이차 비무대전이 나란히 실패한 마당에 천웅방에서 열리는 삼차 대회가 지나치게 크게 성공하기라도 한다면 천무문 쪽의 위신이 떨어질 것은 당연지사였다. 고로 그들이 막판에 고춧가루를 뿌리는 게 아니냐는 의심이었다.

그러나 상관운은 그 가정에는 동의하지 않는 듯 고개를 가로저었다.

“천무문이 그랬을 것 같지는 않아. 그 가정이 먹히려면 적어도 비무대전이 확고한 위치를 자리 잡은 뒤여야 가능한 일이지. 제대로 피어나지도 못하고 망할 위기에 휩싸인 대회가 모처럼 성공 가능성을 높이고 있는데 천무문주 장명도가 아무리 꼴통이라 해도 응원은 못할망정 훼방을 놓지는 않을 게야.”

“그럼 방주님은 누굴 의심하시는 겁니까?”

“의심할 만한 놈은 딱 한 놈뿐이다.”

상관운의 목소리가 나직이 깔렸다.

“그게 누굽니까?”

“광견치. 그놈밖에 없어.”

그의 말에 심복들은 뜨악한 표정을 지었다.

“광견치가 입이 걸고 성질이 지랄 맞긴 해도 강호에선 협객이란 소릴 듣지 않습니까? 설마 그럴 리가요?”

“그놈이 협객이란 건 말도 안 되는 개소리다.”

상관운은 확신에 찬 목소리로 말했다.

“놈은 천하오존에 끼는 제 사촌형의 위세를 등에 업고 호걸 행세를 하는 광대 놈일 뿐이야. 놈이 지금까지 수십 년 동안 강호에 구르면서 대체 한 게 뭐냐? 협객인 양 떠벌리고 다니면서 강호 유력 인사들에게 친한 척하는 거 말고 무슨 일을 했나?”

심복들은 딱히 그의 말에 수긍하는 표정이 아니었지만 방주가 확신을 하는데 토를 달 배짱은 없는 듯했다.

참모 동진우가 말했다.

"광견치의 성정은 저희보다 젊을 적 그와 함께 어울리셨던 방주께서 가장 잘 아시겠지요. 한데 그자가 그런 짓을 했을 거라 확신하시는 이유라도?"

"이유가 있지. 놈은 나와 어울리던 시절, 나를 사모하는 여자를 겁탈한 후 그걸 항의하는 내게 권왕의 동생이란 권위를 이용하여 망신당하게 만들었다. 한데 나중에 사건의 내막이 알려지면서 놈은 더 큰 망신을 당했지. 아마 그에 대해 여태껏 앙심을 품고 있다가 이번 기회에 복수를 하려는 걸 거야."

상관운이 꺼낸 얘기는 어울려 다니던 그와 위세척이 결별한 결정적 이유였다. 그러나 그가 지금 하는 설명은 자기 입맛에 맞게 사건을 재구성한 것이었다.

사건의 진실된 내막은 이랬다. 위세척과 그는 곧잘 가는 단골 기방이 있었다. 그런데 성격이 호탕하고 말을 잘하는 위세척을 기방의 가장 아름다운 기녀가 마음으로 사모하고 있었다. 그런데 마침 그 기녀를 상관운이 흠모하고 있던 게 사건의 발단이었다.

상관운은 어떻게 해서든 그녀를 가지려 했지만 기녀는 위세척을 마음에 두고 있었기 때문에 한사코 그의 요청을 거부했다. 마침내 자기 성미를 이기지 못한 그는 기녀를 겁탈했다. 사고를 당한 기녀는 분을 참지 못하여 대들보에 목을 매고 자살 기도를 하는 소동을 벌였고, 그로 인해 사고가 있었음을 알게 된 위세척은 상관운을 불러 크게 혼을 냈다. 당시의 위세척은 말보다는 손으로 문제를 해결하는 것을 즐겨했고, 상관운을 혼냄에 있어서도 그러한 원칙에서 크게 벗어나지 않는 방식을 택했다.

위세척에게 던지가 풀풀 나게 두들겨 맞은 상관운은 악이 받쳤지만 차마 권왕의 동생에게 손을 댈 용기가 없었다. 그는 앞에 나가 복수하는 대신 뒤에서 협잡질을 하는 방식을 택했다.

상관운은 자신이 아닌 위세척이 기녀를 겁탈한 것으로 사건을 조작해 강호에 소문을 흘리고 다녔다. 그의 복수는 어느 정도 성공하여 기녀 겁탈 사건이 강호에 떠돌게 되었지만 그에게 있어 마냥 좋은 결과는 아니었다. 그가 조작한 소문과 사실이 뒤섞이는 바람에 결국 강호에 떠돈 소문은 광견치와 비천신응이 합작하여 기녀를 겁탈한 것으로 알려졌기 때문이다.

이 소문으로 인해 두 사람은 오 년가량 강호 활동을 못하고 집 안에 틀어박혀 은둔 생활을 해야 했다.

상관운은 그 사건으로 인해 오랜 세월이 지난 지금까지도 위세척에게 앙심을 품고 있었다.

또한 그는 위세척이 돌연 천웅방에 모습을 드러낸 것이 예전 그 소문을 낸 장본인이 상관운 자신이란 사실을 이제야 비로소 알아차리그 자신을 응징하기 위함이 아닌가 의심하고 있었다.

상관운이 위세척을 미워하는 또 한 가지 이유는, 자신이 위세척보다 무공이 못하다고 생각해 본 적이 한 번도 없기 때문이었다. 그가 젊을 적에 위세척에게 굽실거린 것은 오로지 그의 사촌형인 권왕을 의식한 때문이었다.

천하오존의 일인이자 권법의 대종사라고 칭해지는 권왕 위세광. 태양 같은 위세를 발하던 그였지만 무림에 마지막으로 모습을 보인 것이 오 년이 넘은 상태였다. 그렇기에 권왕이 은퇴한 것이 아니냐는 설이 강호에 떠돌고 있는 실정이었다.

광동위가에서는 대대로 뛰어난 권술가가 배출되었지만 내가기공보다는 외가 계열 무공에 치우쳐 있는 터라 내공 수련이 발달한 여타의 명문에 비해 은퇴 시기가 일렀다. 아무래도 나이가 들면서 근골이 약해지다 보니 신체 위주의 수련을 하는 외가 계열의 특성상 무공의 감퇴 속도가 빠를 수밖에 없었다.

강동위가가 배출한 역대 최강의 무인이라 평가받고 있는 권왕 또한 그러한 운명을 피해갈 수 없으리라는 말을 혹자는 하고 있었고, 천하오존의 자리에까지 오른 만큼 권왕은 그 한계를 뛰어넘었을 거라고 말하는 사람도 있었다.

상관운은 권왕이 한계를 뛰어넘지 않았기를 바라는 사람 중 한 명이었다. 사실 그는 권왕이 죽었다는 소식만을 기다리는 흔치 않은 인물이었다. 위세척에게 젊을 적에 당한 원한을

속 깊이 품고 있는 그는 권왕이 죽었다는 소식을 듣게 되는 즉시 위세척을 찾아가 그 몇 배의 망신을 주리라고 다짐하고 있었다.

그러던 차에 위세척이 자신을 직접 찾아왔으니, 피차 앙심을 품고 있다고 생각하는 상관운으로서는 피해 의식이 생길 수밖에 없었다.

상관운이 자기 멋대로 재구성한 이십 년 전의 사건 내막을 듣게 된 그의 부하들은 뻔뻔스러운 위세척의 횡포에 치를 떨며 그가 천웅방의 행사를 망치러 온 게 분명하다고 입을 모아 말했다.

"이러고 있을 게 아니라 당장 그 노인네를 찾아가 포박을 하고 매타작을 하는 게 어떻겠습니까? 그럼 한혈보마를 찾기도 쉬울 테고."

가장 성질 급하고 머리 나쁜 심복인 왼쪽 날개 왕소우가 흥분한 얼굴로 식식거리며 말했다.

상관운은 고개를 흔들었다. 그도 그러고 싶은 마음은 굴뚝같았으나 권왕이 죽었다는 얘기를 듣지 않는 한 결코 이행할 수 없는 일이었다.

"멍청아, 증거도 없는데 함부로 깝치면 그거야말로 광견치 놈이 노리는 것이다. 놈이 나를 망신주려고 온 거라면 겨우 말 한 필 훔치는 것으로 일이 끝나지는 않을 것이다."

"하면?"

"놈을 따라온 텁석부리 똘마니, 제자라고 자처한 그놈이 마음에 걸려."

"광견치도 사촌형의 후광을 제외하면 대단한 위인이 아닐진대 제자라고 별게 있을까요?"

"놈의 제자라면 별게 없겠지. 하나 만일 똘마니가 놈이 아닌 권왕의 제자라면 어떨까?"

권왕의 제자란 말에 심복들의 눈이 휘둥그레졌다.

"예에?"

"설마요?"

상관운은 혀를 차며 말했다.

"쯧쯔, 그러니까 네놈들이 아직 멀었다는 것이다. 팔 근육 배양하는 시간 좀 쪼개서 머리 근육 배양에도 힘을 쏟으란 말이다. 자, 생각을 해봐라. 광견치와 그보다 못한 그의 제자가 청룡왕의 제자 막수범 휘하 삼십의 정예 무사가 감당하지 못한 독수필적 도겸과 한수오괴를 무찌르는 지 상식적으로 가능할 거라 생각하느냐?"

잠시 생각하던 심복들은 일제히 고개를 저었다.

"절대 불가능할 듯한데요."

"내 말이 그 말이야! 광견치 놈은 도겸은 고사하고 한수오괴 중 제일 약한 놈하고 붙어도 양패구상이 힘들걸? 청출어람이란 것도 정도가 있는 법, 놈의 제자가 천골지체를 타고난

천상의 무골이라 해도 광견치 같은 스승 밑에서 그들을 감당할 고수가 될 가능성은 없다."

"그럼 그놈의 정체가 대체 뭡니까?"

"답은 하나뿐이지. 그 텁석부리는 광동위가에서 근래 비밀리에 육성한 권왕의 고제자인 것이다."

"오오, 과연!"

수하들은 상관운의 날카로운(?) 추리에 감탄성을 터뜨렸다.

참모 동진우가 심각해진 표정으로 말했다.

"권왕의 제자라 하니 대충 감이 잡히는군요. 아마도 광견치는 그자를 비무대전에 참가시키려 온 게 아닐까요?"

상관운은 고개를 끄덕이며 말했다.

"그래도 동가, 네가 그나마 머리가 돌아가는구나. 그렇다! 놈은 권왕의 제자를 자기 제자로 탈바꿈시켜 비무대전에 출전시키려는 것이다. 그래서 우리 아이들을 꺾고 우승시켜 나에게 패배감을 맛보게 하려 하는 것이지."

오른 날개 천홍이 곤혹스러운 표정으로 말했다.

"그럼 큰일이지 않습니까? 도겸을 물리친 권왕의 고제자라면 본 방의 제자들이 감당하기가 어려울 텐데요. 심지어 이번에 초청된 명문의 제자 중에서도 감당할 자가 있을지……."

"어렵지."

상관운은 심각한 어조로 말했다.

“청룡방의 막 공자는 부상 때문에 대회 출전이 불가능하게
되었고, 게다가 그는 이미 도겸에게 밀렸기 때문에 놈을 이긴
텁석부리와 간접 대결에서 밀린다.”

“소림의 석진의 소협은 해볼 만하지 않을까요? 소림 속가
제일의 기재로 꼽히고 있지 않습니까? 우리 공자님만 해도 그
에 못지않고.”

왕소우가 말에 상관운은 단호하게 대꾸했다.

“노명이는 아직 멀었다. 내 자식이지만 놈은 숭산에서 좀
더 굴러야 해.”

“석 소협은요?”

“석 소협은 기대해 볼 만하겠지만… 지난 이십여 년간 소
림이 권왕에게 권법의 조종 자리를 빼앗겼다는 것을 감안한
다면 확실히 불안한 구석이 있어. 아직 도착하지 않은 무당과
화산의 제자 중에서도 그만한 인물이 있을까 의문이야. 무림
맹에서 상 소저 말고 창룡신검(蒼龍神劍) 곽 소협을 보냈다면
걱정이 없을 터인데.”

창룡신검이란 말에 심복들은 일제히 고개를 끄덕였다.

“곽현 소협이 왔다면 우승은 당연하고, 대회의 권위 또한
엄청나졌을 텐데요. 한데 방주님 말씀대로라면 텁석부리의
우승 확률이 가장 높다는 것 아닙니까? 그럼 정말 큰일이지
않습니까?”

심복들의 분위기는 심각해졌지만 정작 상관운의 얼굴은

그리 어둡지 않았다.

"그딴 걱정은 붙들어매라. 기밀 유지에 신경 썼다고 해도 한빙검을 대회 상품으로 내놓았을 때는 온갖 괴인들이 꼬여들 것을 이미 각오하고 있었다. 대충 봐도 사십은 넘어 보이는 놈이 감히 개천의용 비무대전에 참가할 수 있을 거라 생각했다면, 그건 이 상관운을 너무 만만하게 본 것이다. 위세척 놈, 멋모르고 참가 신청을 했다간 비무 당일 커다란 망신을 각오해야 할걸?"

상관운은 의미심장한 웃음을 흘렸다.

2

"어머, 또 뵙게 되었네요?"

정자로 들어서던 이세민은 자신을 반가이 맞이하는 선객을 보고 실소를 흘렸다.

송현지를 찾아 돌아다니던 차에 들른 연못 위 정자 안에는 엉뚱한 여인이 앉아 있었던 것이다.

상연미는 스스럼없는 태도로 이세민에게 앉기를 권유했다.

이세민은 잠시 머뭇거리다가 마음을 정하고 상연미의 맞은편에 앉았다. 명마 실종 사건 때문에 방 내가 어지러워 어딜 가도 송현지를 쉬이 발견하기 어려울 듯했기 때문이다.

“주변이 어수선하네요. 그죠?”

상연미가 말했다.

“그렇군요.”

이세민은 연못 쪽을 응시하며 가볍게 대구했다.

“참 간이 큰 도둑인가 봐요. 어떻게 천응방 같은 방회의 장원에 들어와 말을 훔칠 생각을 했을까요?”

‘저도 본의는 아니었습니다.’

생각은 그리해도 말까지 그리할 수야 없는 일. 이세민은 그저 엷은 웃음만 흘릴 따름이었다.

“아버지가 꽤나 안타까워하실 듯해요. 한혈보마는 가지고 싶다고 늘 입버릇처럼 말씀하셨는데.”

상연미의 말에 이세민은 눈을 동그랗게 떴다. 그가 들은 바로는 천응방주가 말을 주려 한 대상이 무림맹주로 알고 있었기 때문이다.

“상 소저, 그럼 상 소저의 아버님이 무림갱주이신가요?”

상연미도 그의 말에 놀란 듯 반문했다.

“어머? 모르셨나 봐요?”

“예, 몰랐습니다. 이거 대단한 분을 제가 대면하고 있었군요.”

이세민의 말에 상연미는 까르르 웃었다.

“하하, 대단은요. 아버지가 대단한 직책에 있다고 해서 딸까지 대단한 건 아니죠.”

소탈함이 묻어나는 대답이었다. 이세민은 왠지 그녀에게 호감이 갔다.

"상 소저, 만난 지 얼마 안 된 처지이지만 한 가지 여쭤봐도 될까요?"

"그럼요. 뭐든 물어보세요."

상연미는 그가 무슨 질문을 할까 궁금한 듯 눈빛을 반짝였다.

"싹싹하던 여자가 갑자기 냉랭해지는 이유는 뭘까요?"

이세민의 질둔이 의외인 듯 상연미는 피식 웃었다.

"뜻밖이군요. 저한테 그런 질문을 하는 사람은 처음 봤어요."

"그렇습니까? 무슨 질문을 기대하셨기에……."

"보통은 아버지에 대한 걸 묻죠. 아니면 제 신상에 관한 거나. 이 공자님은 재미있는 분이네요. 어느 여자 분이 공자님에게 친절하게 굴다 갑자기 쌀쌀맞게 돌아섰나 보죠?"

"딱 그렇습니다."

"그 여자 분은 젊겠죠?"

"젊다기보다… 어리다고 할까나……."

"하하하, 그럼 간단하네요. 이 공자님을 마음에 두고 있는데 공자님이 그걸 몰라줬나 보죠."

상연미의 명쾌한 대답에 이세민은 곤혹스럽게 고개를 저었다.

“그런 건 아닌 것 같은데요.”

“음, 그게 아니면 공자가 본인은 모르지만 여자 분에게 섭섭한 행동을 했겠죠. 여자 분이 화를 낼 때 무심코 지나친 행동이 있었는지 기억해 보세요.”

“사실 그런 게 있긴 합니다.”

이세민은 품속에서 반쪽짜리 옥벽을 꺼냈다.

“이걸 보여줬더니 그때부터 냉랭해지더군요.”

상연미는 이세민에게서 옥벽을 넘겨받고는 흥미롭다는 듯 이리저리 돌려보며 살펴보았다.

“참 예쁘네요. 이건 어떻게 가지게 되신 거죠?”

“그게… 우연히 얻게 된 건데, 뭔지 몰라도 귀한 물건인 듯하여 그냥 갖고 있었습니다.”

상연미는 알겠다는 듯 고개를 끄덕였다.

“그랬군요. 이건 연인들이 쓰는 징표예요.”

“연인들이요?”

“예, 완벽(完璧)이란 말의 어원이 이 옥이잖아요? 그래서 둥근 옥벽을 이렇게 둘로 쪼개서 남녀가 한 개씩 지니고 다니는 거죠. 보통 둘 중 하나가 멀리 떠날 적에 상대에게 선물을 하곤 해요. 그래서 다시 만날 때까지 늘 옥벽을 몸에 지니고, 언젠가 함께 완전해질 날을 기다리는 거조.”

“호오, 그런 의미가…….”

이세민은 턱수염을 쓰다듬으며 감탄했다.

"송 소저가 그래서 화를 냈나?"

"송 소저요?"

'아차!'

이세민은 난감한 표정을 지었다. 무심코 중얼거린 혼잣말을 상연미가 들은 모양이었다.

"화낸 여자 분이 송 씨인가 봐요?"

"아하하, 뭐, 그럴 수도 있고……."

이세민이 멋쩍은 웃음을 흘리자 상연미는 재미있다는 듯 그를 보다가 다시 옥벽으로 눈을 돌렸다.

"어쨌든 이 옥벽이 본래 이 공자의 물건이 아니라면 그 여자 분에게 가서 좀 더 자세한 정황을 말씀해 보세요. 그럼 화가 풀릴지도 몰라요. 아니, 저는 꼭 그럴 거라고 봐요."

상연미는 송현지가 그에게 화가 난 것이 그를 좋아하기 때문에 질투한 것으로 확신하는 눈치였다.

이세민은 이 주제와 관련된 대화를 길게 끌고 싶지 않아 알겠다고 하면서 옥벽을 건네받았다.

"한데 이 공자님, 비무대회에 참가할 거라고 하셨죠?"

"그렇습니다."

"그러면 호패 정도는 가지고 계시겠죠?"

이세민은 고개를 저었다. 그런 게 있을 턱이 있나. 사실 개봉부에 들어설 때 청룡방의 마차에 타고 있었기에 마차 문 한 번 열지 않고 무사 통과했지만, 만일 막수범 일행에 편승하지 않았더라면 입장이 곤란했을 것이다. 위세척은 원래 담치기를 해서 들어올 작정이었다고 하니까.

"없습니다만."

"어머, 그럼 좀 곤란한데요."

상연미가 말했다.

"이번 대회는 강호의 후기지수 양성이 목적이기 때문에 스물일곱 살 미만의 청년만 참가가 가능하다고 명시되어 있거든요."

"전 스물일곱이 안 되는데요."

"그렇지만 그걸 증명할 바가 없잖아요."

그 생각을 이세민도 안 한 바가 아니었다. 그래서 위세척한테 물어보았지만 그의 사부는 걱정 말라그 호언장담을 했다. 언제 강호인이 호패, 노인(路引:여행 증명서) 차고 다니는 거 봤느냐고 목소리를 높이면서.

사실 위세척의 말은 일리가 있었다. 호협(豪俠)함을 숭상하는 강호인들은 자질구레한 격식을 싫어하고 경멸한다. 만일 비무대회에서 기본적인 신분 외에 호패, 노인 등을 제출하라 하며 세세히 조건을 따져 묻는다면 주최자는 소인배라 욕을 먹고 대회는 파리만 날릴 것이다. 그러니 상관운이 바보가 아니고서야 가뜩이나 망해가는 대회를 그런 식으로 운영할 리는 없다는 것이었다.

이세민은 위세척의 생각을 상연미에게 말해주었다. 상연

미는 고개를 끄덕이면서도 이렇게 말했다.

"다 맞는 말씀이에요. 강호인들이 자웅을 겨루는 무술대회의 참가 자격은 그에 합당한 실력을 갖추었는가 하는 것 외에는 더 따져 물을 것이 없지요. 그러나 그것은 일반적인 얘기이고, 이번 대회처럼 명문대파의 정영들이 대거 참여하고 포상의 규모가 커진다면 조금 더 세밀하게 진행한다고 해서 강호인들의 심기를 크게 거스르지 않을 거예요. 제가 듣기로 세세한 검열까지는 하지 않겠지만 참가자의 나이를 변별할 수 있게 관상쟁이를 불렀다고 하더군요."

"관상쟁이요?"

이세민은 천웅방주가 별 해괴한 짓을 다 하는구나 하고 생각했다.

상연미도 그와 마찬가지 생각을 가진 듯 웃으며 말을 이었다.

"좀 웃기죠? 그러나 이번에 불러온 관상쟁이는 거리에 나가면 볼 수 있는 돗자리 깔고 앉아 있는 점술가가 아니라 강호에서 제법 알려진 사람이랍니다."

"그가 누굽니까?"

"무불통(無不通)이라고 들어보셨나요?"

"잘 모르겠는데요."

이세민이 고개를 저었다.

"어머, 무불통 현명자(賢明子)를 모르시는군요."

상연미는 신기해하면서 무불통이란 사람에 대해 친절하게 설명해 주었다.

현명자는 본래 공동파 출신의 도사로, 어릴 적부터 재능과 지식이 남달라 사문의 기대를 한 몸에 받았다. 그런데 어느 날 책을 읽던 도중 지식이 벽에 부딪쳤다며 사문을 박차고 나와 강호를 돌아다니기 시작했다. 그는 저잣거리에서 얻는 지혜가 참다운 깨우침이라고 주장하면서 다시 사문으로 돌아가자는 동문들의 권유를 일축했다. 그리고는 강호의 온갖 시비에 끼어들어 자기 마음 내키는 대로 기행을 일삼았다.

그가 행동하는 기준은 언제나 자신의 넘치는 호기심을 충족시킬 수 있느냐 없느냐였다. 그 때문에 아무것도 아닌 소소한 시비에 끼어들어 어린아이를 울리기도 했고, 강호의 거파들 간의 전쟁에 참가하여 승패의 흐름을 바꾸어놓기도 했다.

지혜가 뛰어나고 빼어난 무공까지 겸비한 그를 다수의 세력에서 섭외하려 했지만 그는 어느 한곳에 머무르지 않고 강호의 기인으로 세상을 돌아다녔다. 이런 그를 사람들은 점차 현명자란 도명 대신 무불통이란 별칭으로 불렀다.

"그런 사람까지 섭외했단 말입니까? 천응방주의 능력이 의외로 대단하군요."

이세민이 말했다.

상연미는 고개를 저었다.

“꼭 그런 것만도 아니에요. 무불통은 이런 대회가 있으면 호기심이 생겨 제 발로 찾아오는 경우가 있거든요. 천웅방주 정도가 오라 가라 할 사람이라면 무불통이란 호칭이 아깝지요.”

“그렇군요. 그런데 그 사람이 관상도 볼 줄 압니까?”

“볼 줄 아는 정도가 아니라 한눈에 그 사람의 나이, 성격, 과거와 미래까지 꿰뚫어 본다고 소문이 나 있어요.”

“에이, 설마? 그건 너무 과장이 아닙니까?”

이세민의 말에 상연미는 수긍한다는 듯 웃었다.

“하하, 맞아요. 강호의 소문이란 게 원래 부풀려지기 마련이죠. 다만 무불통이 누구 못지않게 관상 지식이 풍부하고 눈썰미가 예리한 것만은 사실이에요. 특히 자신을 위장하는 사람을 잘 가려내는 것으로 유명하죠. 얼굴을 가장하는 것뿐 아니라 무공 실력을 감추는 것까지도 금방 간파해 내는 터라 ‘첩자를 가려내기 위해서는 무불통을 손님으로 들여라’ 하는 강호 격언까지도 도는 실정이지요.”

“흠…….”

이세민은 턱수염을 쓰다듬으며 생각했다. 무불통이 그렇게 눈썰미가 정확한 자라면 오히려 외모 때문에 대회 참가가 걸리는 일은 없을 것이다. 다만 무공을 쉬이 간파한다는 대목이 조금 마음에 걸렸다. 사부가 가장 주의하고 있는 것이 그의 본실력을 드러내지 않는 것 아닌가. 무불통이란 자는 과연 자신의 무지막지한 내공까지도 간파할 수 있을까?

'그건 그때 가서 생각하지, 뭐.'

이세민은 무불통에 대한 생각을 털어버렸다. 지금은 그보다 더 집중해야 할 사안이 있었다. 등 뒤에서 가볍고 발랄한, 익숙한 기척이 느껴지고 있었다.

"언니, 저 왔어요!"

귀에 익은 송현지의 목소리가 들려왔다.

상연미는 활짝 웃으며 손을 흔들었다.

"어서 와, 현지야."

구름다리를 밟고 가까이 오는 소리가 들렸다.

"어머, 동행이 계시네? 어라?"

송현지는 뒤늦게 이세민을 발견한 듯 탄성을 질렀다.

"송 소저, 오랜만입니다."

이세민은 몸을 돌려 반가운 웃음을 지으며 송현지에게 인사했다.

송현지는 딱딱한 표정으로 허리를 굽히며 응대했다.

"오랜만이에요, 이 공자님. 잘 지내시죠?"

"아, 예. 저야 물론……."

송현지는 이세민의 대답을 끝까지 듣지드 않고 횅하니 움직여 상연지 쪽으로 갔고, 덕분에 이세민은 말끝을 흐려야 했다.

송현지는 상연미의 옆에 냉큼 앉고는 그녀에게 귓속말을

했다. 이세민에게 들리지 않도록 조그맣게 속삭인 말이었지
만 무지막지한 내공 덕분에 신체의 기능이 극대화되어 있는
이세민의 귀에 들리지 않을 리 없었다.

"언니, 저 사람이 왜 여기 있는 거죠?"

"잠시 말동무하고 있었어."

상연미 또한 그녀에게 맞추어 조그마한 목소리로 대꾸했
다.

"언니, 저 사람하고는 같이 있기가 좀 그러니 다른 곳으로
자리를 옮겨요."

대화를 다 듣고 있는 이세민은 암중 쓴웃음을 지었고, 상연
미는 어리둥절한 표정을 짓다가 갑자기 뭔가 알아낸 듯 표정
을 밝혔다.

"아하! 이 공자, 혹시 화난 여자 분이 현지 아니에요?"

상연미가 돌연 직접적인 질문을 던지자 이세민은 난감한
표정을 지으며 살짝 고개를 끄덕였다.

"무슨 말이에요, 언니?"

송현지는 의아한 표정으로 상연미에게 물었다.

상연미는 웃음을 터뜨리며 말했다.

"하하, 현지야. 이 공자가 너한테 옥벽을 보여준 적 있지?"

송현지는 당황한 표정을 지었다.

"그걸 언니가 어떻게……."

"그거, 이 공자 것이 아니야. 우연히 얻은 거래. 너, 그것 때

문에 화났지?"

그제야 전후 사정을 알아챈 송현지는 얼굴을 붉혔다.

"무, 무슨 소릴 하는 거예요, 대체? 그게 나랑 무슨 상관이 있다고. 이상한 소리 자꾸 하면 나 갈 거예요."

그녀는 황급히 자리를 뜨려 했다. 그때 이세민이 일어나 그녀를 제지했다.

"아닙니다. 두 분이 선약을 하신 듯한데 저가 가지요. 마침 일어나려던 참입니다."

그는 더욱 얼굴을 붉히는 송현지에게 가볍게 웃어 보이고는 정자를 떠났다.

멍한 표정으로 그의 뒷모습을 보고 있던 송현지는 뒤에서 웃음소리가 들려옴을 느끼고는 얼른 몸을 돌렸다.

"후후후, 현지 너, 저 사람이 마음에 들었구나?"

상연미의 놀리는 말에 송현지는 버럭 화를 냈다.

"언니는 오랜만에 만나서 대체 무슨 소리예요?"

"화를 내는 걸 보니 정말인가 보네?"

"언니!"

송현지가 화를 참지 못하고 가려 하자 상연미는 웃음을 참으며 그녀의 손을 붙잡았다.

간신히 송현지를 달래 자리에 앉힌 상연미는 그녀에게 이세민과 얽힌 자초지종을 들었다.

"도겸을 물리쳤다는 소리를 듣고 반신반의했는데, 불과 그
렇게 짧은 시간에 해치웠다니 의외로 대단한 사람일 수도 있
겠구나."

"그렇죠, 언니?"

송현지는 상연미가 이세민을 칭찬하자 언제 그에게 화를
냈냐는 듯 냉큼 맞장구를 쳤다.

"하긴 위기에서 구원을 받으면 절로 호감이 생길 수밖에
없는 게 여심(女心)이지."

상연미가 야릇하게 눈웃음을 치며 말하자 송현지는 다시
발끈했다.

"언니, 정말 계속 그럴 거예요?"

"하하하, 놀리는 것만은 아니야. 나도 저 사람이 마음에 들
거든."

"언니가요?"

송현지는 해연이 놀란 표정을 지었다.

"언니, 좀 이상해요."

"왜, 난 저 사람 좋아하면 안 되니?"

"그게 아니라, 요 며칠 언니 행동이 전혀 다른 사람 같아서
요. 무림맹에서 만날 때는 나랑 둘이 있을 때 외에는 거의 웃
는 적도……."

"그 얘기는 그만 하자."

상연미는 송현지의 말을 끊었다.

"일전에 보낸 서신으로 미리 얘기했잖아. 여기 와서 보는 내 모습이 평소와 조금 달라도 의아해하지 말라고."

"그래도 이 정도일 줄은 몰랐다고요."

송현지가 두 손을 쳐들고 고개를 흔들자 상연미는 그녀가 귀여운 듯 웃으며 송현지의 머리를 쓰다듬었다.

"후후, 너랑 있을 때는 그대로의 나잖아. 그럼 되지 않니?"

송현지는 상연미가 얄미운 듯 밉지 않게 눈을 흘겼다. 그러다가 이내 둘은 웃음을 터뜨렸다.

"아참, 막 사형에 대해 알아온 것이 있는데."

송현지가 생각난 듯 손뼉을 쳤다.

"사형이 최근에 연공하는 장면을 몰래 훔쳐봤어요. 집중적으로 익히는 무공을 간파하면 언니에게 도움이 되지 않을까 하고."

상연미는 고개를 저었다.

"막 공자는 대회 참가도 못하게 되었는데, 뭐. 이제 필요없어."

송현지가 걱정스러운 투로 말했다.

"언니, 괜찮겠어요? 막 사형이야 그렇다 쳐도 석진의라는 사람도 있고, 이 공자도 만만치 않을 텐데. 뜨 화산과 무당에서도 제법 강한 사람들이 올 텐데요."

"걱정하지 마. 우승에 대한 확신이 없었다면 여기에 오지도 않았을 거야."

상연미는 확신에 찬 투로 말했다.

그녀의 눈에서는 전에 없이 예리한 한광(寒光)이 스며 나오고 있었다.

第十二章

밝혀지는 내막

1

구름 한 점 없는 화창한 아침, 잔잔한 강을 가로질러 온 나룻배가 강변에 도달했다.

뱃삯을 지불하고 내린 사람은 두 명의 노소였다. 둘은 일행인 듯 나란히 내려서 나란히 걸음을 옮겼다. 그러나 차림새는 매우 대조적이었다.

낡디낡아 다 해진 옷차림을 한 초로의 노인은 득라를 입고 있는 것으로 보아 도사인 듯했다. 노인은 머리는 아주 큰 반면 몸은 무척 왜소하여 걸음을 옮길 때마다 머리 무게를 이기지 못하고 고꾸라질까 보는 사람이 두려울 정도였다.

반면, 노도사와 어깨를 나란히 하고 있는 청년은 키가 껑충

하고 머리가 작아 매우 대조적이었다. 게다가 청년의 옷차림은 화려하기 그지없었다. 작은 머리에는 금빛 영웅건이 씌워져 있었고, 푸른색 금의 장포에 반짝이는 옥대를 매고 있었다. 옥대에는 붉은 수실이 달린 보석 박힌 장검이 차여져 있었고, 잘 닦여진 가죽 장화를 신고 있었다. 그의 호화로운 옷차림은 옆에서 나란히 걷고 있는 노도사의 낡아빠진 득라와 대비되어 더욱 우난스러워 보였다.

같은 일행이라기에는 매우 이질적으로 보이는 두 사람은 두런두런 대화를 나누며 길을 걸었다.

"저기 보이는 게 천응방의 장원일세."

노도사의 말에 청년은 한 손으로 햇빛을 가리고 멀리 보이는 장원을 바라보며 감탄성을 냈다.

"오호! 저곳이 그 유명한 천응방의 총단이로군요!"

"지금보다는 앞으로 좀 더 유명해질 걸세."

"오오, 그렇습니까?"

노도사는 자신이 말할 때마다 감탄사를 넣어주는 청년의 반응이 흡족한 듯 만면에 미소를 띠며 말을 이었다.

"장원이 세워진 위치를 잘 보면 뭘 알고 그렇게 지었는지는 모르겠으나 풍수학적으로 상당히 좋은 지형이야. 장원 뒤에 있는 야트막한 동산이 보이지?"

"예, 보입니다."

"예전에 한 번 와본 적이 있지만 저 동산의 위치가 참 좋

아. 동산 앞에 보면 큼지막한 바위가 하나 있는데 그게 거북이 모양일세."

"오, 그렇습니까?"

"그런데 이렇게 멀리서 거북바위와 동산을 한꺼번에 보면 그 바위가 거북이 머리이고, 동산이 몸통인 것 같단 말이지."

청년은 멀리 있는 동산을 다시 눈여겨보고는 고개를 끄덕였다.

"오호, 정말 그렇군요. 더 큰 거북이가 되었네요."

"그보다 더 크게 볼 수도 있지. 동산을 거리라 치고, 그 뒤에 있는 장원을 거북이 몸통이라고 할 수도 있다네."

"과연!"

"거북이 형상보다 주목할 것은 주변의 지형이지. 자, 지금 동산 앞에 뭐가 보이나?"

"변하가 흐르고 있군요."

"그래, 물이 있다네. 이게 중요하지. 거북이는 느림의 대명사로 알려져 있지만 일단 물을 만나면 그보다 더 빠를 수 없는 동물이 되거든? 천응방의 앞날 또한 마찬가지일세. 그들에게 있어서 강물이란 수적을 제압하고 그들의 영역을 차지한 거라 할 수 있지. 지금까지는 느린 거북이처럼 완만한 성장을 이루었지만, 앞으로는 물 만난 거북이처럼 신속한 속도로 번영을 거듭할 걸세."

"오오, 과연 대단하시군요! 무불통이라는 명성이 명불허

전(名不虛傳)이라는 것을 느끼게 만드는 탁월한 식견이십니다!"

청년은 침을 튀기며 홍분했고, 노도사는 그의 반응이 매우 만족스러운 듯 큰 머리를 끄덕거리며 느긋한 걸음을 이어갔다.

"그런데 자네, 진짜 무당파의 제자가 맞긴 한가?"

노도사의 말에 청년은 당연한 것을 묻는다는 듯 목소리를 높여 대답했다.

"여부가 있겠습니까? 거듭 말씀드리지만 소생은 본 파 신공절학의 우수성을 다시금 강호에 일깨우자는 역사적 사명을 띠고 무림에 출도한 대무당의 직전제자로서, 조사의 빛난 얼을 오늘에 되살려 안으로 인의 협객의 자세를 확립하고, 밖으로 만백성 공영에 이바지하고자 하는 원대한 뜻을 품고……."

"그건 벌써 너덧 번은 들은 얘기이니 그쯤 하게."

노도사는 재빨리 청년의 말을 끊었다.

"자네 스승은 누구신가?"

"제 스승은 상(常) 자, 현(玄) 자를 도호로 쓰십니다."

"상현 도장?"

노도사는 놀란 듯 눈을 깜빡였다.

"상현 도장이라면 무당파 차기 장문인으로 유력한 인물 아닌가. 이거 대단한 분의 제자를 뵙는구먼! 그럼 자네는 차차기 장문인 후보쯤 되는 겐가?"

청년은 말도 안 된다는 듯 손사래를 쳤다.

"아유, 별말씀을요. 전 정식 제자가 아닌지라 그런 쪽으로
는 전혀 해당 사항이 없습니다."

"그게 무슨 말인가? 정식 제자가 아니라니."

노도사의 눈이 호기심으로 반짝였다.

"굳이 설명 드리자면 무기명 제자라고나 할까, 아무튼 그
렇습니다."

"오호라!"

노도사는 그제야 말귀를 알아듣겠다는 듯 큰 머리를 주억
거렸다.

"자네, 집이 잘살지?"

"어떻게 아셨습니까?"

청년은 감탄한 듯 말했다.

'그건 네 옷차림만 봐도 알 수 있다, 이 멍청아.'

노도사는 속으로 웃었다. 그는 청년의 정체가 무엇인지 짐
작할 수 있었던 것이다.

"그래, 자네는 상현 도장에게 무얼 배웠나?"

"무공을 배웠지요."

"어떤 무공을 배웠냐는 걸 묻는 거네."

노도사의 질문에 여태껏 사람 좋은 미소를 흘리던 청년은
모처럼 곤혹스러운 표정을 지었다.

"사문의 행사를 외부에 함부로 발설하지 말라는 명을 받아

서… 그건 말씀드리기가 좀……."

"자네가 말하지 않는다 해도 노부는 이미 다 짐작하고 있다네."

노도사의 말에 청년은 깜짝 놀란 표정을 지었다.

"정말 제가 익힌 무공을 파악하셨습니까?"

"물론! 아마 둘 중에 하나일 듯한데… 태극혜검은 아닐 테지?"

"아닙니다."

"그럼 십단금(十段錦)이로군!"

청년의 입이 크게 벌어졌다.

"정말 대단하십니다, 무불통 어르신! 강호에는 기인이사가 모래알 같다더니 전 강호 출도하자마자 그중에서도 가장 으뜸인 기인을 뵙는군요! 제가 십단금을 익힌 줄 어떻게 아셨습니까?"

"껄껄, 노부가 달래 무불통이겠는가?"

노도사는 기분 좋게 웃어젖혔다.

태극혜검과 십단금은 무당파 최고의 절기들이다. 무당 검의 극의점이 태극혜검이라면 십단금은 무당 장권의 극한점이었다. 손바닥을 펼치면 열 폭의 비단이 한번에 펼쳐지듯 화려한 장력이 발현된다는 십단금, 무당파 개파 이래 제대로 연성한 자가 열 명이 채 되지 않는다는 신공절학을 지금 이 젊은 청년은 익혔노라고 망설임없이 대답하고 있으니, 강호인들이 들는다면 경악해 마지않을 일이었다.

그러나 노도사는 놀라지도 않았고, 신기해하지도 않았다. 그저 재미있어 죽겠다는 표정을 지을 따름이었다.

"그나저나 상원 도장과 다른 제자들이 이틀 내로 돌아오지 못한다면 무당파는 자네 혼자뿐인 거로군."

노도사의 물음에 청년은 고개를 끄덕였다.

"그렇지요. 그전에 도착하실 걸로 믿고 있습니다만."

"만약 도착하지 않으면 자네가 무당파 대표로 비무대회에 출전해야겠네?"

"그, 그렇게 되는 건가요?"

청년은 얼떨떨한 표정을 지었다.

"당연히 그래야지. 자네가 조사의 빛난 얼을 되살려 인의 협객의 자세를 확립하고 만백성 공영에 이바지하려면 일단 배운바 무공부터 제대로 써먹어야 할 것이 아닌가?"

노도사는 청년을 격려하듯 어깨를 토닥여 주었다.

그는 속으로 생각했다.

'이거 정말 재미있군. 잘하면 가무제자(歌舞弟子)가 대무당파 대표로 나서는 꼴을 볼 수 있겠는걸.'

노도사는 클클 웃으며 천응방을 향해 발걸음을 옮겼다.

2

"어서 오시구려, 현명 도장. 무불통을 누추한 장소로 모시게 되어 송구스럽소이다."

장원에 도착한 노도사와 청년은 버선발로 뛰어나온 천웅방주 상관운의 환대를 받았다.

무불통 현명자는 낄낄거리던 조금 전과는 달리 인상을 쓰고 있었다. 그는 인사도 받지 않고 상관운에게 따져 물었다.

"상 방주, 노부가 일전에 방문했을 때 후원 뒤켠의 동산과 거북바위를 잘 보살피라고 하지 않았소? 방의 길조가 될 것이라 하면서."

"그러셨지요."

상관운은 곤혹스러운 표정으로 대꾸했다.

"그런데 좀 전에 지나쳐 오면서 보니 아주 형편없는 꼬락서니가 되어 있더군. 동산은 땅이 갈라져 시뻘건 속을 드러내고 있고, 거북바위는 목이 잘려 민둥바위가 되어 있으니 이게 어찌 된 일이오?"

"거북바위가 목이 잘렸소이까?"

상관운은 놀라 되물었다. 동산 땅이 지진으로 갈라진 거야 익히 알고 있었지만 그 뒤에 있는 거북바위가 목이 잘린 것까지는 몰랐기 때문이다. 비무대전 준비로 눈코 뜰 새 없이 바쁜 판국에 뒷동산 돌덩어리까지 신경 쓸 여력이 그에게는 없었다.

"쯧쯧, 사람하고는. 아무튼 안됐소. 천웅방이 대길할 운세였는데 그 기세가 제대로 꺾였으니. 비무대전이 제대로 돌아

갈지조차 의문이외다."

상관운의 얼굴이 일그러졌다. 큰 행사를 앞두고 있는데 재수없을 거란 얘기를 듣는 것만큼 기분 나쁜 일도 없는 법이다. 그런데 그 말을 돌팔이 점쟁이도 아니고 용하기로 소문난 인물에게 듣고 보니 더더욱 기분이 나빴다.

"그럼 이제 어찌해야겠소이까? 동산의 갈라진 틈을 메우고 거북바위의 목이라도 만들어 붙일까요?"

"허허, 인위적으로 풍수를 조절하려 한다고 달아난 운이 되돌아오겠소? 방주가 원한다면 시간 날 적에 내가 부적 몇 개 그려줄 터이니 가르쳐 주는 대로 집 안 구석구석에 갖다 붙이면 좀 나아질 게요."

무불통이 선심 쓰듯 해결법을 애기하자 상관운은 겉으로는 허허 웃으면서 속으론 욕지거리를 한 사발 뱉어냈다.

지지난번 대회 때 관람차 천응방을 방문했을 적에도 무불통은 터가 안 좋네, 기가 쇠하네 하면서 발로 그린 듯한 부적 몇 개를 엄청나게 비싼 가격에 강매하도록 했기 때문이다. 그의 조언을 들어 장원 위치도 바꾸고 후원 뒤의 동산도 공을 들여 가꾸고 한 것인데, 부적 값과 공사 비용이 지나치게 많이 들어 하마터면 방이 무너질 뻔했다.

삼 년이 지나 간신히 구멍난 재정이 회복세로 드는 찰나에 다시 찾아온 무불통이 또 한 번 부적 타령을 하고 있으니 속에서 열불이 치솟을밖에.

그러나 무불통 말마따나 동산에 지진이 난 뒤로 말 도둑이 들고 방을 찾는 귀빈들이 사고를 당했으니 재수가 없긴 없는 듯했다.

"부적은 조금 생각해 보지요."

상관운은 완곡하게 현명자의 권유를 거절했다. 말 도둑은 이미 범인을 짐작하고 있고, 청룡방의 귀빈들이 사고를 만났지만 사고를 발발한 도겸 무리는 죽고 귀빈들은 무사히 천응방에 도착했거나 오고 있는 중이니 딱히 재수가 없다고 할 수도 없지 않은가. 물론 거절의 가장 큰 이유는 무불통의 부적이 지나치게 비싼 때문이었다.

"쯧쯧, 후회할 텐데. 뭐, 마음대로 하시오. 액운이 닥치는 거야 천응방 사정이지 노도의 사정은 아니니 말이오."

현명자는 기분이 나빠진 듯 어조가 퉁명스러워졌다.

머쓱한 표정을 짓던 상관운은 분위기를 전환하려는 듯 현명자와 동행한 청년에게 시선을 돌렸다.

"한데 이 소협은 누구신지? 혹시 도장의 고제자신가?"

현명자는 고개를 저었다.

"노부의 제자가 아니오. 이분 소협은 무당파 사람이라오."

"호오, 무당파요?"

상관운은 뜻밖이라는 듯 청년을 보았다.

청년은 깍듯이 읍을 하며 자기소개를 했다.

"무당파 이대제자인 목상대(木常大)라고 합니다."

　상관운은 무당파라는 말에 얼굴이 달덩이 같이 환해졌다가 다시 의아한 표정으로 바뀌었다.

　"본 방에 왕림을 환영하는 바이오. 한데 본 방주는 무당파에서 상원 도장의 인술하에 다수의 인원이 오는 것으로 알고 있는데 어찌 목 소협 홀로 행차를 하신 게요?"

　"원래 저도 상원 사숙의 일행에 포함되어 있었습니다."

　목상대가 말했다.

　"한데 돌발 상황이 생기는 바람에… 일행과 헤어져서 홀로 먼저 이곳에 오게 되었습니다."

　"돌발 상황이라 함은?"

　상관운은 궁금해하며 물었다. 무당 제자들의 행로를 변경시킬 만한 상황이 발생했다면 가벼운 문제가 아닐 듯했기 때문이다.

　"저희 일행은 이곳으로 오는 도중, 본 파의 공적인 독수필적 도겸과 한수오괴의 행적이 발견되었다는 정보를 우연히 입수했습니다. 물론 개천의용 비무대전에 참가하는 것이 중요한 일입니다만 공적 일호로 꼽히는 그들을 발견하고도 지나친다는 것은 살인자를 놔두고 잔치에 참석하는 것과 마찬가지이므로, 사숙은 저를 제외한 다른 사형제들을 이끌고 놈들이 출몰했다는 지역으로 떠나셨습니다. 놈들을 처리하는 대로 이곳으로 오시겠다는 말씀을 전하라 하셨습니다."

　"저런, 하필 일이 그렇게 꼬인 게로구먼."

상관운은 안타깝다는 듯 혀를 찼다.

무불통 현명자는 그가 뭘 아는 듯한 눈치이자 호기심을 참지 못하고 캐물었다.

"방주는 뭔가 아는 게 있나 보오? 혹시 우리가 이곳에 오는 중에 무당파와 도겸 무리가 싸우기라도 한 거요?"

"그건 아니고… 청룡방의 사신 일행과 도겸 무리가 충돌했었소. 그러니 상원 도장을 비롯한 무당 제자들은 지금 헛걸음을 하고 있는 거요."

"그랬었군. 한데 싸움의 결과는 어떻게 되었소?"

"도겸이 죽었소."

"죽었다고?"

현명자는 놀란 표정을 지었다.

"혹시 청룡방의 인솔자로 대제자 홍대명이 왔소?"

"아니오. 오제자인 막수범 소협이 대표자였다오."

"막 소협이 도겸을 감당할 만한 실력은 아닐 텐데."

"도겸 일행을 처단한 것은 청룡방 무인들이 아니었소."

"그럼 누구요?"

현명자의 물음에 상관운은 즉시 대답하지 않고 잠시 머뭇거렸다.

"뭘 그렇게 뜸을 들이시오? 답답하니 빨리 말해보오. 도겸을 죽인 자가 누구요?"

현명자가 채근하자 상관운은 마뜩지 않은 표정으로 답했다.

"위세척과 그의 제자가 죽었다고 들었소."

"위세척? 광견치 말이오?"

"그렇소."

잠시 어리둥절해하던 현명자는 인상을 썼다.

"지금 농담하는 거요?"

"본 방주가 뭣 때문에 그런 걸로 농을 하겠소? 믿기 어려우면 위세척이 여기 머무르고 있으니 직접 가서 물어보시지요."

현명자는 상관운의 말을 듣자마자 위세척을 만나러 후원으로 사라졌다. 궁금한 것을 못 참는 그의 성격상 사건의 자초지종을 듣기 전에는 여장을 풀 여유조차 없을 것이다.

상관운은 홀로 남은 무당파의 제자 목상대에게 물었다.

"상원 도장과는 언제 어느 곳에서 헤어지셨소?"

"닷새 전에 황하에서 헤어졌습니다. 도겸 놈들이 앞선 배를 타고 동쪽으로 향했다는 소식을 듣고 개봉을 지나쳐 산동성 경계까지 추격했습니다. 그곳에서 사숙은 대회 기일이 촉박하니 저보고 먼저 가서 방주님과 천무문주께 사정을 알리라 하셨습니다."

"닷새 전이라……."

상관운은 인상을 구겼다. 지금쯤 성 경계를 헤매고 있을 그들이 도겸 무리의 시체를 금방 찾지 못한다견 대회 끝나기 전에 도착할 가능성이 희박해 보였다. 대회 개막일은 내일. 물론 이틀간의 일반 참가자 예선이 있고 본 대회는 사흘 후 시작이니 그때까지만 도착해도 괜찮겠지만, 성 경계에서 개봉까지 빨리 온다 해도 닷새는 촉박한 일정이었다. 경공을 사용한다면 그 이전에 올 수 있겠지만 고작 일개 비무대회에 참석하기 위해 무당의 콧대 높은 제자들이 그렇게 힘든 방법을 택할 리는 없었다.

명문 중의 명문인 무당파가 대회 참석이 어려워진다면 모처럼 높아지는 비무대회의 위상에 적지 않은 손상이 미칠 것이다. 그러니 장로 급인 상원자는 피치 못하게 불참한다 해도 최소한 무당파 제자가 대회에 참가한다는 생색은 내야 하는 시점이었다.

상관운은 멀뚱히 서 있는 목상대에게 말했다.

"물론 목 소협은 비무대회에 참가하는 거겠지요?"

상관운이 던진 말은 질문이었지만 단정적이었다. 지금 현재 홀로 있는 무당 제자이니 목상대라도 반드시 참가를 시켜야 하는 상황이기 때문이었다.

"글쎄요. 현덩자께서도 그리 말씀하셨습니다만, 사실 저는 사숙에게 비무대회에 참가하란 얘기를 들은 바가 없어서……."

목상대는 영 자신없는 목소리로 대답했다.

상관운은 말도 안 된다는 듯 목소리를 높였다.

"어허, 무슨 소리! 상원 도장께서 목 소협을 일행의 대표로 본 방에 보낸 것은 무당의 대표자로 이미 인정을 한다는 얘기가 아니겠소? 그런데도 목 소협이 대회에 참가하지 않는다는 것은 사문의 뜻을 거스르는 일이 될 수 있소이다.”

“그, 그런가요? 그럼 참가를 해야겠네요.”

목상대는 당황한 목소리로 말했다.

“당연히 그래야지요. 기대하겠소, 목 소협. 대무당의 신공 절학을 본 대회에서 마음껏 뽐내주길 바라오!”

상관운은 비로소 흡족해진 표정으로 목상대의 어깨를 두 드렸다.

3

숙소의 방문이 벌컥 열리자 제자인 줄 알고 반색을 하던 위 세척은 들어서는 인물을 보고는 인상을 구겼다.

“대갈통 아냐? 네가 여긴 웬일이냐?”

방 안으로 들어선 현명자는 위세척을 꼬나보며 말했다.

“위가야, 또 무슨 사기 행각을 벌이고 있는 게냐?”

“사기는 어수룩한 노친네들 꼬드겨 발로 그린 부적, 금값 에 팔아먹는 네놈이나 치는 거지, 난 그런 재주 없다.”

현명자는 코웃음을 쳤다.

“네가 똘마니 하나 대동하고 도겸과 한수오괴를 쳐 죽였다 는 소문이 돌던데? 무당의 기린아였던 도겸을 감히 네 같잖은 실력으로 해치웠다, 이 말이 사기가 아니면 대체 뭐냐?”

위세척은 못마땅한 듯 현명자를 노려보다가 말했다.

"본신의 공력만 가지고 승패가 결정되는 곳은 이곳과 같은
비무대회장이지. 강호는 그런 곳이 아니다."

"호오, 그럼 다른 수를 써서 놈들을 해치웠단 말인가?"

현명자는 흥기가 동하는 듯 눈을 반짝였다.

"자초지종을 이실직고해 봐!"

이들 두 사람은 오가는 말은 거칠었지만 오랜 교분이 있는
사이였다. 그렇기에 오랜만에 만나서도 스스럼없는 대화를
나누는 것이었다.

위세척은 시큰둥하게 말했다.

"별로 대단치도 않은 일이었어. 도겸 패거리는 한빙검을
부러뜨리려는 꼬마 아가씨한테 정신이 팔려 있었다. 내 아무
리 한물갔다 해도 정신 놓고 있는 떼거리를 손봐줄 정도의 가
락은 아직 남아 있다."

"한빙검? 거, 이상하군. 도겸은 음한지공의 연성에 실패한
이후 음공 방면에는 아예 발을 떼었다고 들었는데?"

현명자는 고개를 갸웃거렸다.

"역시 유명교에 포섭되었다는 말이 사실인가?"

그의 중얼거리는 말을 들은 위세척은 놀라며 물었다.

"도겸도 유명가교가 포섭했단 말이냐?"

"확실한 정보는 아니야. 요즘 유명교 놈들의 행보가 심상
치 않아. 대강남북 할 것 없이 사파 고수를 닥치는 대로 영입
하는 모양이더군."

"이젠 진짜 마교라고 불러도 손색이 없겠군. 무림맹에서는 뭐 하고 있기에 그딴 놈들을 처리 못하나?"

위세척의 말에 현명자는 피식거렸다.

"무림맹이 말이 무림맹이지 일개 방파보다 힘이 없는 단체가 어떻게 무림을 대표할 수 있겠느냐. 게다가 칠석지약(七夕之約)의 대책 마련하기도 벅찬 실정에 유명마교까지 견제할 재간이 있겠어?"

"하긴 그렇겠지. 상 맹주도 머리깨나 아프겠는걸."

위세척의 말을 들은 현명자는 어처구니없다는 듯 혀를 차며 말했다.

"지금 네가 남 걱정할 때냐? 내가 듣기로 사정이 몹시 딱하다고 하던데……."

현명자의 말이 마음에 들지 않는지 위세척은 못마땅한 표정을 지으며 손을 휘휘 저었다.

"객쩍은 소리 할 거면 그만 나가봐. 이 몸은 지금 제자 교육에 바쁘다."

"호오, 네가 제자를?"

현명자는 뜻밖이라는 듯 놀란 기색을 비쳤다.

"죽을 때가 가까워지면 사람이 괴상한 짓을 한다더니 네가 딱 그 짝이구나. 왜, 일검회의 검에 꿰뚫리기 전에 네 같잖은 무공을 전수하고픈 마음이라도 생겼나 보지?"

위세척은 눈을 번득였다.

“알고 있었나?”

“내가 누구냐? 천하의 무불통이 아닌가?”

“무불통은 얼어죽을. 사기 칠 생각만 대가리에 가득한 대 갈통이지. 어쨌거나 일검회와의 일을 알았다면 그들의 근황도 알겠군.”

“알다마다.”

“남궁환의 상태는 지금 어떤가?”

위세척은 모처럼 진지해진 눈빛으로 물었다.

현명자가 말했다.

“나도 남궁가주의 정확한 상태까지는 듣지 못했어. 다만 죽을 고비는 넘긴 것 같다더군.”

위세척은 안도한 듯 한숨을 내쉬었다.

“다행이군. 정말 다행이야.”

“아직 안도하긴 일러. 확인되지 않은 정보로는 의식이 제대로 돌아오지 않아 반쯤 실성한 상태라는 얘기도 있어. 게다가 남궁세가에서는 세가와 일검회의 전 인원을 풀어 너를 추격하고 있다고 하더군.”

“말은 바로 하라고. 그들이 찾고 있는 것은 위세광이겠지.”

위세척의 말을 들은 현명자는 새삼스러운 눈초리로 그를 보았다.

“그러고 보니 대체 어떻게 된 거야? 네 형님은 어디 가고 네가 그의 행세를 하고 다니는 거지?”

위세척은 잠시 아무 말이 없었다. 침묵이 길어지고 현명자가 다시 입을 열려 할 때쯤 그의 대답이 돌아왔다.

"그는 죽었다."

"뭣이?!"

현명자는 입을 크게 벌렸다.

"누가 대체……?"

"내가 발견한 것은 죽은 형의 몸에서 나온 유명교의 방문 예고장, 그리고 이것뿐이었다."

위세척은 품속에서 한 짝의 장갑을 꺼내어 현명자에게 보여주었다.

그 장갑은 현명자의 눈에 익숙한 물건이었다. 교룡의 가죽으로 만들었다는 권왕의 장갑. 신병이기로 베어도 결코 찢어지지 않는다는 그 장갑은 두 짝이 모두 너덜너덜하게 갈라져 있었다.

현명자는 장갑을 보고는 긴 한숨을 내쉬며 고개를 흔들었다.

"어떻게 된 건지 알겠군. 방문 예고장에는 무슨 말이 쓰여 있었나?"

"뻔한 얘기였다. 유명교에 가입하라는 권유였지."

현명자도 익히 알고 있는 얘기였다. 유명교는 그들이 탐하는 고수이건 혹은 제거하려는 고수이건 일단 예고장을 보낸다. 그리고 후에 사신(死神)이라 불리는 자가 그 고수를 방문한다. 그래서 고수가 가입하겠다고 하면 데려가고, 거절하면 사신이 그를 죽인다. 지난 십여 년간 강호의 뭇 고수들이 의문의 변사체로 발견되는 경우가 많았는데, 그중 다수가 유명교의 행위라고 강호인들은 믿고 있었다.

"권왕을 상대할 사신이 유명교에 존재했단 말인가?"

"적어도 한 명은 있다."

"그게 누구냐?"

"장갑을 살펴보면 알 수 있을 게다."

"이걸로 흉수의 흔적을 알 수 있단 말이냐?"

"장갑을 손에 끼워봐라."

위세척에게서 장갑을 받아 든 현명자는 시키는 대로 갈라진 장갑을 양손에 끼웠다. 갈라진 흉터는 손바닥 부위에 집중되어 있었다. 현명자는 장갑 낀 양 손바닥을 눈앞에 나란히 펼쳐 보았다. 그러자 갈라진 부위가 하나로 이어짐을 알 수 있었다.

그 흉터는 단 한 수의 공격으로 만들어진 것으로, 오른손 손바닥 끝에서 왼손 엄지 부위까지 내리그어져 있었다. 사선으로 내려오다 갈지(之) 자 모양으로 층을 져서 이어지는, 마치 번개를 연상시키는 형상이었다.

"혈뢰마검(天雷魔劍)!"

현명자는 나직이 부르짖었다.

"설마 유명마군이 친히……?"

"권왕을 상대하려면 놈이 직접 나서야 했겠지."

위세척은 침통한 어조로 말했다.

유명마군은 유명교가 발발한 이래 백일하에 모습을 드러낸 적 단 한 번도 없었다. 아무도 그의 정체를 몰랐다. 그러나 그는 자신의 족적은 뚜렷이 남긴 바가 단 두 번 있었다. 그리고 그때마다 강호는 벌집을 쑤신 듯 들썩였다.

그가 처음으로 진가를 드러낸 것은 유명교가 발흥할 당시 사파의 최고봉이었던 혈월방과 교전하여 교주인 혈월천마와 충돌했을 때였고, 두 번째는 유명교를 압박하던 무림맹 장로 칠 인이 유명교의 주요 거점을 급습했을 따였다.

혈월천마는 당시 사파제일의 고수였고, 무림맹의 칠장로 중에는 소림, 무당, 화산의 최정예 고수들이 포진되어 있었다.

그러나 유명마군과 접촉했던 그들은 도두 차가운 시신으로 발견되고 말았다.

그들의 시신에는 한결같이 뚜렷한 그의 흔적이 새겨져 있었다.

번개 모양의 흉터. 더도 덜도 아닌 일수(一手)였다. 당대의 고수들이 제대로 싸워보지도 못한 채 단 한 수에 모두 목숨을 잃고 말았던 것이다.

강호인들은 그 흉터를 혈뢰마검이라 일컬으며 두려워했다. 한데 그 흉터가 지금 권왕의 장갑에 다시 한 번 모습을 보이고 있었다.

위세척은 장탄식을 했다.

"형님은 나와 다른 가족들이 해를 입을까 두려워 알리지도 않고 혼자서 그를 맞았다. 그리고… 그렇게 홀로 떠나가셨다."

현명자는 침통한 표정으로 눈을 감았다. 무슨 말로 혈육의 희생을 위로할 수 있겠는가.

긴 침묵이 흐른 후, 현명자의 입이 열렸다.

"그것 때문이었나? 죄책감 때문에 남궁가주와 무모한 일을 벌인 것이냐?"

위세척은 핏발 선 눈으로 울화를 터뜨렸다.

"내가, 이 한심한 내가 조금이라도 능력이 있었다면 형님을 그렇게 혼자 보내지는 않았을 것이다. 난 복수보다도 내 무기력함을 도저히 용서할 수가 없었다."

현명자는 고가를 가로저었다.

"정신 차려, 이 친구야. 벌써 노망이라도 난 건가? 광세비록이야, 광세비록! 그 저주받은 책이 대체 얼마나 많은 고수를 죽이고 그들의 문파를 쑥대밭으로 만들었는지 몰라서 그러는 건가?"

위세척은 초연해진 어투로 대답했다.

"작금의 상황에서 복수를 하기 위해 이 무기력한 육신으로 택할 수 있는 길은 그 '미친 짓' 외에는 아무것도 없다."

현명자는 혀를 찼다. 위세척의 결의가 저러하니 그로서도 말릴 방도가 없을 듯했다.

"그래, 자네 결심이 그러하다면 내가 뭐라 할 말은 없겠지. 한데 광세비록은 대체 어디서 구했나? 그럴 리는 없겠지만 책을 가지고 사라진 조의선인(粗衣仙人)이라도 찾았나? 벌써 예전에 우화등선했을 양반일 텐데."

조의선인은 전전대의 천하오대고수 중의 일인이었다.

육십여 년 전 강호는 광세비록이라는 경이적인 비급의 출현으로 인해 혼돈과 살육, 모략과 암투가 난구했다. 광세비록은 당시 천하제일고수이며 무학의 천재라 일컬어지던 파천일기(破天一氣)가 남긴 무공 비급으로 알려져 있다.

그는 말년에 은퇴하면서 한 제자에게 자신의 무학 정수가 담긴 비급을 남겼다고 한다. 한데 어찌 된 영문인지 그 제자는 죽고 비급이 강호를 떠돌기 시작했다. 천 년 무림사 최고의 기재라고까지 일컬어지는 파천일기의 비급이 세상에 출몰했다는 것은 곧 강호에 피바람이 분다는 말과 같았다. 비급을 운 좋게 소유한 자는 그걸 노리는 다른 자들에게 즉시 목숨을 잃었고, 그걸 빼앗은 자의 등에는 가장 절친한 동료의 칼이 꽂혔다.

배신과 암투가 난무하고 혈풍이 휘몰아치던 강호는 비급이 마침내 당시 최고의 전성기를 구가하던 독고세가에로 넘어가면서 평정을 찾는 듯했다.

아직까지도 천하제일가로 인정을 받고 있는 독고세가였지만 육십 년 전의 성세는 지금과 비교할 수 없을 정도였다.

당시 독고세가는 쌍둥이 형제가 다스리고 있었다. 형제는 천하오대고수에 나란히 이름을 올리고 있을 정도로 절정의 무공을 갖추고 있었고, 우애도 깊었다. 그러나 그들의 머리 위에 있던 단 한 명, 파천일기의 비급은 그런 형제애마저도 산산조각 낼 만큼의 위력을 가지고 있었다.

파천일기의 비급을 입수한 독고세가는 우선 가주인 형이 그것을 익히기로 결정하고, 형은 비급을 들고 폐관수련에 들어갔다. 그런데 수련한 지 얼마 안 되어 부작용이 일어났고, 그는 주화입마로 혈맥이 터져 즉사하고 말았다.

불의의 사고였지만 비극은 여기서부터 시작되었다.

충격을 받은 형 측의 가신들은 가주의 비밀 연공실에 들어갈 수 있는 유일한 인물, 동생을 의심하기 시작한 것이다. 그가 파천일기의 무공을 노리고 수련하고 있는 형을 암살했다는 추측이었다.

물론 증거는 없었다. 그러나 동생이 가주 자리에 오르고 그의 가신들이 득세를 하자 추측은 확신으로 이어졌고, 결국 동생은 형 측 가신들에 의해 독살되고 말았다.

그 이후 두 파로 갈라진 독고세가는 치열한 세력 다툼을 벌였다.

가문의 내분이라고 하기에는 지나치게 싸움의 규모가 커

지고 사상자가 늘자, 결국 당시의 두림맹주가 나서서 싸움을 중재하고 파천일기의 비급은 무림맹으로 호수되었다.

무림맹주는 강호의 혼란을 막기 위해 책을 불태울 것이라 천명했다. 그러나 그도 사람인지라 천하제일인의 무공에 대한 유혹을 피해갈 수 없었다.

결국 그는 몰래 비급의 내용을 연성했는데, 그마저도 혈맥이 터져 즉사하게 되었다.

이렇게 되자 놀란 것은 독고세가 측이었다. 무림맹주 또한 당대 천하오대고수에 끼는 강자였으니 그가 수련을 잘못했을 리는 없었다. 결국 천하오대고수 중 둘이 같은 증상으로 죽음을 맞이했다는 것은 파천일기의 비급에 커다란 문제가 있다는 말에 다름 아니었다.

가주의 죽음이 동생의 짓이 아니었음이 밝혀졌지만 깊어진 양쪽의 골은 쉽사리 메워지지 않았다. 득고세가는 비극이 벌어진 지 육십 년이 지난 지금까지도 두 파벌로 갈라진 채 세력 다툼을 벌이고 있었다.

한편, 무림맹주가 그렇게 어이없는 죽음을 당하자 무림맹도 맹을 구성하는 각 문파 간의 이하가 첨예하게 갈리면서 결국 와해되고 말았다. 무림맹이 해체된 가운데 저주받은 비급으로 낙인 찍혀 광세비록이란 명칭을 얻게 된 파천일기의 책은 천하오대고수 중에 마지막 남은 일인, 조의선인의 손에 맡겨졌다.

형산파 출신으로 세상사에 관심없이 무공으로 도를 닦는다는 평을 들었던 조의선인은 말년에 심심하던 차에 잘되었다며 책을 가지고 소리없이 은거해 버렸다. 광세비록은 그렇게 강호에 큰 상처를 남기고 허무하게 사라졌지만, 강호 어딘가에 비록의 필사본이 존재한다는 소문은 지난 육십 년간 끊이지 않고 계속되었다.

"조의선인의 흔적을 찾는 것은 내가 아니고, 남궁환이었다."

위세척의 말에 현명자는 눈을 빛냈다. 결국 광세비록이 다시 출몰했다는 말이 아닌가.

"그래?"

"자세한 얘기는 남궁환과의 약속이 있어서 해줄 수 없다. 다만 비록을 입수한 것은 남궁환 혼자가 아니었다."

"그건 또 무슨 소리야?"

"나도 비급의 일부를 입수했거든."

"자네가?"

현명자는 눈을 크게 떴다.

위세척은 고개를 끄덕이며 말을 이었다.

"예전에 사소한 호의를 베푼 친구가 있는데, 그 친구가 어느 날 약소한 보답이라며 낡은 책 한 권을 보내왔더군. 그런데 그게 바로 광세비록의 후반부였다."

"그 친구가 누구기에?"

"한촌의 이름없는 문사야. 그는 젊을 적 내게 입은 은혜를 잊지 않고 있다가 우연히 자신의 집 서고어서 비록의 후반부를 발견하고 나에게 도움이 될까 싶어 그것을 보내왔더군."

"기이한 일이군. 어찌하여 비록의 후반부가 촌구석 서고에 있었을까."

"나중에 서신으로 물어본 바에 의하면 그는 예전 파천일기와 관련있는 사람의 후예였다더군. 어쨌든 책을 넘겨보자마자 난 그게 진본이라는 것을 알 수 있었네. 수록된 무공 중에 파천일기의 절기가 몇 개 눈에 띄더군."

"놀랍군, 정말 놀라운 일이야."

현명자는 믿을 수 없다는 듯 큰 숨을 내쉬었다.

"그걸 언제 받았나?"

"육 개월 전일세."

"그럼 수련을 좀 해보았나?"

"장난하나? 내 허접스러운 내공으로 파천일기의 심오한 내가기법을 어떻게 연성하겠나? 비록의 후반부에 실린 것은 전부 정심한 내가기공을 밑바탕으로 하는 실전 무공뿐이었다. 비록의 전반부에 실린 내공심법을 익히지 못하면 도저히 익힐 수 없는 것들이었지."

"그래서 남궁환과 공조를 한 건가?"

현명자의 말에 위세척은 고개를 그덕였다.

"남궁환은 나와도 어느 정도 친분이 있었지만 본래 형님과 막역한 사이였지. 한데 형님이 죽고 유품을 정리하다 보니 그가 최근에 보낸 서신이 있더군. 그걸 보니 그가 광세비록의 전반부를 입수하고 거기에 적힌 내가기공을 연성하기 위해 몇 가지 수법을 연구하고 있다는 내용이 있더라고. 물론 광세비록이라고 직접적인 언급은 하지 않았으나, 연구하는 수법들이 전부 혈류의 과다한 흐름을 막고 몸을 보호하는 방법들인 데다가 조의선인까지 거론하는 것을 보고는 단박에 그가 광세비록의 전반부를 입수했다는 것을 알아차렸지. 그는 형님께 몸을 보호하는 외가기공에 대해 몇 가지 조언을 구했더군. 그래서 나는 그를 직접 찾아가 담판을 짓기로 마음먹었다. 내 후반부와 당신이 갖고 있을 전반부를 합쳐 둘이 함께 광세비록을 연성해 보자는 제의를 한 거지."

"그래서 남궁환이 그 제의를 받아들인 거로군?"

"그렇다. 남궁환은 혈맥이 폭주하는 광세비록 전반부의 내가기공의 문제점을 어느 정도 파악하고 있었네. 그는 일검회나 가문의 다른 사람에게 알리지 않고 광세비록을 홀로 연성하려 하고 있었기 때문에 내가 자신을 보조해 주길 바랐지. 나는 그와 함께 그의 비밀 연공실에 가서 그가 준비한 수법들을 이행하여 몸의 경혈을 단단히 하는 것을 도왔다네. 그리고 비록의 전반부에 실린 문제의 내공수법을 실천해 보았지."

"그 결과, 남궁환이 저 지경이 된 거로군."

위세척은 침중한 표정으로 고개를 끄덕였다.

"남궁환은 자신의 안위에 상관없이 나에게 비급의 전반부
와 자신이 연구한 수법을 가르쳐 주기로 했었네. 형님의 죽음
을 듣고 내 복수를 도와주겠다며 내린 결정이었지. 반면 그는
자신이 내공 연성에 실패하고 사고를 당한다면 가문이나 일
검회에 일체 광세비록에 대한 얘기를 언급하지 말라고 하더
군. 그게 결국 내가 그들에게 쫓기는 이유가 된 것일세."

현명자는 저간의 사정을 알겠다는 듯 고개를 끄덕였다.

광세비록은 육십 년 전 강호에 큰 상처를 남긴 이후 정파무
림 쪽에서는 금서로 낙인찍혀 있었다. 누구를 막론하고 이 책
을 언급하거나 익히는 것은 마공을 익히는 것과 동일하게 취
급되고 있었기 때문에 남궁환은 가문의 안위를 염려하여 위
세척에게 그런 부탁을 한 것일 게다. 그러나 결과적으로 그
약속은 위세척을 궁지로 몰아넣고 있었다.

"남궁세가와 일검회 측에서는 당연히 남궁환이 사고를 당
할 때 옆에 있다가 홀연히 사라진 자네를 의심하겠군."

"그들로서는 그럴 수밖에 없지. 나는 그들에게 해명을 할
수 없으니 도망 다닐 수밖에 없고."

"사정을 이제 알겠군. 앞으로 어쩔 셈인가?"

"뭐, 그들이 쫓는 것은 권왕이니 나에게 당장 검이 들이닥
치진 않겠지. 언젠가는 내게 와서 권왕의 행적을 묻겠지만 모
른다고 하면 그만이고. 그전에 어떻게 해서든 광세비록을 연

성하는 수밖에."

현명자는 걱정스러운 표정으로 말했다.

"자신이 있나? 갖은 수법을 강구한 남궁환조차도 주화입마를 피하지 못했는데."

위세척이 말했다.

"그러나 앞선 고수들과 달리 죽지 않았고, 의식도 어느 정도 있으니 분명 진일보한 셈이지. 나는 남궁환의 방식에서 몇 가지 실마리를 얻었다. 그걸 토대로 보완법을 만든다면 반드시 파천일기의 내가기공을 얻을 수 있을 거야. 실패한다 해도 방법은 그것뿐이니 다른 선택은 있을 수 없어."

위세척은 결의에 찬 눈빛을 발했다.

그때 방문이 열리고 이세민이 들어왔다.

위세척은 즉시 눈을 풀었고, 현명자는 눈에 이채를 발하며 그를 보았다.

"누구십니까?"

이세민은 현명자를 보고는 위세척에게 물었다.

"인사드려라. 노부의 친구인 무불통 현명 도장이시다."

이세민은 익히 상연미에게 현명자에 대한 얘기를 들은 바가 있었지만 그가 위세척의 친구인 줄은 몰랐기에 신기해하며 인사했다.

"이세민입니다."

현명자는 건성으로 응대하며 이세민을 유심히 살폈다.

“자네, 혹시 노도와 구면인가?”

“처음 뵙는데요.”

현명자는 고개를 갸웃거렸다.

“이상하군. 분명 어디서 본 듯한데.”

“자네도 그런가?”

위세척은 반색을 하며 말했다.

“나도 이놈을 어디서 본 것 같은데 도통 기억이 안 난단 말이야?”

현명자는 위세척의 말을 듣고는 비웃으며 말했다.

“무슨 말이 그래? 둘이 전에 만났다면 자네는 기억에 없어도 이 친구는 기억할 거 아냐?”

“그게 그렇지가 않아. 얘가 지금 기억상실이걸랑.”

위세척의 설명에 현명자는 크게 웃음을 터뜨렸다.

“이거 걸작이군. 노망난 스승에 치매 걸린 제자란 말인가? 완벽한 조화로세.”

무불통이라 불리는 현명자였지만 이세민의 정체를 알아내지는 못했다. 근자에 실종된 정종 무림의 젊은 무인은 들어본 기억이 없다는 게 그의 대답이었다.

현명자가 자리를 뜬 후, 위세척과 이세민은 숙소의 문을 꽉꽉 걸어 잠그고 다시 마주 앉았다.

“이제 대회 개막일이 내일이다.”

위세척은 엄숙히 말했다.

"고로 반드시 오늘 밤 안에 대회에서 선보일 무공을 연성해야 한다."

"그래야죠."

"노부는 제아무리 무식한 내공의 소유자라 해도 자유자재로 힘을 조절할 수 있는 무공을 기억해 냈다. 그리고 이제 그것을 네게 가르치겠다."

"믿어도 됩니까? 이번에도 실패하면 짱돌 몇 개 뽑아 대회장으로 가는 수밖에 없습니다."

"믿어라. 삼세번이란 말이 있지 않느냐."

그날 숙소에는 늦은 밤까지 불이 훤하게 밝혀져 있었다.

비무대회 첫날의 동이 서서히 터올 무렵, 두 사제는 장원을 벗어나 검푸른 강물이 도도히 흐르는 변하의 강변에 서 있었다.

암기와 교육으로 이틀 밤낮을 꼬박 새운 탓에 토끼눈이 되어버린 위세척은 억지로 목소리에 힘을 주며 말했다.

"이제 구중파천권(九重破天拳)의 극의는 모두 너에게 전달되었다. 진정 깨우쳤느냐?"

무게감 실린 사부의 질문에 제자는 심드렁하게 대답했다.

"뭐, 건곤지어 비하면 별것도 아니던데요. 한데 괜찮습니까? 말씀하신 대로라면 이 무공은 파괴력만 따져 보면 건곤지 이상일 수도 있다면서요."

"네 터무니없는 내공이 노부가 전수하는 무공의 강약을 의미없게 만든 지 오래이니라. 이제 관건은 힘을 어떻게 잘 쓰느냐가 아니라 어떻게 제대로 억제하느냐다. 그런 면에서 이 구중파천권의 선택은 가히 탁월하다 아니할 수 없다."

위세척은 뿌듯한 표정으로 자화자찬을 늘어놓았다.

"수련에 앞서 말했듯이, 이 구중파천권은 일권에 아홉 차례의 공격을 상대에게 가할 수 있다. 이때 명심해야 할 것이 뭐라고 했느냐?"

이세민은 즉각 대답했다.

"주먹에 싣는 경력을 처음보다 둘째가, 둘째보다 셋째가, 셋째보다 넷째가… 이런 식으로 해서 마지막 아홉 번째의 증강된 경력이 하늘을 쪼갤 수 있을 정도가 되어야 한다고 하셨죠."

"좋아. 너는 밤새 심결과 동작을 반복하며 아홉 단계의 힘을 순차적으로 증강시켜 일권에 담는 방식을 터득했다. 그렇지?"

"그렇죠."

"그리고 너는 이제 일권에 아홉 개의 힘을 실어 담을 수 있다고 자신하고 있다. 그렇지?"

"그렇다니까요. 그래서 사부님이 한 번 해보라고 여기까지 끌고 오셨잖아요."

이세민은 조금 따분하다는 투로 말했다.

위세척은 위협적으로 인상을 한 번 쓰고는 말을 이었다.

"그럼 이제 이 강물에 네 일권을 펼쳐 보아라."

그는 발 앞에 유유히 흐르고 있는 강을 가리켰다.

"강물에다가 말입니까?"

"그래. 물이야 건곤지 때처럼 흔적이 남을 일이 없을 것 아니냐. 그게 아니면 뭐 하러 새벽 댓바람에 이 먼 거리까지 걸어왔겠어?"

이세민은 알겠다는 듯 선선히 고개를 끄덕이고는 자세를 취했다.

"좋습니다. 한번 강물에 파랑(波浪)을 만들어보지요."

"잠깐 기다려."

이세민이 움직이려는 찰나, 위세척이 손을 들어 그를 저지했다.

"일권을 떨칠 적에 내 말에 따라 행해라. 첫 번째 경력이 외부로 발출되는 순간, 두 번째부터 아홉 번째의 경력은 권 밖으로 표출하지 말고 몸 안으로 다시 갈무리해라."

이세민은 사부의 의중을 알아들은 듯 탄성을 터뜨렸다.

"아하, 점점 강해지는 뒤의 힘을 가둬놓고 가장 약한 첫 번째 힘만 발휘하란 말이시군요?"

"알아들으니 다행이군. 내공의 구 할 이상을 가둬놓고 힘을 쓰는 셈이니 이번에는 문제가 없을 것이다. 할 수 있겠지?"

"그 정도야 문제없죠."

이세민은 힘차게 대답하고는 권법의 준비 자세로 들어갔다.

머릿속에서 구결이 새겨지고, 몸 안의 내기가 강물처럼 도도히 흘러 우권(右拳)으로 이동했다.

타핫!

주먹이 힘차게 강물을 향해 내리꽂혔다.

이른 아침, 천웅방주 상관운의 침실을 누군가가 거세게 두들겼다.

"방주님! 방주님!"

지난밤 도착한 친분있는 화산파의 장로와 밤늦도록 술을 마시고 기분 좋게 잠들어 있던 상관운은 떠지지 않는 눈을 비비며 신경질적으로 외쳤다.

"아침 댓바람부터 무슨 소란이냐?!"

강총관의 다급한 목소리가 흘러들어 왔다.

"크, 큰일 났습니다요."

"왜, 또 누가 말이라도 훔쳐 갔나?"

"그 정도가 아니옵고……."

"그럼 뭐야?"

"강이 범람했습니다."

"뭣이라!"

　상관운은 침상에서 그보다 빠를 수 없는 속도로 벌떡 일어
났다.

　황하의 수신(水神)에게 제례를 올린 지 얼마 되지도 않았
고, 날도 이리 쨍쨍한데 멀쩡한 강물이 왜 범람한단 말인가?

　상관운은 황망히 옷을 챙겨 입고 밖으로 달려나갔다.

　훗날 두고두고 사람들의 입에 오르내린 개천의용 비무대
전은 변하의 범람으로 그 화려한 시작을 알렸다.

『절대기협』 2권에 계속…

무한 상상·공상 세계, 청어람 신무협&판타지

「표사」, 「소환전기」를 뛰어넘는
참신한 재미와 쾌감을 선사한다!

청바지와 박스티 같은 무협 소설!
쉽고 재미있는, 편한 무협을 즐겨라!

『잠룡전설』
(潛龍傳說)

잠룡전설(潛龍傳說) / 황규영 지음

"주유성?
영웅이지. 하늘이 내린 사람이야.
그 사람 게으르다고?
에이, 난 그런 소문 안 믿어.
게으름뱅이가 어떻게 그런 엄청난 일들을 해?"

강호에 내린 희대의 겁난.
하늘은 엄청 센 놈을 영웅이랍시고 내린다.
하지만…….
젠장! 엄청난 게으름뱅이다!!

무한 상상 · 공상 세계, 청어람 신무협&판타지

『한백무림서』11가지 중 『무당마검』, 『화산질풍검』을
잇는 세 번째 이야기 『천잠비룡포』의 등장!!

천잠비룡포(天蠶飛龍袍) / 한백림 지음

천상천하 유아독존!!
새로운 무림 최강 전설의 탄생!!

『천잠비룡포』
(天蠶飛龍袍)

천잠비룡황, 달리 비룡제라 불리는 남자.

그는 누군가의 명령을 받고 움직이는 남자가 아니다.
그는 자신의 적을 앞에 두고 물러나는 남자가 아니다.
그는 자신의 이름 안에 있는 자들의 원한을 결코 잊는 남자가 아니다.

그 누구보다도 결정적이고 파괴력있는 면모를 지닌 남자.
황(皇)이며, 제(帝). 그것은 아무나 지닐 수 있는 칭호가 아니다.
그는 제천의 이름으로도 제어할 수가 없는 남자였다.

무적의 갑주를 몸에 두르고
가로막은 자에게 광극의 진가를 보여준다.

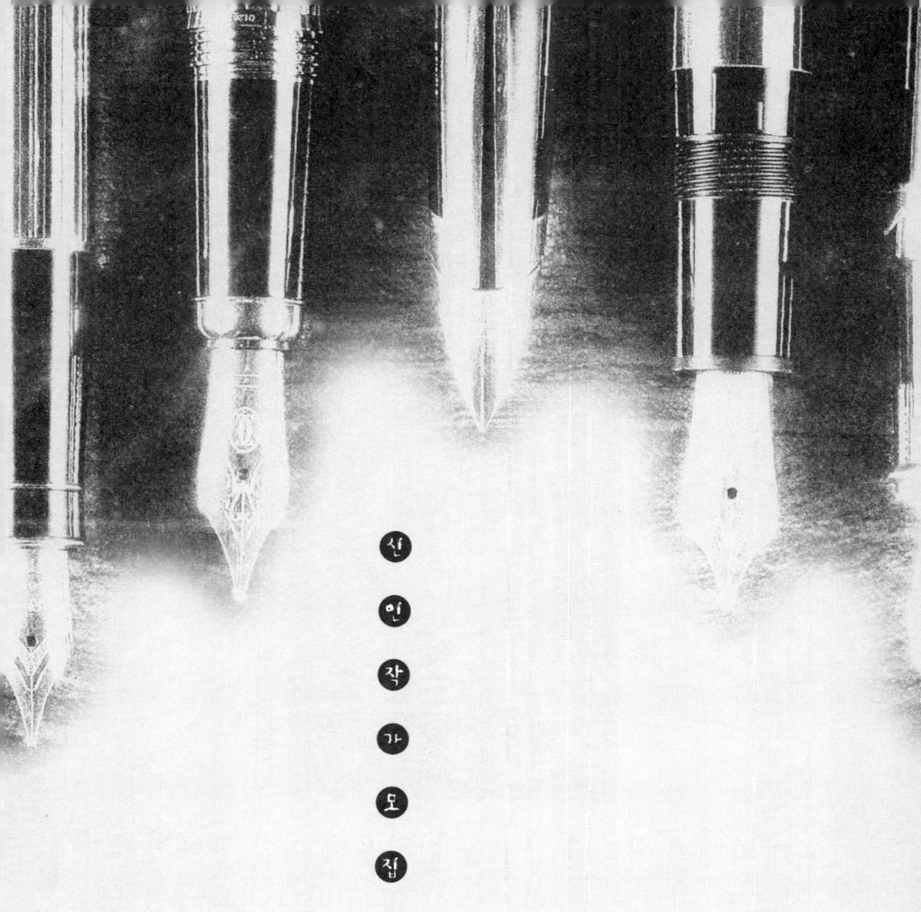

청어람 판타지의 재도약!!

혁신과 참신함으로 무장한
새로운 판타지 전문 브랜드의 탄생!

판타지계의 커다란 근간을 이뤄온 청어람 판타저 소설!
새로운 브랜드 「알바트로스」라는 커다란 날개를 달고
거대한 웅비를 시작합니다.

알바트로스는 판타지의, 판타지를 위한 개척자이자 도전자로 존재하겠습니다.

알바트로스는 형식적이고 나태해진 판타지계의 구습을 벗어나겠습니다.

알바트로스는 판타지계의 도약을 위한 든든한 날개 역할을 묵묵히 수행합니다.

알바트로스는 변화와 혁신을 통해 새롭게 태어날 환상 공간입니다.

알바트로스는 판타지를 아끼고 사랑하는 이들을 향한 청어람의 굳은 약속입니다.

입소문을 통해 아는 분은 다 알고 계십니다!
올 한해 공인중개사 최고의 화제작!

1~2권 합본 | 이용훈 지음
3~4권 합본 | 이용훈 지음
5~6권 합본 | 이용훈 지음
용 어 해 설 | 이용훈 지음
1~2차 문제풀이집 | 이용훈 지음

수험생 기본 필독서
만화 공인중개사

제목 : 만화공인중개사 쓰신 분에게 감사드립니다.

학원을 두달 다녔어요. 근데 과연 그 숫자 와우기 그런게 몇 문제나 나올까 생각을 했어요.
아니라는 생각이 드네요. 학원강의를 뒤로 하고 서점을 갔어요. 내 머리에 가장 이해될수 있는
책이 없나 하구요. 거기서 만화를 발견했어요. 무조건 세번 봤어요. 3개월 걸렸어요. 문제 집을
보라고 했는데 그건 시행을 못했어요. 근데 합격을 했네요.

어떻게 감사의 말을 해야 될지…

도서관에서 만화책 들고 다니니까 사람들이 비웃더라구요. 만화책으로 공인중개사를 공부한
다고 미친사람처럼 보더라구요. 근데 그거 다 감수하고 했던 내가 자랑스럽습니다.

어떻게 감사의 말을 해야 할지 정말 감사합니다.

부디 행복하세요. 제 나이 41살에 좋은 스승을 만난 거 같습니다

엎드려 감사드립니다.

-본사 홈페이지에 독자분이 올린 메일 中 에서 발췌-

잘나가고 싶은 사람은 읽어라!

그에게 한눈에 반했다! 그것은 분위기 탓?
애인과 나란히 걸어갈 때 당신은 좌, 우 어느 쪽에 서는가?
이성은 왜 서로 끌리는 걸까? 그 심층 심리를 해명한다!

30초의 심리학

■ **30초의 심리학**
아사노 하치로우 지음 / 계일 옮김 | 값 8,500원

처음 본 사람인데 와 닿는 느낌이
너무나도 강렬한 사람이 있다.
흔히 하는 말로 '필이 꽂힌 사람',
그래서 잊혀지지 않는 사람,
한눈에 반했다고 하는 것이 바로 그것이다.
이런 인간의 감정을 논하는 데
남녀의 구분이 있을 수 없다.
사랑하는 그, 혹은 그녀를
생각하는 것만으로도 가슴이 두근거린다.
이상할 것 없다. 당연히 그럴 수 있는 것이다.
그렇기에 인간을 감정의 동물이라 하지 않는가.
그러나 그렇게 좋아하는 그 사람이
어느 날 갑자기 싫어지는 경우는 왜일까?

Psychology